谨以此书

献给

所有热爱冒险、忠于友谊的孩子们。

还有，痴迷冒险和侦探推理的童年的我。

高腾——

著

幽幽谷宅院

消失的密码

中国出版集团　现代出版社

图书在版编目（CIP）数据

幽幽谷宅院. 消失的密码／高腾著. －－北京：现代出版社，2022.11

ISBN 978 - 7 - 5231 - 0079 - 0

Ⅰ.①幽… Ⅱ.①高… Ⅲ.①推理小说 - 中国 - 当代 Ⅳ.①I247.5

中国版本图书馆 CIP 数据核字（2022）第 227362 号

幽幽谷宅院·消失的密码

作　　者	高　腾	
责任编辑	毕椿岚	
出版发行	现代出版社	
通讯地址	北京安定门外安华里 504 号	
邮政编码	100011	
电　　话	010—64267325　010—64245264（兼传真）	
网　　址	www. 1980xd. com	
印　　刷	北京荣泰印刷有限公司	
开　　本	710 毫米 ×1000 毫米　1/16	
印　　张	19	
字　　数	220 千字	
版　　次	2023 年 1 月第 1 版　2023 年 1 月第 1 次印刷	
书　　号	ISBN 978 - 7 - 5231 - 0079 - 0	
定　　价	78.00 元	

自　序

一个作家在其创作中所使用的素材大多是发生在十五岁之前的事情。

——［美］薇拉·凯瑟

小学四年级之前，我也是一个顽劣的孩子。

贪玩、排斥与作业有关的一切，期末考试成绩能上 80 分已是奇迹。为此，父母没少对我混合双打。

不仅如此，如果从住宅楼上滚落粉碎的蜂窝煤、被从台阶上一冲而下的摩托车轮胎击炸的百年老铁盆，以及被矿泉水瓶和洗衣粉塞得严严实实的马桶也能跳起来揍我的话，那我一定遍体鳞伤了。

那是一段值得追忆的捣蛋时光……

四年级伊始，张老师来到我们小雁塔小学四年级（2）班，接手了贪玩不化的我，我幼小的人生，在那一刻，注定要改变。

张老师年过半百，沉稳、温和，让我不禁肃然起敬。

但她不爱穿皮靴。

她爱读书。她爱向我们传授读书的乐趣和价值，爱向我们推荐好书好文章。她时常在课堂上为我们阅读优秀的课外读物。我逐渐沉浸其中，并为她的言语感化，顽劣的我，竟然逐渐喜欢上摆放在课桌上的书本，觉得里面藏着另一番天地。

终于，在她向我们介绍了《红岩》这部红色小说之后，不知不觉中，我觉得我收起了贪玩的孩性。作文书、教辅书、课本、世界名著等，我抓起一本就想贪婪地读下去，尤其喜欢冒险小说《鲁宾逊漂流记》和《格列佛游记》。

但是，我发现自从我喜欢读书以来，就渐渐玩耍得少了，与小伙伴们共同娱乐的时间，越来越多地挪给了读书。我发现我更喜欢独来独往，沉浸于书籍的世界，书籍成了我的朋友。

那个时候，我性格内向，好朋友的数量两根指头就数得过来。我是说那种能交心、能在乎对方的朋友，而不是小孩子在一起的单纯玩伴。所以鲁滨孙在孤岛上的经历，我有一种完全浸入式的体会，似乎我成了鲁滨孙，独自一人在孤岛上冒险求生。是啊，独来独往的一个人，在学校中，可不就跟荒岛求生一样吗？

我试图改变自己，在读书之余，尽量跟小伙伴拥有更多玩耍时光。但也许是我骨子里的内向性格很难改变，我始终没有做到过。

好在爱读书以后，我的学习成绩倒是提高了。同学们倒不嘲笑我，只是与我保持距离，一种他们认为不可接近的距离。

我至今都无法评判，用与同龄人的人际关系脱离换取考试高分，是否值得。

但至少，那个时候的我，算是自娱自乐于自己的世界中。

如果我能回到那个时代，我希望，我能将学习和交友兼备，因为，考试成绩再好，也不能不学习如何交朋友。否则，那是一个不完整的童年。朋友，能教给我们的东西，有时比书本还要多。

将要跨入六年级，我玩耍的时间越来越少，最后几乎清零，成天抱着试卷写个不停。可能别的同伴认为那是个好无聊的事情，但我却沉浸其中，语文题、数学题写得不亦乐乎，常常到晚上十一点才睡觉，还是依依不舍地放下书本去睡觉。

小伙伴不理解，我也不理解，为什么一个应该贪玩的学龄期孩子，竟会热衷于写卷子做题？但我就是喜欢。这真是奇了怪了。他们可能认为我是一个怪人，我也这么认为，但我不知道原因。

后来我发现，在语文方面，我沉迷的是手捧纸质书阅读的放松和安适；在数学方面，我沉迷的是数学的逻辑。

渐渐地，在小升初的备考阶段，我学习的兴趣很快就转向了数学。大脑中走一遍迷宫般的解题思路，最后终于来到出口，写下最终的答案，这令我着迷。

紧接着，我就发现我的课外读物，从《鲁滨孙漂流记》转向了《福尔摩斯探案全集》。从冒险类小说转向了侦探推理类小说。这证明了我思维偏好的变化——喜欢逻辑，喜欢严密的思维方式。

但是这两本书，主人公都有一个共同点——独来独往。福尔摩斯尽管有华生这位好朋友，但他的破案历程，大多数是他单独思考独立调查的成果。鲁滨孙也有他的"星期五"，但是心路历程，还是得由他独自承担。

于是，我就越来越喜欢自己独立思考、独立行事了。这在一些方面有好处，但也有坏处。这加剧了我与真实世界的脱离。毕竟，在我们这个世界，无论孩子还是大人，独来独往总归不是一种恰当的处世方式。

其实那个时候的我，还是挺有创造力的。我们一群孩子在一起，在伸手不见五指的黑暗小区中玩"警察大追捕"游戏，正是我想出来的主意。想象一下，"警察"和"小偷"角色分成两队，大半夜躲在住宅楼中、花坛后，甚至某位小伙伴的家中，还给"警察"们留下具有迷惑性的"线索"，把他们引向藏身之地反方向的一个垃圾桶内，是不是很有意思？小区内的一处小煤堆（以前煤堆是给冬季供暖锅炉用的），也是我创造灵感的来源，将废弃的小树干，两列竖排铺到煤堆的斜坡上，制成"铁轨"，然后将两块遮阳板合并起来，放在"铁轨"上，众人坐于遮阳板"车厢"中，从轨道上咕噜噜滑落而下。只不过造遮阳板的人可能没想过有人会把它当成坐行工具，用的材质不知道是什么种类，每个人的屁股上都痒痒的，扎满了细小的塑料毛刺。尽管如此，这个游戏在我发明出来的当天，所有人都是忍着屁股上的奇痒，过了零点才回家，而且意犹未尽睡意全无，期盼着赶紧到第二天，就能继续坐"遮阳板火车"了。除此之外，还有利用废旧窗框、塑料板和木板的"盖房子"游戏。当然，房子粗糙至极，但至少，是可以挡雨的，至少，是几个小伙伴能够坐进其中，欢乐地讲故事的。我甚至有一种成为鲁滨孙的感觉。不过，我可不是只有一个"星期五"。

可惜这一切，随着我从四年级到六年级的求学过程中，逐渐远去。学习和考试，占据了更多的时间。

为此，我感到很遗憾。

所以，我在高新一中以学习理科（数学、物理、化学）为主的中学时代结束后，在同济大学西南八楼的宿舍里，我才第一次有时间想想，如何追忆我这一段趣味性十足，却存有遗憾的童年时光。

于是，李天择这名六年级的小男孩闯入了我的脑海。我在大学一年级下学期（2007 年初），在稿纸上写下的第一个字开始，距今已过去 15 个年头了，才终于将书稿得以与小朋友们分享。

这其中还有一个缘由，就是大学一年级的上学期，我第一次离开西安的家，远在上海求学，起初的强烈思乡之情，令我经常光顾上海书城，大量买书，几乎读完了儒勒·凡尔纳所有的小说，以排解忧思。那个时候，我只能用阅读我喜欢的冒险类和侦探推理类小说，来调整自己的情绪。

这也是我为什么决定写探险加悬疑推理类儿童文学的理由之一。

我很遗憾我不是学文学出身，因为我在中学阶段沉浸于数理化。所以我不得不阅读大量的小说写作指导类书籍，好在我的自学能力还算过关，自从小学四年级之后，就再也没有上过补习班，奥数课程全凭我自学手中薄薄的一本《奥林匹克数学竞赛教程》在考场上与数万名同学拼搏。所以，我还是自信能够理解写作教材中的内容，进而将其中的道理参透。

是的，读懂写作教程和实际操作写书，是两个概念。就好比你能弄明白数学课本中的公式，与用它来解数学题目、解很难的考试题目，是两个概念一样。

才开始阅读写作教程时，我就发现，我随心所欲"自由"创作的小说，从开头伊始，就不符合写作规则。我的开头是优美的景物描写，太"软"，换句话说，就是没有吸引力，看看你们喜欢的大部分优秀小说和电影，开头部分要么是精彩激烈的争斗场景，要么就是一个能吸引你读下去的悬念等等，总之绝对能引起你的好奇心，这样你才能有兴趣读第二段、第二页……

于是，我从头开始学习，边学边写，一方面从写作指导书中学习写作理论，另一方面从优秀儿童文学作品中参悟写作经验，慢慢向前摸索。直至写到差不多 200 万字的时候，A4 纸大小的手稿摞得比我的腰还要高的时候，我决定停下来，想一想，一本儿童文学，不可能会这么厚。

我需要将书稿拆分成很多册，才可能出版。于是我从头开始，开始整理第一册书的手稿和内容。我把字数控制在 25 万字内，然后投给了出版社。

可以想象，任何事都不可能这么顺利。

我被拒稿了。

原因是：太长。

那个时候，我上大学四年级。

我第一次体会到自己的辛劳成果不被认可的失落。

我很快审视自己，是的，大作家们都认可的一个道理是：任何初稿都是一堆臭狗屎（这句话是欧内斯特·海明威说的）。除非他是天才作家，对于一般人来说，小说初稿在后期修改编辑的时间，远远多于初始创作的时间。

我的心宽慰了些。

在写出这 200 万字的手稿的过程中，我的创作理论知识逐渐充盈，我决定重新审视书稿，静下心来认真修订编辑。

其间，单就小说大纲和主题就换了好几轮，每当有新的、更好的思路突然跳出来时，我都会及时记录下来，不断推翻之前的设定，直到自己满意为止。

现在我工作了，业余阅读的书籍，以历史类、地理类和艺术类为主，也包含一些主题深刻的侦探推理（本格派为主）和冒险小说，加之融入社会之后我对一些事物有了更深入的理解，因此，小说主题在我头脑中，比在上学期间更加深化、清晰。

李天择的形象，大部分源于我。他的身上，承载着我小学时的学习状态和喜欢独来独往的个性，不同的是，我的身边，没有出现类似第二人物李力锋那样的同学，以及李力锋身上发生的事情，所以，我的交友之路，并不像李天择一样有一个起点。因此，我的童年，无尽渴望旅行和冒险的我，也没有真正踏上难忘的冒险之路，所以我只能学习被父亲强迫学习法律、被父亲从大帆船上揪回来并锁进小屋里、幻想自己跟随大帆船出海冒险的儒勒·凡尔纳，在稿纸中，体会冒险和解谜的刺激，施展自己的想象力。

李力锋的形象，则是无数个我小学同学和初中同学，以及后期我接触的其他孩子中个别特质的集合体，想必大多数小男孩，都能从李力锋身上找到些自己的影子。另外一小部分，则会和李天择产生一些共鸣。

然而不论是李天择，还是李力锋，他们都有一个共同点：善良、关心同学、对周边事物的好奇和拥有一定的冒险精神。孩子不能用学霸和学渣来分成两类，所有孩子都是优秀的，尽管李力锋邋遢，容易情绪化（这是孩子的特点），但是他热爱父母，忠于友谊，时不时蹦出来的话，对李天择还有一定的开导作用，所以，我设定了一位学习成绩很好的孩子，和一位学习成绩会令家长对其进行混合双打的孩子，两者对比，可以表达出，无论学习成绩如何，每一位孩子身上都有闪光点，不能单凭学习成绩评判谁好谁差，每一位都是优秀的孩子，都是积极向上、充满阳光的孩子。

但同时，孩子身上自然也有缺点，包括李天择，用现在话来说——别人家的孩子。他的缺点，自不必说，我是他的原型，我知道这样的孩子，会有怎样的缺点，它会时不时地感到孤独，感到自己被孤立，感到心愿得不到满足时的无助和失落，就像小时候的我，几乎没有铁哥们儿，有心事只能憋着，慢慢习惯地憋着；爱旅行、冒险却无法迈足，大部分时间都在学校和家里，与书本做伴一样。

我不希望李天择也像我一样，我要给他一条出路，给他一个试探自己勇气和获得友谊的机会。并且，试探谎言对于自己和他人，究竟会带来怎样的影响。

说谎这件事，恐怕大部分孩子都干过，从我小时候干出的那些顽劣事迹中不难看出，我自己当然也干过。固然，诚实是良好的品德。但是，完全诚实，一句谎话都没说过的人，在这个世界上，又能找出几个呢？

孩子什么情况下会说谎？到底该不该说谎？谎言会造成怎样的影响？这些问题太过深刻，专业的教育工作者恐怕才能给出明晰的答案。小说中，我只是想将这些问题拉出来，放入相对现实的情境之中，来摸索这些问题可能的合理性。孩子们自己来评论，李天择和李力锋的谎言，应不应该，他们的谎言会给自己、给别人带来怎样的后果。

我个人当然不赞成撒谎，可撒谎，在儿童文学中，并非一个禁忌话题，也不应该将之绝对否定。当谎言是为了维护感情而冲口而出时，谎言是否还是一种不道德？

这些，都由孩子们自己评判，他们不应该只全盘接受书本中的道理，现实中，这些略带哲学的问题，需要他们自己来思考，怎么做合理，怎么做不合理。

当然，小说最重要的主题，不是谎言，谎言只是载体之一，主题还是孩子们之间的友谊。友谊如何建立、如何维护、以何种方式维护，拥有友谊以前和拥有友谊之后，孩子会变得有什么不同，这些，是我对我回不去的童年的思索，也是现在，大部分拥有友谊的孩子和少部分暂时没有友谊的孩子，所面对的现实问题。

至于书中的班主任皮靴张，是的，是为了追忆我童年时代尊敬的张老师。当然，她不爱穿皮靴，门牙也没缺一颗，也没有那样严厉，没有那样惊悚——或许当时学习成绩没那么好的同学不这么看——她很温和慈祥，也很有耐心，但无论是张老师还是皮靴张，外在的严厉，都不能掩盖内心对于学生的爱，无论老师严厉与否，只要他内心充斥着对学生的爱，就总能赢得孩子的尊重，一辈子的尊重，无论是成绩优异的学生还是成绩欠佳的学生。

本书的创作，是个艰难的过程，一开始的书稿，我花费大量的精力，用于设计外在情节上，对人物成长弧线基本忽略，这是儿童文学的大忌。孩子们应该从阅读的书籍中，或多或少学习到些什么，或者体悟到些什么，而不仅仅沉浸于惊险刺激的情节。

由于我的专业和工作与文学创作无关，因此，我只能在学业和工作之余，完成对书稿的重新审视和修改，所花的时间比专业作家要长好几倍。所以，厚重的 200 万字的初稿和对其的深化，一直贯穿我这 15 年的闲暇时光。

本书我修改了多少遍，我自己也记不清了。只期望本书，能为孩子们的课余时光创造一处冒险解谜的乐园，希望给他们带来更多的欢乐，也希望他们获得更多、更纯真的友谊，并忠于友谊。因为，友谊是珍贵的，是美好的，不论对于多大年纪的人来说都是一样。

高 腾

2021 年 10 月 25 日

于西安

目 录
CONTENTS

下篇：古宅寻踪

目 录

CONTENTS

引　子

　　黑暗像一头盘踞在古堡市的巨兽，将手脚伸进城市的每一条大街小巷。

　　博物馆路的街角，一个人影悄然闪出昏暗的路灯下，他裹着一身黑色长衣，在街角突然停下，把衣领紧了紧，似乎在抵挡暗夜的寒风，接着加快步伐，继续往前走。

　　古堡市艺博银行门口，一名西装革履的男人搓着手，焦急地等待着。终于，他迎向街口，快步朝一个身影走去。

　　他和黑衣男人简单握了握手，黑衣男人连手套都没摘，头上还戴着一个大兜帽，戴着口罩，只露出一双眼睛。他笑了笑，这种人他见多了，银行保险箱的个人租户，每次来这儿，基本都是这种打扮，生怕被人认出来。

　　银行行长带领黑衣男人穿过戒备森严的长廊，在一扇厚重的金属大门前停下。他在门口输入密码，金属门打开，"请进，摄像头已关闭。您想待多久都行，我在门口等您。"

　　黑衣男人没有说话，兀自走进保险库。

　　保险库大门在他身后关闭，里面只有他一个人。

　　他站在保险柜前，目光在一排铭牌上扫视，最终停在 A29 号。他快速输入一串 28 位数的密码，柜门弹开，一个方方正正的古朴囊匣端正摆放。他迅速打开囊匣，取出里面的东西，掀开长衣把它塞进暗兜，同时掏出了一把螺丝刀……

二十分钟后，保险库大门开启。黑衣男人步伐沉稳地走了出来，一路没有说话，也没有停留，快步走出银行大门，转身消失在博物馆路的街角处。

银行行长在门口望着他远去的背影，自言自语道："这人也太神秘了。"

银行大楼对面，三个蒙面大汉俯卧在一栋平房的楼顶上，监视着银行门口的动静。他们看见黑衣男人进去又出来，最后消失在黑暗中，彼此不安地面面相觑。

"老板，怎么又是他？那东西运抵的时候，他也在附近——"

一名蒙面大汉狠狠地捶着房顶，"糟了！竟然有人捷足先登！快跟上他！"

上篇 「飞猪」行动

第一章　名画失窃

你选择的不是生活在这里，而是生活在你自己的世界。

——［爱尔兰］约翰·康诺利《失物之书》

李天择目不转睛地盯着电脑屏幕，画面中几十辆警车将古堡市艺博银行围得水泄不通，警笛长鸣警灯闪烁，警察拉起警戒线，里里外外匆忙跑动。记者大军神情紧张言辞激烈，镜头在人群中急促切换，现场一片混乱，各大新闻记者攥着话筒，争相报道这条重大新闻：

"观众朋友们，我们现在就位于艺博银行门口。昨天夜间，这里发生一起重大盗窃案，故宫博物院送来我市艺术博物馆参加巡展的《骷髅幻戏图》，在看守严密的银行保险库神秘失踪，警察已控制银行里的所有人员，并将这里全面封锁，各大出入道路全面设卡，严查窃贼。

"据悉，这是故宫博物院第一次与我市联合举办古文化艺术交流展，《骷髅幻戏图》是主要参展文物。《骷髅幻戏图》是南宋画师李嵩创作的绢本设色团扇画，这幅画纵二十七厘米、横二十六点三厘米，画面主要描述一个携家带口的提线骷髅的流动演出，侧重反映……"

李天择默默关掉视频，从书桌前站起来，坐在床上，上半身靠在床头，这样他就能以最佳角度，欣赏对面墙壁上，悬挂的那幅浅棕色绢画。

一个戴乌纱帽的大骷髅坐在地上，右手提着一个小骷髅，另一侧，一个懵懂小童正满怀期待地爬向它……

不过好在这幅画不是真迹，只是一幅仿古工艺品。

客厅传来开门声，有人进来了，"天择，出来吃饭了！我和爸爸给你买了老字号肉夹馍和辣米皮。"

天择赶紧起身，将那幅画从墙上摘下，塞进羊皮纸袋，推到床底下床头正中间位置，除非打扫房间，否则，从房间任何一个角度都看不见它。

他不知道自己为什么要这样做，它只是个赝品。很多人家里都装饰着逼真的仿古工艺品，这没什么稀奇的。

可是天择不敢。特别是这幅画，它的真迹已经冲上了古堡市的头条新闻，警察正在满城寻找这幅画。

瞧瞧，都跟警察沾边儿了，太可怕了。可千万不能让警察叔叔知道我有这幅画，就算是赝品也不行。他们肯定会问这幅画从哪儿来的，还会把这幅画拿去鉴定真伪，天哪，那时我肯定"奉陪"警察叔叔，在公安局协助调查。不，我可不想进公安局。连公安局的大门都不想看见。天择暗忖。

他走到客厅，李涛博士和王奇夫人已经把盛放凉皮的塑料袋子套在一个碗上，摆上餐桌。

"老爸老妈，你们不吃吗？"

"我和爸爸已经吃过了，宝贝，你快吃吧。"王奇夫人急匆匆地放下背包，都没来得及看天择一眼，就走向书房，继续忙她的工作，"吃完把塑料袋扔进垃圾筐，碗不用洗了。另外，我给你买了一盒口罩，放鞋柜上了，明天有沙尘暴，上学记得戴上。"

李涛博士洗了个手，在卫生间门口冲天择眨眨眼，"臭小子，暑假作业写完了没？明天就开学了，六年级哦，好好学习，爸爸爱你！"说着就抛来一个飞吻，然后头也不回地钻进书房。

天择叹息一声，静静吃完这顿简单的晚餐。这家的凉皮和肉夹馍一直是他的最爱，连肯德基都要靠边站。然而最近一段时间，他越吃越无味，虽然味道还是原来的味道。

他能感觉到，爸爸妈妈很爱他。可是，爱，是需要陪伴的。而爸爸妈妈，把爱全部——哦不——大部分都给了他们的工作，天择真的很嫉妒他们的工作，因为它夺走了他需要的。

这份孤独，随着他长大，渐渐弱了。习惯，是个好东西。任何不顺心、孤独和寂寞，只要习惯了，也就好了。事情也没有那么糟。一个人静静地看书、写作业，一个人静静地做自己喜欢的事，也挺好的。

其实自己待着，也没有那么无聊。

他从碗上扒下塑料袋，扔进垃圾桶，把碗放进碗筐。走回客厅时，他瞥见鞋柜上那一盒口罩。他真是恨死了沙尘暴。近期古堡市天气预报整天都在提醒市民朋友：本市即将遭遇史上最严重的沙尘暴，可能要持续很长一段时间。于是，他和爸爸妈妈原本计划好的开学前最后一次野营活动，不得不取消，这可是爸爸妈妈好不容易忙里偷闲，陪伴他的罕有机会。为此，他的心情比昏暗的沙尘暴还要沉重。

不过，绝望对于天择而言，也是——习惯了。他不记得，自己有过多少次这样的绝望了。

习惯了，就好。

古堡市很久都没有这样的天气了，从去年开始，这沙尘暴就跟夏季的毒蚊，频繁出现。

天择一个人，静悄悄回到他的卧室。

他坐在书桌前，透过窗户出神地望着外面。夕阳西下，天空像烧了一把火，红彤彤一片，一排排羽毛状的云朵慵懒地压在低空，似乎一只飞不动的巨型红毛鸡，随时都有可能砸下来。灼浪般的空气仿佛要熔化一切，朦胧的雾气笼罩天空，将一切都遮蔽在一层厚重的昏纱之后，似乎要故意掩饰什么，静谧之中透出一股不安的躁动。

天择坐在椅子上，盯着书桌。这十二年来，这张书桌陪伴他的时间，都比爸妈陪他的时间长。

他情不自禁地轻轻抚摸着光亮的书桌，好似在抚摸一只萌软的小猫。他把笔筒里的笔按照颜色排好，又把地球仪放端正了些，他喜欢一切都井井有条。接着，他的视线落在地球仪和笔筒之间，那个金灿灿的黄铜指南针上。

他专门把它放在显眼位置。一看到这个指南针，他就想起爷爷。

那是最美好的时光。

这个指南针是爷爷最珍贵的收藏，是他二十岁去南极寻找南极巨虫时，在火地岛从一个阿根廷水手那里买来的。爷爷在天择一年级的那个生日，就把指南针作为礼物送给了他，天择一直珍藏着，而且把它放在书桌正前方，这样他每次写作业或者读书时，都能看到它，想起爷爷。

爷爷很爱天择，经常把他抱在怀里，给他讲自己远征历险的种种趣事，而且把自己最珍爱的东西和他分享，甚至送给他。每次天择有烦恼，爷爷都会耐心地开导他。在他的印象中，爷爷从来没有对他说过一句严厉的话，面对他永远是微笑。一副薄薄的方形银框眼镜架在高高的鼻梁上，慈祥的目光像春日的阳光一般沐浴着天择的心，天择觉得自己跟爷爷比跟爸妈还要亲密。

然而每次爷爷给他讲冒险故事，爸爸妈妈看上去都不太高兴，他们大概以为，这种冒险故事会勾起天择的贪玩，而无法专注学习，虽然他们并未多说什么，但他们做了一件挺过分的事情：天择一年级的暑假之后，他们就再也不让他和爷爷频繁接触了。

爷爷今年得了严重的肺病，肯定是拜这沙尘暴所赐，至今还住在医院里，奶奶陪在他的身边。天择年初跟父母一起去探望爷爷。躺在病床上的爷爷面色苍白，十分虚弱。见天择走到床边，爷爷费力弓起身子，颤抖着把天择的手轻轻放在插着吊针的手中。天择凑到近前，爷爷似乎要跟他悄悄说些什么。可就在这时，妈妈一把将他拽开，接着爸爸赶快挤到爷爷身边，和他寒暄了很长时间，天择一直插不上话。妈妈在后面拉着他，不让他上前。

这次探望在短短十分钟内就结束了，天择最后是在妈妈的推搡下，匆忙离开病房的。后来天择再也没见过爷爷了。他一直想问清楚爷爷当时要跟他说的话，可是他没有机会。爸爸不送他去医院，爷爷有手机，但没人告诉他号码是什么，爷爷奶奶似乎也在配合博士和夫人，也不告诉他。后来他从爸妈聊天的字里行间中，得知爷爷最近又转院了，然而他们也一直没告诉他具体是哪个医院。

天择断定，他们存心让他跟爷爷隔绝。

慢慢地，他也习惯了。习惯在回忆中体会那份温馨。

的确，爷爷给人的印象总是很神秘。在他的印象中，爷爷时不时地会自言自语，眼神迷离眉头紧锁，有一段时间还总把自己关在书房里，奶奶都不敢打扰他，不知他一天到晚都在研究什么，他也从不告诉任何人，甚至包括天择，所以，总让人觉得，他心里藏着什么秘密，一个大秘密。

但这从未影响天择爱他。他想和爷爷在一起，想让爷爷再把他抱进怀里，靠在爷爷的肩头，听爷爷给他讲环游世界的故事。

他叹息一声，也不知道爷爷最近身体怎么样了，真想去看看爷爷。

不过他知道，尽管他现在跟爷爷见不上面，但爷爷仍旧爱着他，永远不会离开他。

天择起身，走向书柜，手指在一排整齐的书脊上划过。今天读什么呢？他想着，指尖划过百科全书，停了停，要是平常，我肯定让你陪我，可是明天就开学了，我还是读个轻松一点的吧。他继续滑动手指，停在了侦探推理类藏书区。亚森·罗萍？埃勒里·奎因？阿加莎·克里斯蒂？还是——

就看福尔摩斯吧，永远的经典神探。他从书架上抽出《归来记》，检查了一遍洗完的双手——它们很干净，然后将书籍在桌子上平整摊开，第十遍阅读《跳舞的人》，那是他最爱的一篇。

他早就听说毕业班的日子不好过，学业的压力绝对能把人逼进地狱。他不知道以后还有多少时间，能沉浸在刺激的推理游戏中。

天择看向窗外，辽阔的天空成了蓝黑墨水的颜色，但是很干净。明天，世界就变了。他想，每当沙尘暴来袭，地面飞沙走石，世界仿佛掉进了茶杯里，一切都被染成了棕色。

他转回头，继续读书，然而不知何时，他发现自己把同一页已经读了三遍。

他真是恨死了沙尘暴，更憎恶那些砍伐森林的人。要不是那群乱砍滥伐的拜金主义者，水土不会流失，土地不会荒漠化，也就没有那么多的沙尘被卷入天空……

更关键的是，如果没有沙尘暴，爷爷也不会得肺病。

他一拳砸在桌子上，却偷偷瞥了一眼房门，听着书房的动静。没声音，没吵到他们。他叹了口气，合上书，走向落地窗前的天文望远镜。

他不知不觉对天文学产生兴趣，也许正是受爸爸影响。

李涛是一位优秀的天体力学博士，更是一位出色的天文学家，妻子王奇原来是一名卓有成就的物理学家，因受丈夫对天文学无尽痴迷的影响，改行也成了天文学家。既然一家人都是天文爱好者，那么一台天文望远镜也就成为全家人的必需。而他们家有两台。天择的卧室放着一台300倍率的天文望远镜，以供他培养并增加对天文学的兴趣，在书房则墩着一台700倍率的超大望远镜。李涛博士和王奇夫人成功地将自己的兴趣和工作融为一体，工作对他们来讲就跟玩电子游戏一样上瘾。如果房子足够大，他们家可能会是一座天文台。

天择觉得，宇宙是最神秘的区域。正如爷爷告诉他的，整个世界是由各种各样的秘密组成的，每个人身边都充满了秘密，无形的、有形的，小到一张藏宝图，大到一片神秘区域……人们总是在不断探索身边的秘密，因此有很多重大发现，整个世界才变得十分有趣。所以他希望能发现自己身边的秘密，越多越好，并以最大的热情去寻找谜底，这对他永远都具有无法抗拒的吸引力。

三年级的暑假他去海边玩耍，在沙滩上意外捡到了一个玻璃漂流瓶，里面塞着一卷发黄的纸，上面用蓝墨水写了一个地址，周围还乱七八糟地画着一些神秘符号。他坚持认为这是外星人的杰作。为了证明这一点，他真的说服爸妈陪伴自己，退掉旅行团，然后坐火车连夜赶到一千公里外的一个小城，找到了这个地址。结果发现是一位年过花甲的老爷爷，在六十年前童年时代某个阳光灿烂的假日，写下了那行字，并画上神秘符号，塞进瓶子投入大海。经证实，他当时这样做纯粹是出于好玩，那些神秘符号也是他随手画上去的。看见小时候的"杰作"，回忆童年时光，满头白发的老爷爷百感交集，顿时热泪盈眶。

天择也哭了，因为爸妈强烈要求他为这次一无所获的探秘之旅赔偿全部的旅行车费，为此他一年的零花钱全泡汤了。

尽管如此，他的探索热情仍然有增无减。

虽然之后的日子里，他还略施小计，成功解开了诸如谁给女生书包里塞了毛毛虫，谁在讲台上放香蕉皮想暗算老师，以及班花到底暗恋谁等等之类的小秘密。但遗憾的是，迄今为止，他还从未解开过一个足以轰动世界的惊天秘密。他所发现的那些所谓的秘密，顶多在全班掀起一阵小风波，在全校都不足以激起波澜。当然他也给自己锁定了一些特大人生目标：他梦想有一天能找到法国大海盗拉比斯的宝藏，或者发现隐藏在魔鬼海域百慕大三角里面的外星人，甚至连发掘亚特兰蒂斯都列在人生计划之内。

天择抱住望远镜筒，右眼挤在目镜上，调高倍率，镜头对准月球，今天是难得的机会，要是起了沙尘暴，就什么也看不见了。他家住在十二层，顶层，选择这层正是因为全宅院它离天空最近。

今天，他决定再找一遍月球上的山脉，以加深印象。他从风暴洋找到比利牛斯山脉，然而当他准备继续寻找阿尔泰峭壁时，卧室的门突然响了。王奇夫人推门进来，"李天择！看看表！还不睡觉！"

天择一惊，身体一抖，把望远镜都撞歪了。"妈妈，我——我作业都写完了。而且，现在才——"他瞥了一眼墙上的挂钟，"八点。"

"不行！你开始不听话了是吧！赶紧睡觉。明天要早起，开学第一天，你想迟到吗！"

"哦。"天择嗫嚅一声，走向床边。

王奇夫人关上门，嘴里不停地抱怨，"真是烦死了！大晚上的伐什么树！吵死了！还让不让人工作了！"

书房在靠西的位置，窗外就是南北纵伸绵延起伏的宝藏山脉，这栋楼正好建在一条山谷的入口，最近几个月，总有人在晚上偷鸡摸狗，砍伐山上的树木，尽管不是酣畅大干，但是斧头和长锯截断树干的声音，王奇夫人还是听得一清二楚。她的耳朵堪称顺风耳，她在书房工作，天择唯恐吵到她。

书房的门再一次关上了。天气闷热，妈妈心浮气躁，就是出来撒个火，这样回去才能平静工作。天择从床上起来，已经没有观月的雅兴了，他把望远镜扶正，攥紧双拳……

楼下院子的草坪上，耸立着一棵苍劲的大榕树。十个人手拉手都抱不住的树干顶着巨伞般的树冠，住在顶楼的人们一推开窗户，优美的圆弧形冠顶就伸在眼前。无数下垂的根柱在巨大的树冠下面组成了一片茂密的小树林，一缕缕气生根像老爷爷的胡须一般，在微风中轻轻荡漾。这棵榕树有很长的历史了，到底有多长，据说连院子里最长寿的百岁老人的爷爷的爷爷的爷爷也说不清楚。

不过，相比榕树悠久的历史，居民们更享受它那巨大如盖的树冠。春天，它能招来五彩缤纷的蝴蝶，给嫩绿的草坪添加画一般的诗意；夏天，它能遮住火辣辣的阳光，给居民聊天纳凉提供一个好去处；秋天，金黄色的落叶铺成一张柔软的地毯，人们躺在上面惬意地仰望天空；冬天，洁白的雪花挂在树梢，又把它变成一个晶莹剔透的"童话世界"。

一年四季，这棵大榕树都能给幽幽谷宅院的居民带来无尽的乐趣。

此时此刻，大榕树下正缕缕茶香，围绕茶桌席坐的居民们一边悠闲地品着清茶，一边又在闲谈了。然而今天，他们没有谈论那个一直都热门的话题。放在往常，他们会说：

"你说李涛他们一家怎么能如此独来独往？我从没见过这样的家庭，好像他们是从世外桃源来的。"

"是啊，从性格角度来讲，这类人非常封闭，'两耳不闻窗外事，一心只知搞研究'说的正是他们。"

……

但是今天，《骷髅幻戏图》失窃的消息席卷全市，所有人都在讨论这起稀奇古怪的盗窃案，各种幻想出来的作案手段充斥着人们的脑袋和耳畔，有人咒骂盗贼没把聪明用在正道上，有人感叹人家咋就那么聪明。

大榕树下的讨论比香茶还要热乎。

不知不觉夜色已深，榕树下的人们陆续回家。树干上，那个圆形树洞，好似夜乏的老爷爷，张开大嘴打着哈欠。

最后一个从茶桌边起身的老大爷，双手背后，抬头望了望十二层窗口伸出来的望远镜，一边摇头一边感叹："这孩子又在看星星了，练的什么功夫，几个小时能一动不动！"之后离开茶桌消失在宁静的夜幕中。

然而老大爷不知道，望远镜后面那个小身影，早已离开镜筒，出了卧室。

第二章　丛林迷雾

审判自己要比审判别人难得多。如果你能正确地审判自己，那你就是真正的聪明人。

—— [法] 安托万·德·圣埃克苏佩里《小王子》

天择像只躲藏的小猫一样溜出房间，停在客厅听书房的动静。里面安安静静，他是安全的。他蹑手蹑脚走向大门，悄悄开门，又慢慢把门关上。

他跑出家，下电梯来到宅院中。他站在大楼前，凝望着悄无生息的宅院。天气闷热，连一丝风都没有，时间仿佛都停滞了。

天择转头看了看黑乎乎的山谷，他居住的这座美丽宅院——幽幽谷宅院就位于这条山谷入口处，似乎守卫着这条几乎没有尽头的山谷。天择也不明白，为什么一个现代化的住宅楼盘，会选择这样一个古怪的地理位置。事实上，没人能说得清。而当他询问为什么自己会住在这儿时，李涛博士和王奇夫人给他的解释就是，郊外房子的环境远比市区房子清雅安静，科学家需要这种环境。

天择将目光再次落回宅院。宅院正中央是那片大草坪，草坪边缘被裁剪成优美的曲线，像一个碧绿的水潭镶嵌在浅灰色的石砖地面中。草坪正中间就是那棵老榕树，边缘摆放着各种健身器材，以及供大伙儿聊天的石桌石凳。

草坪南北西三面各耸立着一幢高十二层的超现代化住宅楼。每座楼都有自己的名称，秉贤楼在南侧，辅贤楼在北侧，中间的成杰楼，背靠深邃的幽幽谷，面对宅院大门。天择就住在成杰楼上。

这三座大楼，与一般的住宅楼可是截然不同。它们就像富有创意的孩子，在沙滩上垒出的沙堡一样，造型非常别致。每座大楼里都有一个圆形的天井，里面的每家每户都能晒到充足阳光。而且整幢大楼没有一处棱角，也没有一条直线，不论墙面还是拐角，到处都是平缓柔和蜿蜒起伏的曲线，像水面宁静的波纹，又像风中飘荡的柳条，充满了无穷动感。在凹凸不平的波浪石墙上，刻满了各种各样的浮雕，或者是地球人都见过的熟悉事物，或者是一些地球上可能压根儿没有的东西，比如从《山海经》里长出来的奇异植物和童话里跑出来的怪异精灵。就连窗户也不是中规中矩排列整齐的方形。这些窗户有大有小，有的呈直立的椭圆形，像巨兽的眼睛，有的呈圆润的拱形，像优美的月牙，还有的什么也不像，形状难以描述。然而这些形状各异的窗户一排一排镶嵌在大楼的墙面上，看上去却非常和谐美观，一点儿也不显突兀古怪。

来到幽幽谷宅院的客人，恍若坠入一幅怪诞油画，在另一个世界里穿梭游荡。

天择将视线从熟悉的宅院中收回。他犹豫了一下，还是转身朝西边跑去。他的身影，逐渐消失在幽幽谷宅院这幅奇幻画作中。

山谷的漆黑吞噬了他瘦小的身躯。

夜间的幽幽谷是最可怕的地方，杳无人迹静寂无踪，宅院的人就算野营也不会来这里。这儿山腰一年四季都云雾缭绕，仿佛有什么世外仙人居住在浓雾后面的某个山洞里，总让人觉得阴森森的。

一些不法之徒正是利用了宅院人的恐惧心理，深更半夜来此偷伐古树，再从山谷另一边把木材运出去，其中的紫檀、红木、楠木和沉香木可让窃贼大发横财。新闻上多次曝光，警察都把这群人抓不尽赶不完。

天择追踪着"咔嚓——呼啦啦"的声音，借着月光，朝右边拐上一道小山坡，钻入密林。只走了一小段，就见前方有人提着油灯，摇摇晃晃形同鬼魅。他听见了低声窃语，继续往前走。他来到一小片空地边缘，悄声躲在一棵大树后，探头观望。

林中空地上零乱堆放着长锯和砍刀，以及简易起重设备。空地另一端，一条铁道滑轨通上山顶。由于是偷盗，距离幽幽谷宅院很近，这帮鸡鸣狗盗者不敢使用现代设备，怕噪声太大暴露自己，只能用人力来砍伐和运输。

偷木者把这片树林几乎砍光了，正在努力解决空地中间最后那棵百年大树，两米粗的树干已经被他们数十人砍空了一多半。天择脑海中又浮现出躺在病床上的爷爷，手背上贴满了白色医用胶布，鼻子里插着透明的管子，旁边的心电图仪嘀嘀嗒嗒地响着……接着，身边的树木轰然倒塌，山体滑坡，尘土飞扬，爷爷和他飞进了龙卷风，旋转着卷入沙尘暴之中，爷爷痛苦地向他伸出双手……

天择猛地一惊，盯着面前的伐木工，突然一股怒火中烧，眼中火焰四射。他抬脚，向那群伐木工走去……

山腰的浓雾弥漫而下，把天择和偷盗者罩进了灰幕之中。

　　古堡市警察局重案组组长张景天，已经对着电脑看了一天一夜，头都快爆炸了。他的脑海中盘旋着一个疑问，如此戒备森严的银行保险库，怎么会将这么重要的古画丢失？监控录像的每一帧，现在他都能背下来，每个人的动作和衣服细节他都牢记于心，每一秒钟的画面如何衔接，他甚至都能在头脑中倒着回忆，可真是奇怪了，那幅画偏偏就在严密的安保系统中，丢了。

　　有人敲门。

　　"进来。"张景天沉闷地说，端起咖啡又抿了一口。

　　一位女警官进来，怀里抱着一摞文件，"张队，事发当时，在场所有人的口供都在这里，我已经看过了，没发现什么纰漏。"她低着头，"我们还是没有任何线索。"

　　张景天厌恶地瞥了一眼那摞口供材料，"我对它们不抱希望。以罪犯的能力，能这么巧妙地偷走《骷髅幻戏图》，就不可能在口供中留下任何线索。他的反侦察能力简直是特工级别的。"

　　"难道——"女警官欲言又止，"他——他根本就不是人？"

　　张景天狠狠瞪了她一眼，"不是人是什么？别跟我来什么鬼神外星人这一套，人民警察破案，思路不能往那方面想，封建迷信思想要坚决杜绝。"

　　"不不，张队，我不是那个意思。"

　　"那你什么意思？"

　　"我是说，我们侦破的上一个案子，罪犯是用子弹蚁杀人的，侦探小说中还有用鹦鹉偷东西的，我的意思是——"

　　"不可能！这可是全世界最高端的安保系统，连只苍蝇都飞不进去，更别说什么鹦鹉了。这肯定是人干的！"

　　"哦。"女警官小心翼翼地把口供放在张景天的桌子上，"张队，您有空了就看一看，没准儿能发现什么。我和小李去一趟现场，再检查一下保险柜，看看还能发现什么线索。不过，您觉得，小偷会不会在《骷髅幻戏图》进入银行之前，就将古画调包了？或者是在刚检查完，入库之前，就已经把画偷走了，放进库里的原本就是一个空盒子？"

"绝不可能。检查名画和名画入库都在众目睽睽之下，现场有二十来号人呢，还有监控做证，以及故宫博物院和艺术博物馆的领导，银行行长也在。如果真像你所说，那这二十几号人都是小偷，他们集体作案，一同盗走了古画，还篡改了监控视频。可这也不现实，监控录像全程记录了古画入库的过程，直到失窃，一秒都没漏，而且，博物馆的人更不会傻到监守自盗。"

突然，张景天摁下暂停键，整个人猛地跳起来，把咖啡杯都撞翻了，"等一等，"他紧紧盯着屏幕监控视频中，那个曾经存放古画的保险柜，"我倒是觉得，调包的可能不是古画，而是保险柜！"

"啊？"

"别'啊'了！快叫上小李，跟我去现场！"张景天急匆匆地披上外衣，兴奋地冲出办公室，边跑边叫："小高，你真是个天才！"

天择从山坡狂奔而下，冲破浓雾，奔进山谷，他意识麻木，除了跑，脑中一片空白。

他一路奔进成杰楼的电梯，双手不停地在衣服上抹蹭，他的白色衣角全是鲜红的手印。他停在家门口，拼命深呼吸，努力让自己冷静下来，同时听着屋内有没有说话声。等了好久，里面一点动静也没有。

天择颤颤巍巍掏出钥匙，稳住双手，轻声打开了家门。

客厅的灯还亮着，自己卧室的门还关着，书房里依然安安静静。看来爸妈没发现他偷偷溜出了家。他悄声关上门，关掉客厅的灯，一路急行，钻进卧室，将房门反锁，坐在书桌前大口喘着气。

怎么会这样？怎么会这样？

他反复问自己这个问题，不知过了多久，才如同噩梦惊醒。他看着自己衣服上的红色，完全不敢相信山谷中发生的一切。

噩梦！噩梦！

门外客厅响起座钟声，十二下。

天择镇静下来，理了理思绪。当下亟待解决的问题，就是身上这套变了色的衣服。他火速脱掉上衣和裤子，把它们卷起来，能卷多小就卷多小，扔下床底，压在《骷髅幻戏图》仿品上方。

然后他悄悄摸进卫生间，反锁卫生间的门，站在洗手池边缘，将水龙头开到不发出水流声的最大限度，然后开始洗手，疯狂洗，用掉了半瓶洗手液。接着沾湿毛巾，擦拭透过衣服粘在身上的红色印痕。等到皮肤上所有红色都被擦拭一空，他双手撑住洗手池边缘，大舒一口气。

第一时间，他想到了报警。但他很快甩了甩脑袋，不行！绝对不行！要是报警，警察第一个查的就是我。

他定了定神，悄悄回到卧室，看到《归来记》还在书桌上摆着呢。他从来没像现在这样觉得他的侦探小说像一枚炸弹。他赶紧把书提起来插进书架，都不敢再多看一眼。

然后他躺在床上，昏昏沉沉睡了过去。

在梦中，他又回到那片山坡，走入那片浓雾，走向伐木者的后背……

第三章　乱蹦的蚯蚓

马文想，是不是和陌生人在一起也是那样。或许只有和爱的人在一起，你看起来才是真正的自己。

——［美］爱丽丝·布洛奇《杰作》

凌晨一点，银行行长激动地拥抱了张景天，看到这位曾在全市屡破奇案的名探如此激动，就知道他一定有了新线索，而如果能很快破案，自己行长的位置就基本保住了。

张景天和一行人再次进入银行保险库，保险库位于银行大楼的地下。保险库入口必须验证面容和视网膜，一旦陌生人闯入，大楼所有的警报将同时响起。张景天再三确认，古画失窃当天，所有安保系统均正常运作且没有报警，这说明窃贼肯定是银行内部人员。而诡异的是，古画失窃期间，所有能验证面容和视网膜的三位高级官员，都在自己的办公室，摄像头拍得真真切切。

张景天立刻就排除了这一种可能，三位官员不可能傻到自己去行窃，将嫌疑惹到自己身上。一定另有其人从中做鬼。

"把保险库的编号图给我拿来。"张景天吩咐行长。

很快，图纸就被送到张景天手上。

保险库内有一面坚实的墙壁，墙壁里整齐地嵌着 7 排 8 列小保险柜，用于客户存放非常贵重的小物品，《骷髅幻戏图》就是这样一件珍品。而每一个保险柜都有一个编号，用铁质铭牌钉在柜门表面。每一个小保险柜的开启密码都由客户自己设定，因此不会有重复。

张景天仔细察看保险柜门上的铭牌，果然不出他所料，钉入铭牌的螺钉近期有被拧动的痕迹。他赶紧拿出编号图，核对每个保险柜的铭牌号码是否一一对应。

A01	A02	A03	A04	A05	A06	A07	A08
A16	A15	A14	A13	A12	A11	A10	A09
A17	A18	A19	A20	A21	A22	A23	A24
A32	A31	A30	A29	A28	A27	A26	A25
A33	A34	A35	A36	A37	A38	A39	A40
A48	A47	A46	A45	A44	A43	A42	A41
A49	A50	A51	A52	A53	A54	A55	A56

铭牌从保险柜墙左上角的 A01 开始，横向 S 形编排，直到右下角的 A56，而现在，窃贼竟然及时将铭牌顺序恢复。

"调开监控录像，快！"张景天叫道。

一台笔记本电脑搬了进来，张景天放大当时存放古画时，保险柜墙的画面。果然，那个时候，保险柜最中间一排铭牌的顺序全部被打乱了，本应是 A32 到 A25 从左到右，画面中从左到右成了 A25

到 A32，这样，存放古画的 A28 号保险柜与左侧的 A29 号保险柜就等于交换了位置，原本存入 A28 号的古画，就在众目睽睽之下，存进了实际的 A29 号。

A01	A02	A03	A04	A05	A06	A07	A08
A16	A15	A14	A13	A12	A11	A10	A09
A17	A18	A19	A20	A21	A22	A23	A24
A25	A26	A27	A28	A29	A30	A31	A32
A33	A34	A35	A36	A37	A38	A39	A40
A48	A47	A46	A45	A44	A43	A42	A41
A49	A50	A51	A52	A53	A54	A55	A56

而这就意味着……

"快查一下，29 号保险柜的客户是谁！"

行长立刻拿出电话，急促地问了几句。然后，他面色凝重地看着张景天，"29 号保险柜里的东西，发现古画失窃前的半个小时，就被取走了！"

"什么！"张景天几乎跳了起来，"客户是谁！"

银行行长嗫嚅着："不……不知道，不是……是总行规定，拥有这里保险柜的客户，信息都是保密的，实……实际上，客户并没有留下任何私人信息，只会拥有一枚纯金的钥匙，上面刻着一个 28 位数的保险柜密码。"

"你们是干什么吃的！客户重要信息你们都不留！"

"我……我们……不，不是，存在保险柜的东西都很珍贵，极有可能客户会传给下一代，成为祖传信物，所以，留上一代的没有必要，况且，客户也不愿意留，他们在里面存进什么，说实话，我们也不知道。"

"调监控！看是谁开了 29 号柜门，监控里根本没有这个人。"

工作人员在电脑上一通噼里啪啦的操作，一个戴黑帽兜戴口罩的男人出现在画面中，这个人个子不高，很不显眼，而且故意避开摄像头，他的一身长袍黑衣很宽大，根本看不出体型。

"调出他在保险库里的监控！"

"非常抱歉，张警官，他一进保险库，监控就关掉了！"监控管理员说道。

"什么！"张景天跳了起来。

"是这样，客户存的东西是保密的，他们来取东西，我们就必须关掉摄像头，保护他们的隐私。而……而且，那个人，半年前租下 29 号柜子的时候，就是……就是黑斗篷的装扮……"

"你！"

行长赶紧上来打圆场，"是这样，张警官，客户把东西从保险柜取出来，他们需要当场检查物品有没有损坏。你知道，这个世界没有秘密，如果摄像头打开，他们存的东西一旦暴露在摄像头下，尽管有保密协议，那一样会尽人皆知。如果东西珍贵，客户可能面临生命危险。"

"他们万一诬陷你们怎么办？说东西存进来时好好的，取走时损坏了，其实他那东西存进去时本就是坏的，你们怎么应对？"高警官问道。

"他们没有这个权利。因为，他们把东西存进来，自己设定保险柜密码，我们银行的人没人知道密码是什么。如果发现东西跟存入前后不一致，只可能是他们自己泄露了密码，或者是他们恶意栽赃，为避免此类纠纷，我们在保险柜租用合同中将这一条写得很明确。"

"保险柜密码是存入古画前设定的还是之后？"

"之前。"行长说道。

张景天沉思了一会儿，说："存画的时候，看似打开的是 A28 柜，实际上开的是 A29 柜，而密码是你们存入古画之前就设定好的，那就是说，A29 柜的密码与你们设定的 A28 柜的密码是一致的，你们当中肯定有人事先泄露了密码。另外，我得到的视频是完整的，根本没有人进入保险柜取东西，还有人篡改了录像！"

银行行长一头雾水，"可是张警官，他既然知道存放古画的保险柜密码，为什么还要费事去调换保险柜的编号牌？从 28 号柜子直接取不就行了？"

张景天不屑地扫了他一眼，"他是为了保险。保险柜有开锁时间记录，并且与公安系统联网，不能篡改。古画存进去之后，开柜记录肯定会被严密监视，一旦他打开真正的 A28 号柜，你们绝对会警觉，你们疏忽大意了，我也是。A28 号保险柜，在存入古画的那个时间，绝对没有打开记录。所以他就用这种障眼法，让咱们认为他在银行取东西期间，28 号保险柜从未开启过，以此误导我们的调查方向，不会很快把嫌疑锁定在他的身上，为他争取逃脱时间。还有，他事先给 A28 号柜子里放的那个空囊匣，跟故宫博物院送来的装古画的囊匣款式一样，也是出于同样的目的。要不是你细心掀开盒子看了一眼，你还以为那幅画一直在里面放得好好的呢！"

监控管理员盯着电脑屏幕，低声对行长说："放古画的时间段，A28 号柜没有开启记录。"

银行行长沉吟道："想得可真周到啊。可惜他低估了我们的警戒力。"

"不过他估摸准了你们的粗心大意，你们当时没人发现编号牌顺序被打乱了，放画的时候也没查看 28 号柜的开启记录。"张景天撇撇嘴，"你们的银行系统该改进了，不留客户信息可不行！"

银行行长低下头，不说话了。

张景天继续道："现在不是追责的时候，我们一是要弄清，是谁、在什么时候事先调换了编码牌顺序，同时还篡改了录像。再者，也是我们需要查的，是谁事先给 28 号柜子放了那个囊匣，他又究竟从哪儿弄来的跟故宫博物院存放古画的囊匣一模一样的匣子。"

银行行长点点头。

张景天转过身，"小李小高，咱们先回局里！马上调监控，查这个黑衣人当晚从银行出来的行动轨迹！就是把全市翻个底朝天，也要把他给我揪出来！"

这个时候，响起一个电话铃声。张景天摁下接通键，听着电话另一头的声音，暴躁的脸庞逐渐凝固。他默不作声挂断电话，说："小高小李，城西发生命案，马上去现场！"

阳光突然出来了，驱散了浓雾。平静的海面，一艘通体雪白的十层豪华游轮，在明媚的阳光下闪闪发光，船顶的露天餐厅热闹非凡。人们聚集在船头兴高采烈地张望前方，一条白色的线从深蓝色的海面上逐渐升起。

天择站在一块宽敞的甲板上，立于船头，一手握着定位仪，一手举着望远镜眺望前方，心中异常激动，不仅是因为他的学校遭到恐怖分子袭击，两年都不用去上学了，还因为他终于能和爷爷在一起，无忧无虑地探险了。爷爷站在他的身边："天择，前方就是南极大陆，企鹅在召唤我们！"游轮缓缓接近海岸，在欢呼声中靠向港口。天择和爷爷随着人流走下甲板，踏上冰天雪地的南极大陆，一群大企鹅正欢呼雀跃地向他们跑来，一扭一摆跳着当地的"土著舞"，挥动双鳍欢迎远方的来客。

突然，轮船上莫名其妙响起警报声，那声音越来越大，最后简直吵得满世界都是，企鹅全被吓跑了。

天择瞬间惊醒。

他不在南极，而在卧室的床上。

而且学校也没有因为恐怖分子袭击放假两年，今天是他开学第一天。他望向床头，猛地从床上蹦起，像被毒蛇咬了一口似的——时针指向八点，早上第一节课就要开始了。

"糟糕！昨晚忘定闹铃了！"他的第一个清晰反应就是：今天他要完蛋了！

第一节课是张老师的数学课，而由于从家到学校那长征般的"旅途"，如果没有火箭来接他，他是一定无法在第一节课开始前到校的。他们那位河东狮一样的班主任对于迟到问题从来都是开不得半点儿玩笑，而且她两年前就跨进了更年期，脾气暴躁是这个阶段的显著特点，这个特点两年来已经将全班同学考验到了极限，所有同学但凡跟她接触都是如履薄冰，尤其在迟到问题上绝对不敢马虎。今天天择算是闯入"雷区"了，等待他的这场灾难，绝对惨绝人寰。

他飞速掀开毛巾被跳下床，手忙脚乱套上校服，连洗漱都来不及了，冲进厨房随手抓上一个面包，拉开家门就往外跑。

"哎呀！"

他一个急刹，掉头又奔回卧室，一把提起书包，脚下跟抹了油一样冲出家门，连电梯都没来得及等，一路飞奔下楼，离弦之箭似的向学校射去。

沙尘暴已经起来了，世界仿佛世界末日一般。天择仓促之中忘了戴口罩，爸妈还在睡觉，根本没空提醒他。他不得不眯起眼睛，用手捂住鼻子，尽管如此，他还是有一种被沙海淹没的窒息感。

他冲进古堡市实验一小的校门，上气不接下气地奔上楼梯，一步两个台阶乃至三个台阶跑到三楼。等他以破纪录的速度冲刺到教室门口时，已经无法改变还有一刻钟就要下课的事实。

天择定了定神，鼓足勇气喊了声"报告"。

教室的门立刻开了，班主任立在他面前，好像在门边专门等他似的。天择感觉面前压着一堵峭壁，连大气也不敢出，低头看着自己的鞋尖，等待即将发作的风暴。

这位女老师尽管身材精瘦，却非常干练结实，给人的感觉是她的每一根骨头和每一个关节都是铁的，关键是她发起火来就像斗牛场上的公牛，属于那种能开着越野车直接冲进你家卧室的生猛类型。

然而张老师一句话还没说呢，一阵排山倒海的大笑，差点把房顶掀翻！

天择抬起头，班主任捂着嘴笑得前仰后合，同学们则乐得东倒西歪，抹眼泪的抹眼泪，揉肚子的揉肚子。

天择纳闷儿极了，这是什么情况？

张老师把他拉进教室，带到教室后面一块立镜前。天择抬头一看，镜里有个小男孩，右脑勺的头发像发怒雄狮的鬃毛，挺得笔直。左脸蛋上压着一个米老鼠花纹。更可笑的是，校服上衣的第二个扣子扣到了第一个的位置上，第三个扣子扣在了第二个上面，这还不是关键，先前的仓促居然让他连校裤的裤带都没系，两根长长的白色腰带像两挂小瀑布一样吊在双腿之间，裤子呢，松松垮垮歪在他的腰上，十分不情愿。它没有在天择破纪录的狂奔中掉下来，已经算给他面子了。

天择不想承认镜中灰头土面的小孩就是自己。但是，那张尴尬通红的脸庞，此刻只有安在自己身上，才最合适。

"还不赶紧去盥洗室整理一下，等着全校看你笑话呢！"张老师厉声训斥，天择感觉脸像开水烫过一样。

他把书包放在课桌上，旁边一直有同学捂嘴在笑。

他飞跑出教室，眼观六路耳听八方，提着裤子跟做贼似的一路冲向盥洗室，祈祷半道上可千万别碰见什么人。

对着盥洗室的镜子，他火速系好裤带，把扣子扣到该扣的地方，手上沾水把挺立的头发抹平，又把脸上的米老鼠肉印揉掉，接着洗了把脸。

"天哪，这可真脏。"他嘀咕着，看着被沙尘染黄的水流进下水管。

他抬起头，一番简单的整理后，镜中的他才终于恢复了本来面目。乌黑的头发舒展着伏在圆圆的脑袋上，前面垂下一缕可爱的刘海儿，浓眉下一双炯炯有神的大眼睛永远充满无穷的纯真。

他正孤芳自赏，突然想起班主任还在教室"恭候"他呢，一切就都没那么享受了。

他拖拖沓沓地回到教室，这次迎接他的不是笑声，而是班主任那双深陷的怒目，三角形的眼皮棱角分明，眼珠里仿佛有千年火山的岩浆在翻滚，随时准备爆发！粗大的不协调的鼻孔喷着粗气，让人想起愤怒的犀牛，紧抿的嘴唇绷得僵直，似乎在给"火山喷发"生风造势。

这位严厉的女士极力忍住怒气，原本就很长的脸更是拉得比驴脸还夸张。脸蛋都给憋成了紫色，扭曲得像一朵晒干的毒蘑菇，又像一只膨胀的气球，随时都要爆炸。她用毒蛇吐信一样的咝咝声冲天择冷冷说道："下课来我办公室！"然后大步走上讲台继续讲课。她那件像男士衬衣的女款短袖衫紧紧裹在身上，细长的牛仔裤像两条强壮的木棍一样铿锵摆动，一双黑色高跟皮靴在地上每踏一下，都发出"邦邦"响亮的撞击声。这声音在全校可是出了名的，凡是摊上这位老师的学生，只要远远听到这铁锤般的足音，就像真的被铁锤砸了一下似的，先是晕头转向眼冒金星，接着就开始四下溃逃，能跑多远就跑多远。而楼下五年级的小朋友一听到头顶上皮靴走动的声音，就像接到了统一指令，立马全体坐正手背后，整齐得不得了，他们的老师嫉妒那双皮靴不是一天两天了。迄今为止，全校还从来没有哪位老师的威慑力，能跟那双皮靴相提并论。因此，这位张老师有个著名的绰号——"皮靴张"。

天择的五脏六腑开始翻江倒海，一场灾难近在眼前。

他低着头，沮丧地回到座位上。这回没有同学再窃笑了，反而有几位男生向他抛来同情的目光。皮靴张斜目瞪着那些男生，故意咳嗽两下，那群男生匆忙收回视线，开始专心写笔记，假装自己哪儿都没看。

数学课尾声天择一个字都听不进去，皮靴张在讲台上扯着嗓门，讲得如痴如醉天花乱坠。这位女老师的讲课风格那在教师界绝对独领风骚无与伦比，那个激情完全抛弃了女人应有的矜持。可惜她的一颗门牙不知怎么回事少了半截儿，所以只要她开口说话，对方必然洗脸。要么就得侧身站在一边，但别人就会以为有个精神病在对着空气说话。因此出于礼貌起见，不到迫不得已，没人跟她说话。

她的豁牙曾引起同学们的无限遐想。有人说她小时候定和男生打了一场败仗，半颗门牙就是那次残酷的教训；也有人说她有一次说话太激动了，汹涌的口水憋在嘴里出不来，所以硬是崩掉半颗门牙才破开一条出路……

后来天择从其他老师那里千方百计地偷偷打听，才终于解开了这个"千古之谜"。原来是她被校长调到这个班当班主任，这是皮靴张第一次升职，在走马上任前一天，由于情绪激动得难以驾驭，上台阶的时候不小心摔了一跤，于是她两颗门牙就只剩一颗半了。她坚称没有任何牙医能补上她这半颗门牙，所以她的门牙就一直豁在那里，说话时总有唾沫星子从门牙豁口喷向前方。尤其数学课上，一旦她讲到激情时刻，前排同学犹如淋了一场雨，而后排同学则说能看见彩虹。

天择今天可没什么心思去欣赏彩虹了，一想到下课后种种可怕的处境，他的心也像那彩虹一般虚无缥缈了。真恨不得这节课永远别结束，这样他的灾难就永远不会到来。

下课铃似乎读懂了他的心思，而且决定和他作对。就在最悲惨的一幕在他头脑中排演完毕时，教室墙上那只白色的方形喇叭里，就传来优美的音乐，这乐声平日里听着格外欢乐，但今天却十分刺耳。天择肯定这就是悲剧的前奏。

他突然感觉全身不舒服，一抬头，皮靴张的目光正盯着他。那眼神犹如一股无形的魔力，揪住天择的衣领，强迫他乖乖起身，迈开重若千斤的腿，跟在皮靴张后面。这类眼神向来是所有班主任特有的，能够不费吹灰之力就让全班秩序井然。

原本课间一片欢腾，此刻全班一片沉默。同学们一个个像任人宰割的羔羊，眼睁睁地看着同伴落入虎口却束手无策，畏惧的眼神里含着一丝非常明显却又不敢公开流露的同情。

有时候，同学们真的怀疑皮靴张的心是不是机器造的。连李天择这样次次考试都独占鳌头且鲜犯错误的优秀学子，她竟然都不放过。

皮靴张和另外三名老师共用一个大办公室，就在走廊尽头。其他三位老师无一缺席，全都坐在办公桌前认真批改暑假作业，脸上的表情各种各样。也许他们正等着一场劲爆好戏，来调节一下办公室里繁忙的气氛。

皮靴张快步走向办公桌，一屁股坐在弹簧转椅上。椅子立刻发出不情愿的尖叫声，下面的弹簧好像要爆炸了。尽管这种偌大的转椅看上去能装下两个皮靴张，但千万别被表面现象迷惑，实际情况是，一个皮靴张的确可以压垮两个这种大型号办公椅。

而且这事绝对不是夸张。她那身体一生气就仿佛变起了魔法，血液瞬间成了水银，肌肉骨骼则变成了铁块，重量奇大无比！

就在上学期，一位粗心的女同学在体检表上勾错了性别，惹得她在办公室里大发雷霆，就在她愤怒地抓着女孩的体检表准备拍案而起时，椅子的一条腿突然在她脚下四分五裂。女孩最后不仅被罚站一个下午，还赔了一把椅子，这把弹簧椅就是她赔的。而上上学期，一名坐在后排的男同学因为肚子不舒服，当皮靴张在黑板上写字时，忍不住放了一个屁，那屁的声音比他预想的稍微大了点，结果引来一场比火山爆发和地震海啸加到一块还要恐怖的灾难。据当时在场的同学讲，皮靴张的屁股刚挨上椅子，只听"哐当"一声响，椅面当场沉了下去。最后经修理工鉴定，椅子的弹簧被一股巨大的力量压得严重报废，再也弹不上来了。修理工死活都不相信皮靴张的解释，他坚信自己厂家的椅子质量绝对过关，就算重量级柔道冠军坐上去，都不一定能产生这样毁灭性的效果。

天择认为今天又要有一把椅子为自己英勇牺牲了。

"开学第一天！你就迟到！良好的开端都保证不了！怎么保证成功的一半！"怒吼劈头盖脸砸向天择，桌上的一盆绿萝开始颤抖。

天择头低得贴上自己胸脯，耳畔空气轰鸣，整个世界天旋地转。

"老师，我昨天晚上……"天择嗫嚅。

"不要辩解！迟到就是迟到！没有任何理由！暑假玩疯了！啊！"皮靴张越叫越激动，办公桌局部地区开始降雨，绿萝边上正对天择的蓝猪耳花连同下面的花盆全湿了，空中还升起一道小彩虹。然而这场雨却怎么也浇不灭皮靴张眼里的怒火。"作业写完了吗！知道你现在几年级了！啊！我告诉你！六年级了！啊！马上就上中学了！你还是这个状态！能行吗！啊！"

"老师，我只是……"

"还敢狡辩！你看看你今天那副模样！简直让人笑掉大牙！"

现在正值课间，办公室里聚集了许多同学，一听到这河东狮吼，视线纷纷转来，像探照灯一样在天择身上聚焦，犹如无数钢针扎遍全身。天择难受之极却丝毫不敢动弹，以免引来更多注意。他脸上火辣辣的，头皮发麻，大脑进入混沌状态，耳膜嗡嗡乱颤，一句话也听不清……

终于上课铃响了，天择听到的最后一句话是："下次再敢这样，把你家长叫来！"

据说这是班主任最流行的口头禅。

天择脑子里像有无数只蜜蜂在飞，嗡嗡地轰鸣着，脸上仿若开水滚过，他都不知道自己是怎么走回教室的。

下节课是语文课，天择什么也听不进去。他猛然蹿出一股怒火，"我仅仅迟到了一次，至于把我骂成这样吗？她屁股下的座椅都还没坏呢，我犯的错误肯定没有勾错性别和课堂上放屁严重！至于把我骂成这样吗！这下我把洋相出尽了，肯定在全年级都出了名了。这可怎么办哪……"

他气愤地想着，满脑子都是自己的耻辱。不过，他总觉得皮靴张今天的脸与往日不同，皮靴张从来不会有黑眼圈。

天择艰难地挨到下课，铃声刚停，高老师还没走出教室，李力锋就凑了过来。

"嘿，哥儿们！"他说着屁股就挪上了天择的凳子，跟他挤在了一块儿。李力锋是唯一一个愿意跟天择说话打趣的人，班上其他同学要么嫉妒，要么觉得跟这样一个稳坐第一的内向男孩来往压力太大，都对天择敬而远之。更重要的是，天择也不想交朋友，他觉得交朋友是一件很复杂的事情，要陪他们玩一些无聊的游戏，聊一些无聊的话题，还不如多花花时间，研究自己感兴趣的课题。活在自己的世界，习惯了，也挺好。他时常这样想。

不过，李力锋可是大家的开心果，哪儿热闹就往哪儿钻，各种怪事窘事他基本都是主角，包括那次在课堂上没有分寸的放屁事件。照他自己的话说——没有我，世界岂能精彩！

"不要紧，不就挨批评嘛！我也被那老皮鞋批评过，比你厉害多了。可是哥很骄傲，知道为什么吗？因为仅仅一个屁，就能在她身上产生威力无边的蝴蝶效应，最后竟隔山打牛摧毁了她的办公椅！谁的屁能有这魄力？"

旁边的同学听见李力锋的这番"高谈阔论"，爆发出一阵狂笑。天择从书包里拿出《百科全书（地球探险卷）》，边翻书边笑。

他有时候觉得奇怪，李力锋这样一个爱打爱闹的人，怎么会对自己有好感？

王林这时也凑过来，他盯着这精彩的场面，手中捧着校门口小卖部的辣条，嚼得正香。他最爱吃辣条，连上课都"顶风作案"，天择发现不止一次了。也许是辣条吃多了，他身材瘦小，一阵风都能把他吹倒，同学们都爱叫他"豆芽菜"，这是李力锋给他起的。李力锋这么叫不只是象形，更是一种聊以慰藉式的蔑视。"李天择，暑假玩得开心吗？上学期听说你要去幽幽谷探险，有什么新发现吗？"

天择心里咯噔一跳，昨晚那一幕又窜入脑海。巨大的恐惧，逐渐将他包裹，挤压……

"没……没去，看书写作业呢。"

"你看的什么书啊？"王林声音小得犹如羔羊。

"赶紧打住！"李力锋叫道，"你除了书就是书，还能有点新鲜的不？看你那眼镜，厚得都能给酒厂当瓶底儿了！我敢打赌，你家的床一定都是拿书摞的！桌子也是！椅子也是！就连饭碗也是！你个书呆子！"

王林脸蛋气得通红，却躲到一旁不敢吭声。他最怕李力锋，这家伙最擅长以暴力解决心里不爽的问题，尤其考试成绩出来时，大伙聚到一块，一看到那"瓶底儿"后面闪烁的得意目光，再看看自己卷子上预示家庭暴力的分数，他瞬间就有种想揍人的冲动。

王林成绩也不错，尽管天择成绩比他好，但天择从来没在一堆垂头丧气的同学面前放肆地流露出高傲的神情。既然不能给人好感，所以大家就想方设法地在其他方面欺负王林，比如嘲笑他的书呆子气和一阵轻风就能吹倒的小身板。李力锋则特别爱用暴力浇灭这个书生的嚣张气焰，叫他"书呆子"已经算是客气的了。

不过要欺负王林可是要冒极大风险的，因为这小子特别喜欢向老师打小报告，速度绝对快，第一秒受欺负，第二秒皮靴张就能知道，第三秒就有人要淋口水浴，这是板儿上钉钉的程序。

"闭嘴！别欺负王林！"兼任班花的班长刘静涵不知何时过来了，怒目瞪着李力锋，李力锋的态度立马一百八十度转弯儿，"哟，班花妹妹，"他边说边赔着笑脸，"我再也不敢了。"然后走回自己的座位。

天择听到他在嘀咕："王林有什么好！怎么女孩都替他说话！我咋碰不到这等好事！"

天择有时觉得女同学的眼睛，真是雪亮的。可他现在没心思去嘲讽李力锋的抱怨，昨晚山谷的场景，一直浮现在他的脑海中。他试图把注意力集中在《百科全书（地球探险卷）》上，可他发现自己的视线总是不由自主地停在一个"血"字或者"杀"字上。

我该怎么办啊？警察叔叔会不会找上我啊？他们要是发现了，我该怎么说啊？他设想着警察叔叔破门而入，气势汹汹闯进他的家，然后翻出衣服，嘴角带着满意的微笑，提着亮闪闪的手铐，在他面前叮咣晃荡的各种场景，以至于都没听到，教室后排冲出的一声尖叫。

"啊——"

李力锋突然跳起来，把椅子都撞翻了。全班肃静，目光转向他。

李力锋直勾勾地盯着桌子，一只大蚯蚓，在桌面上疯狂跳着"扭曲舞"。

"嗨！不就一只蚯蚓吗？吓成这样！"

有同学起哄。旁边另一名男生提起蚯蚓，跑到教室外面，把它扔进了楼下草丛里。

全班继续陷入一片闹哄哄之中。

李力锋惊魂未定，满脸通红。

　　他尴尬地扶起椅子，却没有坐上去，直接跑到天择身边。

　　天择正盯着《百科全书（地球探险卷）》发愣，没留意到李力锋的脚步声。当李力锋的手突然拍上他的肩膀时，他吓得惊叫一声，差点把书扔了。

　　"你干吗！"天择生气地瞪着李力锋。

　　"有人恐吓我！"李力锋一脸严肃地说。

　　"那太正常了。"天择心不在焉地嘀咕一声，转头扶起大书。

　　李力锋急得脸蛋儿更红了，"哥们儿，大侦探家，求你了，你得帮我！"

　　天择不耐烦地看着他，"什么情况？"

　　李力锋双手压在天择的课桌上，"我跟你说，下课我收钢笔的时候，笔袋里还没蚯蚓呢。我刚要取圆规，那蚯蚓就从笔袋里蹦出来了，还在桌子上疯狂跳舞，跟蛇一样。吓死我了！你快帮我分析分析，这是谁干的？"

　　天择继续读他的书，头也不抬。

　　"你刚才手碰到蚯蚓了吗？"

　　李力锋摇摇头。

　　"圆规扎到它了吗？"

　　李力锋急了，"没有啊！我都吓死了！咋可能碰到它啊？这跟谁放的蚯蚓有啥关系啊！"

　　"那就很明显了。"天择终于把视线从书上挪向李力锋，"蚯蚓身体扭动成那样，说明它的皮肤受了刺激，从它进笔袋到跳出来，时间很短，刺激不会这么快消除。要么它被扎了，要么，放蚯蚓的人手上有刺激性的东西。最常见的就是盐或者辣椒，两者兼备效果更好，它们只会出现在零食里。好了，你可以去抓人了。我要看书了。"

李力锋张大嘴巴听天择说完，然后瞪视全班。

只有一个人符合条件。

王林坐在座位上，正乐呵呵地嚼着辣条，满手都是红辣椒。

李力锋跳起来，奔了过去。

"喂！别'暴力执法'！"天择叫道。

全班再次肃静。

教室前面传来捶桌子踢板凳儿的声音，接着是一通高声叫嚷："你个坏家伙！"李力锋揪着王林的衣领，把他从座位上拎起来，"我现在以恐吓罪、谋害益虫罪、非法偷窥他人笔袋罪，以及上课偷吃辣条罪逮捕你！数罪并罚！走，跟我去皮靴张办公室！"

王林吓得尖叫起来，把辣条都扔了，"我再也不敢了！李力锋！我再也不吃辣条了！"

"李力锋！放开王林！"班花从座位上站起来，指着李力锋。

"不行！班花妹妹！"李力锋气急败坏，"他差点吓死我！"接着继续拉扯王林，"这回天王老子来了都救不了你，皮靴张那儿你是去定了！"

可怜的王林双手紧紧扒着课桌，桌子都移位了。

天择躲在他的大书后面，我的天哪，我应该装作什么都不知道的。

班花直接冲过去，把李力锋的手从王林身上掰下来，"你再这样，我就告你欺负同学！"

王林赶紧坐回座位，双手还扒着课桌，生怕被李力锋揪了去。

"我说班长大人，"李力锋气呼呼的，"您能不能秉公执法！他给我笔袋里塞蚯蚓！"

"你还在人家课本上画大鬼脸呢！就在第一节课前，我都看见了！"

李力锋立刻就像霜打的茄子——蔫儿了。

天择咧咧嘴，继续看书。

"你！不许再欺负同学！"班花指着李力锋，然后转向王林，"你，以后也不准吃辣条！那东西有害无益！"

王林像个挖石油的磕头机一样，拼命点着头，"我保证，我再也不吃辣条了，也不偷看别人的文具盒了，也不抓蚯蚓了。"

班花满意地把头一仰，"现在都上座位，马上上课了。"

李力锋垂头丧气地瞥了一眼天择，灰溜溜地坐回座位。

下午放学的时候，李力锋跑了过来，"喂，天择，为了感谢你帮我找出'真凶'，明天下午放学后，我请你去玩密室逃脱。"他说着搂住天择肩膀。

天择嫌弃地甩掉他的手，"别碰我，你手上有墨水渍。明天我没时间。"

"那我们后天去。"

"也没时间。"

"为啥啊？"

"我要看书。看书可比玩无聊的密室逃脱有意义多了。"

"哦，天哪，你都快成书呆子了。"李力锋一挥手，"唉，算了。我叫别人吧。"

天空昏暗阴沉，真是糟糕的一天。天择用手捂住口鼻，急急忙忙走向地铁站。

他住在古堡市郊外，必须先乘地铁到宝藏山脉站下车，接着步行十分钟，才能回到宝藏山脚下的幽幽谷宅院。

地铁上，他数百次祈祷，千万别在宅院里看见警车。求求你了，警察叔叔可千万别找上门来，那身衣服还没处理呢，求求你了，拜托你了。那件事就让它过去吧，谁也别发现啊……

天择走出地铁站时，太阳正坠下宝藏山脉。通往幽幽谷宅院的林荫大道上投下乱叶斑驳的阴影。这条林荫大道专门供宅院的居民出入，大路顺着林木之间宽敞的空隙延伸，笔直地通向幽幽谷宅院的大门。

他放下手掌，大口呼吸着。

正前方，幽幽谷宅院暗红色的大铜门在夕阳下闪闪发光，精致的圆柱栏杆让大门看上去更像一面防御森严的铁栅栏，尖锐的护栏从拱形的门顶上刺出来，大锥子一样直指天空，谁要想越过它们，谁的屁股准会漏成筛子。

但愿它们能拦住警察叔叔。别让他们进来。天择忐忑不安地想，不由自主放慢了脚步。

他贴着路边，小心翼翼挪向大门，像只躲避老猫的小老鼠一样。

接着，他大舒一口气，整个人都轻松了。

院子里没有警车，也没有警察。

宅院中心的大榕树正迎风招展，椭圆形的小叶片像铃铛一样奏着交响乐。他身心顿时愉悦极了。

他回到家里，钻进卧室，把书包往书桌上一扔，第一时间爬到床底下，《骷髅幻戏图》仿品和那套衣服还在那里。他赶紧拿出衣服，趁爸妈还没回来，到卫生间打开淋浴喷头，又是打肥皂又是抹洗衣粉，最后再上强力去污剂，好不容易才将衣服洗干净。他用喷头冲掉地板上的红色水流，直到最后一滴流进地漏。

他倒在床上，深吸一口气，然后慢慢地、长长地把气呼出来。

证据终于被毁灭了，他想，这下警察叔叔就算来了，也没证据啦。哈哈，我没去过现场，什么都不知道，对，我就这样说，反正谁也没证据——哈哈哈，这可真好。天择高兴地在床上打了个滚儿。

接着他跳了起来，从书包抽出百科全书，坐在书桌上悠闲地读了起来，这下他终于能读得顺畅了，敏感字眼也揪不住他的视线了。他一边读，还一边画出他认为的重点知识，然后牢牢记住。

客厅响起门锁转动的声音，李涛博士和王奇夫人回来了。

天择蹦蹦跳跳地跑去客厅迎接爸妈。

"看，爸爸给你买了肯德基。"博士一手提高一个鼓鼓囊囊的白色塑料袋，一手摸着天择的头发。然后他扫见客厅阳台上挂着的湿衣服，"呦，我儿子长大了！都会自己洗衣服了。"

天择担忧地往阳台瞟了一眼，然后咧嘴一笑，王奇夫人摸摸天择的头，"好好享用晚餐，乖儿子。"

天择点点头。

李涛博士和王奇夫人换好衣服，就进书房工作去了。

天择吃完饭，整理好一堆饭后垃圾，又回到《百科全书（地球探险卷）》中，正读得起劲儿，突然书房传来开门声。

天择瞬间从书中惊醒，顺手把书甩在椅子上，一屁股坐上去，提笔翻纸假装认真写作业，结果发现本子上一个字也没有。

"天择，"妈妈朝他卧室走来，"干吗呢？作业写完了吗？"

"我……我在写……没……"天择语无伦次，正结巴着妈妈就进来了，慌乱中，他想拦住妈妈别走近，正要起身又想起屁股底下的书，这起来不行不起来更不行，天择一时间乱了套，情急之下往前一扑，胳膊把本子捂了个严严实实，屁股还紧紧压在椅子上，书角硌得他龇牙咧嘴，他还强装着冲妈妈讨好地笑着。

　　王奇夫人脸色一沉，"你最好再长一个屁股，这样上下就都顾得上了。"她转身正要出去，又回过头，"顺便说一句，下次放本软皮书，这样屁股能舒服点。"

　　妈妈转身要走出房间，没严厉批评他，说明她心情不错。

　　"妈?"

　　"嗯? 有事吗?"王奇夫人转过身。

　　"书房今天安静吗?"

　　她点点头，"那帮偷树贼估计转移战场了，今晚没有任何响声，真是奇怪。你别操心我了，赶紧写作业。都快十点了! 早点睡觉，别看闲书。"

　　卧室的门关上了。

　　不知为何，天择脑海中又浮现出闪烁的警灯，耳畔响起刺耳的警笛，他情不自禁扫了一眼书柜。

　　古堡市里可千万别有福尔摩斯啊，他想。嗨，他不屑地一挥手，福尔摩斯又怎样? 没证据他也不能随便抓人。再说，这世上哪有那么多福尔摩斯啊!

第四章　李力锋的秘密

假如我有所疑虑，大概仅仅是因为我天生不喜欢有人做伴。我们孤单时都会渴望陪伴，但在客人到访的前夕，我们都会颤抖。

——［加］艾西·伊杜吉安《少年华盛顿·布莱克云船漂流记》

凌晨三点，古堡市公安局七楼的灯依然亮着。刘法医和张景天面对着房子中间的躯体，眉头紧锁。

"这几个人明显是被伐木砍刀杀害的，死因是失血过多。从伤口的位置和角度来看，行凶者个子不高，但是很强壮。根据从现场提取的脚印，感觉行凶者不是成年人。"

张景天狠狠掐灭了烟头，"怎么，你的意思是，嫌犯是个小孩子？"

刘法医想了想，说："现场有大量脚印，很杂乱，但因为是在泥土地上，所以足迹保留相对完整，其中有一组脚印非常特别。根据足迹大小和深浅判断其身高体重，这应该是一个未成年人，从现场附近的大树后进入凶案现场。再看死者身上的伤口位置，普遍在腿部、下腹部、腰部，很少有胸腔及头面部，多处为开放性伤口。所以我推断凶器应该是类似砍刀一样的利器，而作案人应该是个小男孩，十二岁左右。不过我觉得这太不可能了，谁家的小男孩能同时制服这么多成年男性？难道，他还有帮凶？"

张景天眉头皱得更紧了，"这小孩跟偷伐者能有多大的仇恨，以至于他要杀人？"

刘法医撇撇嘴，"我只是从技术上来分析，具体侦破过程还是得靠你们。另外，技术组把现场鞋印也已经提取出来了，可以查到那双鞋的品牌，这是一条重大线索。"

"我们还没有找到作案工具。现场一把砍刀都没有！找不到证据，根本锁定不了嫌疑人。"张景天叹了口气，拿出电话，拨通一个号码，"小李，你先对接技术鉴定科，找到现场鞋印对应的鞋子品牌，然后排查距离案发现场最近的住宅区，找到小区里所有从十一岁到十三岁的男孩，我们要挨个儿盘查，看谁有那双鞋。"

第二天一早，天择一到学校，发现情况有点不对劲。

平日里活蹦乱跳的李力锋，自打进入教室，就一直萎靡不振，就跟笼罩在沙尘暴里的世界一样，萧条荒凉。

他怎么了？看起来情绪很低落。

李力锋趴在桌子上，整个人都是瘫软的，连书包都没摘。他身边围绕着他的几个铁哥们儿，关心地问着他，可李力锋不动也不说话。他的好朋友只好散去。

天择走到李力锋身边，"你怎么了？"

李力锋一动不动，继续爬着。

"又挨皮靴张的训了？"

"不，比这更惨。"李力锋仍然一动不动，声音小得只有凑近才能听见，天择觉得李力锋的语气中，带有一些哭腔。

什么事情能把李力锋打击成这样？天择很好奇。

"喂，告诉我，你到底怎么了？"

李力锋终于动了动，转过脸来看着天择，天择发现他的眼圈有些红。

"我爸爸受伤了，住进了医院。"

天择心里咯噔一跳，突然涌上一丝担忧。森林谋杀案两天前才发生，而他听说伐木工赚的钱还挺多的，李力锋零花钱又多得花不完……不会这么巧吧？

"他……他怎么受伤的啊？"

李力锋转过脸去，不再说话。天择又绕到李力锋前面，看到一滴眼泪，正顺着他的脸颊滑落。

整个上午，课间没了李力锋的尖叫，天择竟觉得少点什么，这种感觉让他很奇怪。李力锋那疯狂的吵闹，俨然已成为他们二班的标志。天择已经习惯耳边充斥着他的叫嚷，尽管很吵，令人心烦意乱。可是突然间没有了这个声音，他还真有些不适应。

又是习惯在作祟。

中午放学后，天择拿出《百科全书（地球探险卷）》，翻开书页。可是平日里连闹中都能取静读书的他，此时在安静的教室里，竟如坐针毡，内心惴惴不安，一个字都读不进去。

他放下书，走向李力锋的座位。李力锋仍旧瘫在椅子里，趴在桌子上，沉默不语，脸上还留着泪痕。

他想问清楚李力锋家里究竟发生了什么事，可是，李力锋始终对此只字不提。他又想去安慰他，却不知道如何张口，毕竟，安慰人这种事，他以前没怎么涉猎过。

"你中午回家吗？要是不回家，我们一会儿去食堂吃饭？毕竟——"天择低着头，声音小了下去，"毕竟我还没跟同学一起吃过饭。总是我一个人。"

李力锋抬头看着他，抽了抽鼻子，"家里没人照顾我了，我老妈在医院陪护。我也得在学校吃饭，中午回不了家。"

天择突然感觉此时的李力锋，跟自己很像。他在同学们的眼中，是不是正如此时的李力锋在自己眼中一样，郁郁寡欢地藏着秘密？

不，在同学们眼中，他是孤傲，而不是忧郁。可是他们没有人能体会到，那种被迫习惯于孤单的感觉。

那种感觉很复杂。

难怪，同学们不愿意跟他说话。可是，不知怎的，天择这会儿却非常想跟李力锋说话。可他不知道该说什么，能让李力锋的情绪好转起来。尽管，李力锋好转之后，跟他完全就是两类人，他内心中那种感觉，那种李力锋和自己很像的感觉，也许就完全消失了。

但他就是想说些什么，随便说些什么都好，只要能看到李力锋再次活蹦乱跳，在同学们之中侃侃而谈——他莫名地想看到——他的心里就会安慰许多。

他不知道自己这是怎么了。

李力锋站起身来，"我没有饭卡，你能借给我吗？我身上有零钱，可以还你。"

"不，不用还我，午餐我请你。"天择笑着说，"希……希望你开……开心点。"

李力锋脸上勉强挤出一丝笑容，抬起胳膊，搂着天择的肩膀，一起走出教室。天择觉得李力锋的胳膊也是软绵绵的，完全不像昨天他搂自己的那只胳膊。

餐厅里，同学们三五成群地挤坐在一起，叽叽喳喳地聊着电子游戏或者班级八卦，热火朝天。而天择和李力锋找到一处角落位置，并肩坐在一起，一声不吭地吃着饭。认识他们的同学，都抛来一个惊异的眼神，大概是怎么也想不到，这两个人，竟然能神奇地组合在一起，同桌并肩地吃饭。到底是李力锋晋级了，还是李天择挫落了？

天择也觉得很神奇。但这就是发生了。

"你……你爸爸还好吧？伤得不……不严重吧……"天择支支吾吾，他不知道该不该问李力锋这个问题。

李力锋手中的筷子原本缓慢地夹着菜，这会儿直接停下了，两颗泪水顺着脸颊再次滑落。

天择真后悔提及这个话题，他真是不会聊天。

"对……对不起，我……我不是有意要问的……"说着赶紧掏出餐巾纸，递给李力锋。

李力锋放下筷子，擦干眼泪，"恐怕……有生命危险……"他说着就趴在桌子上，低声呜咽起来。

天择慌了手脚，恨不得打自己一下。好不容易有同学陪自己吃午饭，却被自己一句话问得连饭都吃不下了。

天择不能再问下去了，可是他又不知道该说什么去安慰李力锋。他只能一手搭上李力锋的肩膀，感受着他身体啜泣的抽动，却什么都做不了。

他真的讨厌自己，讨厌自己现在，竟不能为他这个暂时的"朋友"做些什么，居然连一句安慰的话都说不出来。

习惯孤单，是一件多么孤独又无助的事情啊。

他突然想为李力锋做点什么。特别想。

李力锋艰难地吃完午餐。那一盘子餐食，他连三分之一都没吃完。

整个一中午，李力锋就趴在桌子上，一动不动，天择不知道他睡没睡着。往常这时候，是天择最自在的时候，李力锋不在教室，且其他同学都在午休，安静的环境中，他的思绪跟着书中的文字飞舞飘扬，惬意自如。

可是今天，天择也趴在桌子上，无心读书，也睡不着，他一直在想，该如何弄清楚李力锋的爸爸，究竟发生了什么事呢？如果是福尔摩斯，他会怎么做呢？他能在李力锋的身上找出什么蛛丝马迹呢？衣服上的狗毛？还是课本上的涂鸦？可那是他爸爸啊，又不是他，我是不是得见到他爸爸，才能弄清楚情况？

上课前半小时，同学们陆续进入教室。天择深吸一口气，从座位上站起来。他跑出教室，来到皮靴张的办公室。

皮靴张转头瞪了一眼天择，就不再搭理他，显然还在为他昨天迟到的事生气，

天择站在皮靴张桌前，低头看着地面，头皮发麻，欲张口却怎么也撬不开嘴巴。

"别跟个木棍子似的杵在那里。你到底有什么事？"皮靴张看着他欲言又止的尴尬模样，终于开口了。

"张……张老师，我想……我想在表上改……改一下父母的职业，我妈换……换工作了。"

皮靴张瞥了他一眼，先是皱起眉头，随后又舒展开，几乎笑了

出来，"我以为你怎么了，就为这事？"

天择点点头。

"就这么一件小事情，你张口都这么困难？"皮靴张摇着头站起身，走向身后的文件柜，"不是我说你，李天择，你这个样子可是不行的。学习成绩好固然重要，可是朋友也很重要。你瞧瞧你，身边连个朋友都没有，有困难都没人帮你。你要融入班级这个大家庭，多帮帮学习有困难的同学，多跟同学们说说话聊聊天，别老自己一个人闷着，别变成书呆子。"皮靴张从文件柜里抽出一个大盒子，转身看着他，"嗯？"

"我知道了，张老师。"

皮靴张把盒子放在办公桌上，推到天择面前。"你妈妈换什么工作了？"

"物理学家转行天文学家了。"

皮靴张咧咧嘴，"都是科学家。"

天择打开文件盒，偷瞄了一眼皮靴张。皮靴张眼睛盯着电脑屏幕，手指在键盘上快速敲着教案，根本没管他。

天择快速翻动着《学生家庭背景调查表》，他一直都不明白，学校为什么要让每个学生填写父母的职业，学校只要知道他的职业是学生就行了。可现在，他认为这简直就是为自己准备的。

很快，李力锋的调查表就出现在眼前。他快速扫了一眼，在父母职业一栏，母亲是天天乐超市老板，而父亲——

是木材厂职工！

天择感到一阵天旋地转，一种错综复杂的感觉冲上他的大脑。

"找到了吗？"皮靴张看着他。

天择回过神来，赶紧继续翻动，"没……还没有。"

翻了十几页，他找到了自己的调查表。他慌乱地抽出表格，拿起笔将"母亲"那一栏的"物理学家"画掉，改成"天文学家"，又把表放回文件盒。

"张老师，我改好了。"

皮靴张抬头看着他，"天择，老师不是故意要那样批评你。你是班里的尖子生，尖子生就更要严格要求自己，成为全班同学的榜样。我批评你，也是希望你不要松懈散漫。你明白吗？"

天择点点头，心中竟激起一团暖流。皮靴张虽然严厉，但是她的严厉，也都是希望学生成为更好的自己。天择突然觉得，他没有那么讨厌她了，"张老师，我会严格要求自己的。谢谢您对我的关心。"

皮靴张收起档案盒，把盒子塞回文件柜，"另外，去多交点朋友，别自己一个人老闷着。"

"我知道了，张老师。"天择说完转身走出办公室。

李力锋还在桌子上爬着。

天择没有找他说话，只是回到座位上，看着他。也许事情没有那么糟，他想，或许他父亲只是——只是加工木材的，不是砍伐木材的。而在加工木材的过程中，因为意外受伤了。

可是，会是巧合吗？

他不确定。然而，至少他觉得，这位暂时的"朋友"，会维持一段时间。

下午的课间，天择都要到李力锋身边去。但是他不知道该说什么，该问什么，他怕又让李力锋想起伤心事。也许，我可以不说话，天择这样想，也许我只是站在他身边，做个手搭肩的动作，这样他的心情就能好点，等他心情好点了，没准儿就会跟我说点儿什么。

但是，整个下午，李力锋几乎就说了两句话，第一次他让天择帮他扔了个废纸团，第二次天择给他接了杯水。这期间也有同学偶尔凑上来，可李力锋只是闭着眼睛，谁都不理，那些同学也就走开了。

放学后，李力锋的妈妈直接把他接上车，去了医院。

天择独自一人走向地铁站。不过今天，他感觉步伐轻盈多了，心中那种习惯了的失落感，也没那么强烈了。今天，是他第一次意识到，能发自内心地关心一个同学，能专门和一位同学一起吃饭，这真的很棒。

张景天举着电话，眉头紧锁。

"张队，从银行窃走古画的黑衣人，我们没有追踪到。他出银行大门时，在博物馆路上还穿着黑衣，可是随后进入了艺术公园，那里有很多人在散步，他可能在一个监控盲区换掉了衣服，混在人流中溜走了。不过，西郊谋杀案，有进展了。我们已经排查清楚，距离案发现场那片森林最近的住宅区是幽幽谷宅院，宅院中从十一岁到十三岁的男孩子不多，一共就五个，排查起来很容易。"

"挨个儿排查，今天务必找到那个孩子！"

"嗯，其实也不用排查了，我们连夜调取了小区电梯的监控录像，那天晚上，只有一个孩子去了后山，他的名字是李天择。"

天择兴奋地走向幽幽谷宅院，然而当他看到院子里的情景时，他觉得昨天自己一定是在地铁上说错了什么，他的祈祷才没灵验。

他转身想跑却来不及了。

宅院的大榕树下，一圈警车闪着警灯。

警车旁一名警官发现了他，大喝一声，接着就朝天择火速冲来。

天择吓傻了，怔在原地一动不动。

那名警官身后跟着一群警察，对讲机里响着嘈杂的召集声。张景天从成杰楼里冲出来，直逼天择。

"你父母在哪儿？家里有没有人？"张景天一句废话都不说，单刀直入。

"没……没人，他……他……他……他们要到……到很晚才……才……才回来。"

张景天制服笔挺，耸立在天择面前，"我们怀疑你与一桩凶案有关，现在要问你一些问题。"

天择感觉腿都不是自己的了，他快站不住了。

"我……我不知道啊……不知道啊……"天择吓得声音都在抖，泪水在眼眶打转。

这时站出一位女警官，蹲在天择面前，"小朋友，你好，我姓高，可以叫我高警官。我们没说你做了什么，只是你当时出现在现场，我们想询问你一些事情……"

"天择！"王奇夫人从宅院大门狂奔过来，后面跟着李涛博士，"我的天哪！发生什么事了！"

张景天严肃地面向他们，"我们根据调查发现，你儿子，"他顿了一下，"跟后山发生的一起伐木工凶案有关。"

王奇夫人直勾勾地瞪着张景天，接着眼睛一闭，一头栽倒了。

李涛博士及时扶住了她。

"这不可能，警官先生，"博士急哭了，"我们孩子这么小，他怎么打得过伐木工？"

"这也正是我们诧异的地方，所以我们现在只是例行问询，没有将他列为嫌疑人。你先别担心。如果方便的话，我想在家里问问孩子一些情况。"

李涛博士一手搀着王奇夫人，一手拉着天择，一家三口心惊胆战走向成杰楼。

张景天站在客厅，看着天择，"李天择同学，关于那起凶案，我们想问你几个简单问题。你可以选择，需不需要你的监护人——"他看了看博士和夫人，"也就是你的父母，陪着你？"

天择木讷地点了点头。福尔摩斯这下真来我家了，他想，我瞒不过去了。

王奇夫人和李涛博士不安地相视一眼，就被警官带进了卧室。

张景天关上门。

"李天择，"张景天双臂抱在胸前，屁股靠在书桌边，"前天晚上，电梯和小区摄像头拍到你去了后山树林，能说说那晚的情况吗？"

天择咽了口唾沫，让自己紧张的情绪平静下来，然后说："警察叔叔，我……我真的不知道怎么回事。当时……当时我妈妈进来说后山又有人偷树，我只是想过去看看是谁在伐木。我看到山坡上有很多男人，他们都很强壮，在用大锯子锯树，老师教育我们要爱护森林，不能破坏环境，所以我当时很生气，想去劝劝，希望能阻止他们。但是突然，山坡上起雾了，我还没来得及看清那群人长什么模样，好像……好像我就困了，好像……我就睡着了。醒来的时候，就浑身红红的。我吓坏了，我也不知道那群人是怎么了，都倒在地上。我赶快往山下跑，我怕让人怀疑，所以就……就把衣服藏在了……"天择犹豫了一下，"藏在了衣柜里，第二天回家趁爸妈没回来，就把衣服洗了……我……我也不知道怎么回事……警察叔叔……我真的不知道啊……"

天择说着说着就大哭起来。

王奇夫人捂住了嘴巴，大概没意识到，自己儿子突然学会洗衣服，是有原因的。但她还是赶紧把儿子抱在怀里，"警察同志，你看我儿子都这样了，你们就别再问了！好不好！"

"对不起女士，现在您的孩子可能是整起案件的唯一知情者，他提供的线索非常重要，关乎到所有死者包括您儿子自己，希望你们能配合。"

王奇夫人激动得要跳起来，李涛博士赶紧摁住她的肩膀，她怒气冲冲地瞪着张景天。

女警小高走到天择跟前，蹲下来，为天择拭去眼泪，把他的手握在手中，轻轻地说，"小朋友，你不要害怕，先别哭了好吗？你当时在现场都看到了什么？仔细想想，你把看到的，觉得可疑的地方告诉叔叔阿姨，可以吗？"

天择抽泣了两声，然后点点头。

"你说你当时突然感觉很困，是吗？"

天择点点头，"对。"

"现场除了伐木工，你还见到了谁？"

天择想了想，"我……我没看到还有别人，他们低声说着什么，看上去都是一伙的。而且，天也太黑，我也没看清他们的样子，就算旁边树林里有人，我也看不到啊，太黑了。"

"除了困，还有什么感觉？比如，谁打了你？把你打晕了？"

"没有。没有人打我。"

"你醒来时旁边还有谁？有人吗？"

"我不知道，当时我吓坏了，根本来不及看周围。"

张景天走上前，"我们在那些伐木工人倒下的地方，发现了很多衣服纤维，确切地说，好像是棉花，你当时看到他们用棉花了吗？"

天择皱着眉头，"没有啊，当时光线太暗了，我没看清——"

女警小高掏出一张照片，放到天择眼前，"你看看照片上的人，那晚你见过吗？"

天择定睛去看。照片上是一个中年男人，方脸寸头，鼻梁很高。

竟然是他！

一个场景闪过天择脑海。

他赶紧摇摇头，"不，我没见过。怎……怎么，他遇害了吗？"

"哦，没有，他只是受伤了。"

小高说着与张景天对视一眼，张景天冲她点点头，小高继续说："好了，天择，你是个好孩子，你后面要是想到什么，就赶快告诉我们，对破案有帮助，知道吗？"

天择用袖子抹干眼泪，点了点头。小高从口袋里掏出一个棒棒糖，微笑着递给天择，"你喜欢吗？我特别喜欢橙子味儿的，你呢？"

天择迟疑地接过棒棒糖，不能要陌生人的食物，他想，可她是警察，而且我还得配合她办案。他拿着棒棒糖，嗫嚅着："不……不知道，没咋吃过……"

小高乐得哈哈大笑，"心情不好的时候，我总是喜欢吃个棒棒糖，不过可别多吃，别让糖毁了你的牙齿。好了，天择，告诉姐姐，那晚你穿的衣服在哪儿？"

天择磕磕巴巴地说："在……在阳台上……"

一名警官把衣服拿进来了，递给张景天。正是天择那晚穿着的那套。张景天满意地点了点头，抬眼看着天择，"鞋呢？"

"在鞋柜里。"天择低着头，嗫嚅道。

张景天放下双臂，重重呼了一口气，对博士和夫人说："天择的衣服和鞋子我们要带回局里，让技术科检验，也请你理解我们的工作。我相信天择是个好孩子，也请你们相信我们，好吗？"

博士低着头，揉着眼睛，王奇夫人则低声哭泣起来。

"谢谢你们的配合，打扰了。"张景天转身出了卧室，楼下的警车陆续撤离了小区。

"儿子，"博士抱着天择的肩膀，"你实话告诉爸爸，你刚才对警察叔叔说的话，都是真的吗？"

王奇夫人瞪着博士，"怎么！你认为儿子撒谎了！"

"我是疯了吗！"李涛博士吼道，"我必须弄清楚当晚发生的事！一定有人诬陷天择。所以，一定有线索指向这一点！"

"爸爸，警察叔叔不会把我抓起来吧？"

博士把儿子抱在怀里，"不会的，爸爸相信你没有做坏事。"

"可……可我真不知道，那天晚上就跟做梦一样。"

博士低着头，叹了口气，"宝贝，你先写作业，写完就睡觉。别担心，我和妈妈会保护你的。"

天择拭干泪水，看着爸爸，会心地笑了。

博士则忧心忡忡地走出卧室，王奇夫人亲了一下天择额头，轻轻关上门。

天择惊魂未定地打开书包，写作业的手都在颤抖。警察叔叔不会明天就逮捕我吧？哦，天哪。福尔摩斯啊，快教教我，怎么澄清自己啊？他放下笔，将脸埋进手掌里……

过了很久，他才抬起头，清晰地意识到，福尔摩斯办案也是要讲证据的，天知道那些人是怎么遇害的，我可不知道。是真正的福尔摩斯，就一定不会冤枉我。一定不会。

天择坚持写完作业，一头倒在床上，沉沉睡去了。

隐约之中，他听见有人敲门，他迷迷糊糊起身，打开家门。

是他！

那个方脸寸头的神秘人。

神秘人一脸凝重，缓缓伸出右手，手中握着一个羊皮袋，递给天择。"孩子，拿好它，不论发生任何事，都不能失去它。一定要保护好它。不能把它交给任何人。它关系到你的生命！"

天择迟疑了一下，接过羊皮袋。还没等他来得及问一句"你是谁"，神秘人就转身进了电梯，电梯门关上了。

天择回到卧室，看着羊皮纸袋，袋子正中间潦草地写着三个大字："复制品"。接着他打开羊皮袋，竟发现袋子里是一幅精致的古画，画在绢布上。画面上有一大一小两只骷髅，两名妇女和一个幼儿。大骷髅坐在地上，手里还提着一个小骷髅。

这是什么啊？天择百思不解……

一阵急促的铃声响起，天择猛然惊醒。

这是一场梦，他梦见了那个神秘人，那个神秘人把古画复制品交给他的场景。这个场景，就发生在开学前一天的下午，爸爸妈妈回家之前。他以为是快递员。而当晚，新闻就报道了《骷髅幻戏图》失窃的消息。

他坐起身，松了口气，幸亏只是复制品。可那个人为什么要把画给他呢？之前他以为那是恶作剧就没有在意，可现在看来，事情没有这么简单。

他很快出了家门，朝学校进发。今天也没有沙尘暴，天择心情也轻松了许多。不过一路上他都在想，李力锋的父亲怎么样了？李力锋的心情今天会好些吗？

李力锋的心情是好些了，至少，没有昨天那么消沉了。

他一进教室，李力锋就微笑着向他走来，一伸手，说："给，昨天中午的饭钱。"

天择看着他手中的三块五毛钱，心里突然不是滋味儿。"不用了，昨天是我请你吃饭，你心情不好。"

李力锋挑了挑眉毛，"真的？你真的不介意请我吃饭？"

"不，真的不。你能陪我吃饭，我很开心。"

李力锋看了天择一会儿，把钱又收回口袋，"那好吧，刚好我可以多买一袋薯片。"他说完就要回座位。

"李力锋。"

"嗯？"李力锋转过身，"怎么了？"

"你……你比昨天心情好多了。你爸爸没事了吧？"

李力锋抿了抿嘴唇，"至少脱离了生命危险，只是现在还昏迷不醒。"接着他又喜笑颜开，"我相信他会很快醒过来。"

"我也是。"天择笑着说。

"谢谢。"李力锋说完就返回座位，跟身边的同学放松地聊着什么。

天择无精打采地坐在座位上，尽管他认为皮靴张的大部分观点都是不正常的，但是他得承认，有一点皮靴张说对了——他没有朋友。

他从来不在乎自己有没有朋友，也没有想过身边谁会把他当成朋友。对一个活在自己世界里的人，那不重要。可是现在，他莫名地开始重视这个问题。

他发现，当他希望留住一个朋友的时候，却真的没人是他的朋友。虽然昨天李力锋是他"短暂的朋友"，但这个朋友——可真是短暂啊。李力锋有自己真正的好伙伴，而天择，只是供他打个趣而已。

反正李力锋跟我本来就是两类人，他安慰着自己，一个人，习惯了，也挺好。

他拿出《百科全书（地球探险卷）》，自顾自地读了起来。

临上课时，李力锋竟然跑到他面前。天择放下书，疑惑地看着他。

"天择，说真的，昨天的午餐尽管我没咋吃，但那是我最荣幸的一顿饭。"

天择诧异地看着他，"为什么？"

"因为没人跟你一起吃饭，而你是全班第一。而我，是唯一一个跟全班第一吃过饭的人，还是全班第一请我吃的饭，并且他一点儿也不介意饭钱。你知道吗，对于我们这些考试成绩在班里排不上号儿的人来说，能有机会和你肩并肩做同一件事——当然除了上课——是一件很荣幸的事，因为你在我们这些人眼里，总是那么遥不可及。"

天择有点害羞，"谢谢。看上去你比昨天心情好多了。可能你还不知道，昨天我竟希望你能在课间吵得我连书都看不进去。"

李力锋猛地发出一声大笑，天择吓了一跳，差点把书扔了，"没我吵你，你还不习惯哪。看来我对你挺重要啊。"

天择不知道自己该不该承认这一点，他不确定，自己是喜欢昨天的李力锋，还是今天的李力锋，还是李力锋整个人，不论昨天的，今天的和明天的。不过，昨天的李力锋能感到跟自己吃饭是一件很荣幸的事，天择还是很欣慰的，虽然，他试图安慰别人却起到了相反的结果。

"嘿，再给我个机会呗。中午我们一起吃饭，我请你，如何？"

天择瞪大眼睛，"你有饭卡？"

李力锋掏出一张百元红票，"我今天中午就有饭卡了，我可能得在学校吃一阵子了。怎么样，我们中午一起？"

天择看看桌上的书，其实他也挺想趁中午放学安安静静看会儿书。可现在，中午有李力锋在，他就什么也别想干了。

天择点了点头。他留恋昨天的李力锋，留恋昨天跟他相处的时光，以至于也向往今天的李力锋，向往今天跟他相处的时光。没准儿，昨天的和今天的，也没有什么差别呢。

李力锋高兴地一拍他的肩膀，天择差点从椅子上掉下去。这家伙可练过跆拳道，据说段位相当高，手劲儿果真不是一般大。天择揉着肩膀正要埋怨，李力锋却早已坐回座位上了。

中午下课铃刚响完，李力锋就冲过来，一把搂住天择肩膀，"哥们儿，走，哥请你吃饭。"

一种"真正的李力锋又回来了"的感觉袭上天择心头，他心想昨天那个李力锋怕不会是个假的吧。

于是，俩人在全班同学惊异的目光下走出教室。这简直是没了天理。李力锋竟然能让李天择和他一块去吃饭，这家伙真是刚出窑的瓦盆———套一套的。

李力锋搂着他一路走到餐厅，"嘿，伙计，我觉得咱俩挺搭配的，你看，首先咱俩都姓李，其次，只有我和你在一块吃过饭，最后，你是第一，我也是第一——"

天择斜眼看着他。

"呃——倒数的。嘿，你也别小瞧人嘛，我也是有优点的，比如，我做的烧鸡可是老字号传承，特别好吃，我家厨房可少不了我啊。"

"我没有小瞧你，只是你刚才和我大摇大摆走出教室，别人会不会觉得你狐假虎威啊？"

"嗨！管他呢，"李力锋一摆手，"要真是狐假虎威，那也是我这只老虎，保护你这只小狐狸啊。"

天择冲他翻了个白眼，"我要你保护？"

"咱俩是文武双全！哈哈哈——"

天择琢磨着，他其实更喜欢昨天的李力锋，因为昨天的李力锋，跟自己很像。唯一的不同，就是昨天的李力锋，没有从孤独中走进属于自己的世界。

他们坐到餐桌旁时，天择犹豫再三，还是开口了，"其实，昨天我能跟你一起吃饭，我也感到很荣幸——"

"哦？"狼吞虎咽的李力锋停下手中疾驰的筷子，瞪圆了眼睛，"跟我吃饭？"他用筷子指着自己，眼神里放着光，"我？你荣幸？真的吗？"

天择点点头，"说真的，你昨天第一次让我真正感到，有朋友是什么感觉。"

"哇！"李力锋一声惊叫，旁边饭桌上的同学纷纷转过头来，"我魅力十足啊！"

旁边有人在笑。

"你干什么!"天择压低声音叫道,"别一惊一乍的。只是看着你昨天无精打采,有些同情你。"

"喂喂喂,可别转移话题啊,哥虽然成绩不好,但是魅力十足啊,连第一名都愿意跟我做朋友啦!"

"你还真会占便宜!谁是你弟?再说,我只是陪你吃饭,又没说跟你是铁哥们儿,瞎激动什么?"

"嗨,"李力锋大咧咧地一甩筷子,一片洋葱落在了旁边一位四年级小朋友的头上,那孩子诧异地仰头转着,好奇天花板上怎么会掉洋葱。"那都不重要,重要的是,你能和我吃饭,我是麻雀飞上枝头变凤凰啦。"他筷子又一挥,一片黄瓜落到了邻桌另一位男孩的头上,然后正好被前一个男孩看见了,两个男孩怒气冲冲地瞪着李力锋。

"快道歉。"天择压低声音。

"啊?道什么歉?"

"你吃饭吃到别人头上了!"

李力锋转身一看,直接跳起来,走到那俩男孩旁边,左手捏起洋葱,右手抓起黄瓜,直接塞进嘴里,"谢谢啊,多亏你们在,不然这美味可就掉地上浪费了。大哥今天食欲很好!"

天择捂住眼睛,我的天哪。而两个可怜的男孩面面相觑,无辜地用手在头顶上抹擦着。

"李力锋,既然我都陪你吃饭了,能不能告诉我,你爸爸是怎么受伤的?"

"嗨,快别提了!"李力锋的筷子又要飞舞,天择赶紧一把摁住,"拜托了,别再甩筷子了。"

李力锋咧咧嘴,"听我妈说,我爸在工厂里,被机器割伤了,流了很多血。是个意外。不过，"他全身一抖，"好可怕。开学的前一天，我爸一晚上都没回家，第二天，我根本没想过发生了什么事，直到下午放学，被我妈送进医院，我才知道了。"

"你爸做什么工作的？"天择问。

李力锋犹豫了一下，"嗯，跟木头有关吧。我也没详细问过。"说完就自顾自地继续吃饭。天择也继续吃，不知道也好，他想，万一是伐木工呢？他讨厌伐木工，没有人伐木，天上不会有沙尘暴，没有沙尘暴，爷爷也不会得肺病。他可不愿意这么快就跟李力锋产生芥蒂。

李力锋的餐盘很快就见了底，而他取的餐食，是天择的两倍。

李力锋一边擦着嘴，一边从裤子口袋掏出一张照片。"喏，你看，这是我爸。他还在昏迷。我每天都很想他，所以身上总带着他的照片。我还对着照片说些祝福的话，我相信老爸会很快醒过来。"

天择用纸巾擦掉手上的油，接过照片。

照片中是一个男人抱着李力锋在海边的合影，应该是最近才拍摄的。

那个男人，方脸寸头，鼻梁很高。

天择愣住了。

第五章　调查启动

　　这是一个赔率极高的赌注，可却是目前他想到的唯一点子，而且做点儿什么肯定比画就要永远消失了，而他却只坐在那里烦恼要好。

——［美］爱丽丝·布洛奇《杰作》

　　一道晴空霹雳砸向了天择脑袋。李力锋的爸爸，怎么会是那个送画的神秘人？而他，送画的当晚，就在幽幽谷的山林里，差点被杀。他根本就不是被机器割伤的，而是被人蓄意谋杀未遂。我的天哪，这跟那幅画有什么关系吗？

　　"喂！喂！"

　　"嗯？"天择回过神来，李力锋举着筷子在他眼前晃动。

　　"那可是我老爸，怎么你还看得入神了？是不是见我老爸帅，想跟我换？"李力锋一把夺过照片，"告诉你，我可不换，我老爸对我可好了。"说着他把照片端正地举在眼前，专注地盯着照片，声音低了下去，"老爸，你快点醒过来吧，我好想你。我祝福你现在就醒过来，这样我放学，你就能陪我聊天了。"说完，他把照片小心翼翼地放进口袋。然后深吸一口气，转身又愉快地对天择说，"吃完啦，走吧。我到教室想和你一块看书，看看什么好书那么吸引你。"

天择站起身，整个人都是轻飘飘的，恍如梦幻。

他突然觉得细思极恐。自己到底摊上了一堆什么事？神秘的画、神秘的人和一桩神秘的谋杀案。这个世界对他要不要这么刺激？

"唉，你知道吗，天择，"快到教室的时候，李力锋叹了口气，"其实我有点不相信我爸是被机器误伤的。他身上的伤口有两处，有点像……像是刀伤。"

天择心里咯噔一跳，"你真这样想？"

李力锋抿了抿嘴唇，"我也不知道，只是感觉有点像。因为我在医院看到了警察。而且我问了老妈，可她闭口不谈，总是转移话题。我也觉得这事有蹊跷。"

天择的心悬了起来，"那……如果他真是刀伤呢？"

李力锋双拳紧握，突然恶狠狠地瞪着他。天择吓了一跳。

"如果，真是刀伤，"他一字语句地说，"我要把那个砍伤我爸的人，揍得满地找牙。"

"别……别啊，又不是我砍的，干吗这样看着我？"

李力锋平和了下去，"哦，对不起，天择，我不是有意的。只是，我爸爸对我很重要，我不允许任何人欺负他！"

天择思考再三，迟疑地问："如……如果，那个人你认识，而且，还……还跟他关系很好呢？"天择也不知道自己为什么会这样问，他真是糊涂了。

李力锋看着他，"你这是什么意思？"

"没……没什么，我只是假设一下，随便问问……"

"哦，这样啊，反正，我绝不会原谅他。"李力锋一挥手，"嗨！不说这事了，多么沉重，不符合我的气质。"他说着把头一仰，"像我这种阳光男孩，怎么能聊这么抑郁的话题呢！走，回教室讲讲你最近看的书。"

在天择身边，李力锋好像有些变化。这家伙从来不会在教室里看除课本以外的书，就算是看课本，也是迫不得已。

而现在，他竟然和天择坐在一张凳子上，面前竖着《百科全书（地球探险卷）》，和天择一起翻页读着。"嘿，你别说，这百科全书看上去也没那么无聊啊。"

"你平时真的什么书也不看？"

李力锋下巴颏儿搭在桌面上，晃了晃脑袋，"看得不是很多，看一看就容易睡着。所以，我真的想不明白像你这种人，怎么能抱着书看一天，你不无聊吗？你不玩游戏吗？"

"我觉得看书挺有意思，能学到很多东西，甚至能环游世界。"

李力锋咧咧嘴，"天哪，我真是不理解。你书里读到的世界，和真正看到的世界，可是不一样的。你看到的是世界本来的样子，是你自己认识的世界，而你读到的，是别人眼里的世界。这完全不一样。"

天择若有所思地点点头。李力锋的话，也许是对的。

他看着身边的李力锋，李力锋手指在翻页，没注意到他在看他。

这有什么关系？天择想，李力锋又有什么错？他无法替他老爸选择职业，他只是很爱他老爸，就跟自己很爱爷爷一样。伐木、破坏环境，那是他老爸的错，我，为什么要把责任连带到李力锋身上？如果我真为他老爸做的错事，与他产生芥蒂，那我才是大糊涂虫呢。

　　旁边响起了鼾声，李力锋已经睡着了，连这一页都没看完。

　　天择轻轻把书拿开，然后慢慢挪到同桌的座位上，同桌中午回家休息，不在学校。天择留下李力锋在自己的座位上睡觉。他合上书，心中忐忑不安。不怎么愉快的丛林之夜冲进他的脑海。警察叔叔会查出什么呢？我会不会受到牵连呢？

　　渐渐地，一个不成熟的想法，在他脑海中形成。

　　直到下午有同学吵闹着奔进教室，李力锋才终于睁开惺忪的睡眼。这家伙绝对是个睡神！

　　李力锋伸着懒腰，打了个哈欠，"天哪，桌板太硬了，趴着睡真不舒服，胳膊都酸了。难怪你中午不睡觉，一直看书呢——"他看着天择，有些不好意思，"抱歉啊，说是陪你一块看书呢，结果我先睡着了，你看，我就说我看书很容易睡着吧。"

　　天择笑了笑，"那你一定不会失眠，总会有办法让你睡觉。"

　　"嘿嘿嘿，你就别嘲笑我了。哦对了，我看了几页？"

　　天择伸出两根手指头。

　　"哇，哥们儿，我至少都陪你看了两页了，我太厉害了！"

　　"李力锋，下午放学后，我能陪你去看望你老爸吗？"

　　李力锋瞪圆了眼睛，"你说什么？再说一遍？"

　　"我想陪你，去看望你老爸，可以吗？"

　　李力锋兴奋地尖叫，"你想去！真的吗！"

　　天择手指压在嘴唇上，"你小点声！"

　　旁边立刻有同学围过来盘问，"唉，去哪儿去哪儿？你们要去哪儿？"

　　"我的上帝老天爷啊！天择要陪我去医院看望我爸。"

　　"切！我以为是去哪儿玩呢。"

"嗨，去医院有什么好，大呼小叫的！记得去好玩的地方叫上我啊！"

同学们无趣地散开了，有几名同学看了天择一眼，眼神里透着一种不解。似乎在说，你可是全班第一啊，啥时候跟李力锋混迹一团了？关系还好到要去探望他的老爸？

这种眼神令天择不舒服。但他没有回应他们，他知道，这次不完全是探望。

李力锋的妈妈是个大大咧咧的人，李力锋正是完全继承了她的基因，天择很确定。他家的越野车里挂满了布娃娃，粉红色的，扔得到处都是。而后座上堆满了乱七八糟的账本，看上去十年都没人整理了。她妈妈窘迫地收拾着车上的一切，以供给天择腾出坐的地方。手机一会儿扔到后座上，一会儿又甩到前排，最后终于拾掇好了，却找不到手机了。"哦，天哪，我手机不见了。锋锋，快帮我找找。"

李力锋冲天择耸耸肩，钻进车厢去找手机。

"阿姨，我给您手机拨个电话，就知道它在哪儿了。"天择说。

"哦，那真是个好主意。"

驾驶座底下响起震动声，他妈妈把头都快伸进椅子里了，才艰难地掏出了手机。李力锋不好意思地看着天择，转过头又叫道："老妈，你这粗心大意的毛病得改改了。"

她妈妈一屁股坐到座位上，"儿子，你说得没错，真是让你同学见笑了。"

天择更不好意思了，他的突然造访，给这个小家庭造成了一场尴尬的小风波。

一路上，李力锋兴高采烈地向他妈妈介绍天择，他妈妈很高兴儿子能跟这样的同学做朋友。"哦，天择，你可要帮我好好开导开导锋锋，多给他讲讲功课，讲讲学习，提高他的成绩啊，他真是让我们愁死了。"

"阿姨，我会的。李力锋现在也爱看书了，和我一起看。"

"真的！"他妈妈转头兴奋地看着天择，然后没看见红灯，直接闯了过去。

天择不确定，那两页书，值不值得这次闯红灯的罚单。

"哦，算了吧，闯就闯了！只要我儿子爱看书爱学习，怎么都行！天择，你要帮阿姨好好管管锋锋，他太调皮捣蛋了，你要帮帮他。"

"阿姨，放心吧。李力锋在家会做饭，而我却不会，他有很多优点，很多方面都比我强。"

李力锋感激地看着天择。

"嗨，他那点优点，可赶不上你啊，你是全班第一啊，要多教教锋锋学习方法。学习，可是最重要的。"

"妈，咱能不能聊点儿别的？人家天择都烦了。"

天择其实并不烦，他很愿意和他们聊天，随便什么都可以。他想。他的爸妈如果能像李力锋爸妈这样，尽管絮叨，至少家里会很热闹，不会冷冷清清的。

"你看看你，一谈学习就不乐意，跟人家天择好好学学，别一天总想着玩。"

"哎呀！我知道了！老爸今天怎么样了？"

"哦，医生说你爸爸恢复得不错，估计很快就会醒来。"

李力锋一拍手，"太好了！天择，你看，我就说吧，祝福是有用的！"

天择笑着，"希望你老爸早日康复。"

医院里，李力锋的爸爸被安置在高危病房，是个独立病房。家属朋友只能隔着一道玻璃墙，看到病房里面的状态，但是进不去。他爸爸仍处于昏迷状态，身上插满了输液管。

"哦，老爸。"李力锋趴在玻璃墙上，专注地看着爸爸，"你快点好起来吧。我还想让你带我玩儿呢。"他脸上满是期望，又夹杂着一丝焦虑。

天择站在玻璃墙前，默默地看着李力锋，突然鼻子酸酸的。

李力锋终于把目光移向天择，"嗨，这就是我老爸，他很出色，也很爱我。工作再忙，都会抽时间陪我玩儿。"

"我爸爸如果能像你爸爸这样，就好了。"天择低下了头。

"嘿，别这样，"李力锋一只手搭在天择肩上，"你可以找你爸爸谈谈。或许他也有他的难处。"

天择摇摇头。

他觉得他该说了。

"不提我家的事了。你爸爸在住院前，有没有什么特殊情况？"

李力锋皱着眉头，"特殊情况？什么意思？"

"哎呀，你不是怀疑，你老爸不是遭遇了机器事故吗？如果是真有人谋害他，我想，我愿意陪你找出背后的真相。"

李力锋瞪圆了眼睛，"不是有警察吗？还用得上我们这么费事？"

"难道你不想亲自搞清楚，这背后的原因吗？"

李力锋眉头紧锁，似乎在犹豫什么。"哦，天择，我不知道该怎么说。如果有人要谋害我爸爸，那就太可怕了！"

"你就告诉我，他最近有没有什么反常的地方？"

李力锋用奇怪的眼神看着他，"你希望我爸爸是被谋害的？"

天择打了个激灵。"当然不是，我……我只是想排除这种可能性……"

李力锋怀疑地盯着他看了一会儿，天择觉得自己的脸色一定很难看。

然后李力锋开口了，"要说有，好像还真是有点……"他视线转向一侧，若有所思，"他收到过一封信，是我从快递员那里取来给他的。确切地说，是我叫我老爸下来给快递员签了个字，那封信必须本人签字才能取走。他当天收到那封信，就急匆匆地出门了。然后整晚都没回来，后面的情况，就是这样了。你是怀疑……"

天择双手捏着他的肩膀，两眼放光，"那封信在哪儿？在你家吗？"

"应该还在！"

"走，去看看。"

李力锋点点头，"好！"

李力锋的妈妈简直不敢相信，他儿子跟全班第一成了铁哥们儿。人家不仅来探望儿子老爸，竟还要在家吃晚餐，陪李力锋一起写作业，这简直是空中掉馅饼——喜从天降。她整个人都在激动地颤抖，"我儿子的学习成绩终于有希望了——"她开车回家的路上，不住重复这句话。好几次把油门当成刹车踩了，吓得天择赶紧系上了安全带。

天择从没想过，他对别人，可以这么重要。

李力锋的家，我的老天！这是天择进门后第一句感慨。当然他没有说出来。家里就跟才打完仗一样，衣服、裤子随意地扔在客厅沙发上，各种塑料袋里不知装着什么东西，大包小包堆了一地，天择站在门口愣了半天，不知从何下脚。

"快进来啊，站门口干吗？"

天择犹豫地抬起右脚，不知是该踩到装衣服的黑袋子旁边，还是该踩到装萝卜的白袋子上。

李力锋走过来，抬起一脚，一个绿布包飞到客厅中央，"好了，大路通了，赶紧进吧。"

"哦，锋锋，当着朋友的面，你这可太粗暴了。"

"没事，阿姨，我习惯了。"

李力锋妈妈窘迫地说，"抱歉，最近……我们家的情况你也知道了，没时间收拾，让你见笑了。快坐，"她匆忙收起散布在沙发上的衣物，"锋锋，看你们想喝什么，饮料随便拿。"

天择很少造访别人家，他没想到，别人家，竟然可以这么——怎么说呢——拥有"生活气息"。

他的妈妈跑去厨房做饭了。李力锋端着两罐冰镇可乐过来了。

"嘿，欢迎来到我们家。我从没想过，全班第一能到访我家。"

天择强挤出一个笑容，"趁你妈妈正在做饭，我们看看那封信。"

李力锋扳开一罐可乐的拉环，发出"砰"的一声，然后递给天择，"你等一等，可能在我爸房间里，我去找一找。"说完他起身，先是一脚踹飞一个蓝布包，然后第二个红布兜飞到卫生间门口，接着第三个、四个、五个装着不明之物的快递盒钻进了餐桌底下。

天择叹着气，把脸埋进手掌里。难怪李力锋足球踢得好，看来跟家庭环境难舍难分啊。我家要是这样，我会疯掉的。

李力锋，真的适合做我的朋友吗？

很快，李力锋又回来了，天择已经数不清有多少个包裹被迫挪了位。他紧盯着李力锋手上那个白色信封。

天择抓过信，正要打开。李力锋拦住他，朝厨房瞥了一眼，他妈妈正忙着做饭。"咱们去我房间吧，偷看别人的信，可不光明正大。"

天择跟着李力锋进到他的卧室。

如果说，客厅发生过一场世界大战，那么，李力锋的卧室，就绝对是星球大战了。脏衣服铺成了地毯，废弃的笔和作业本在墙角堆成了山，天择觉得他幼儿园时代的本子都能在那里找到。书桌上，玩具和书本相互争据着地方。而床上，没了轮子的车模翻到被褥里面，袜子钻到杂志里成了书签，正中间还散着一摊乐高积木零件，尽管半个城堡造型已经歪歪扭扭立在那里，但天择认为，他要是能拿这堆积木拼出个完整城堡，那才叫见了鬼呢！

这哪里是卧室，这简直就是个杂货铺。

我的天哪，我的朋友，竟然是这个样子的！

李力锋关上门，拉出写字台座椅，椅面上还落着一个长满尖刺的狼牙棒模型。他抓起狼牙棒扔到床上，"坐，天择。我们看看老爸的信。"

"看信之前，我友情提醒一下，睡觉前记得把狼牙棒拿出来。我怕明天你家又多一个人进医院。"

"嘿嘿嘿——"李力锋做了个鬼脸，抓起狼牙棒又扔到地上。

天择耸耸肩，好在李力锋没有光脚的习惯。

信封正中间只写着收信人和收信地址，还是打印上去的。他小心翼翼打开信封，抽出里面的纸。

纸面中央，只有一行大字。

这行字也是打印上去的：

"交出画。否则……"

两人面面相觑，一时间竟不知如何开口。

李力锋的脸色沉了下去，显然他的某种担心，已经被证实了。

天择也是。这一切的一切，都源自那幅《骷髅幻戏图》仿制品。有人在追踪这幅画，而这幅画已经转移到了他手中。

有一点天择毋庸置疑，他，手上握着最关键的线索。

天择从头到脚凉透了。如果他不交出画，有一天那个人要是知道了，后果，他已经看到了。李力锋的爸爸就是例子，那还得是足够幸运。

可是，李父给他这幅画的时候，交代得很明白："不论发生任何事，都不能失去它。一定要保护好它。不能把它交给任何人。它关系到你的生命！"

他为什么要保护那幅画？还交给我保护？这跟我有什么关系？那幅画有什么特别吗？

"天择……"李力锋声音颤抖，"咱们，报……报警吧……"

天择尽管想保持冷静，但他收起信函的手在发抖。他一只手搭上李力锋的肩头，"听我说，李力锋，你先保持冷静。"

李力锋一把打掉他的手，大叫道："你叫我怎么冷静！"

厨房里传来李力锋妈妈的声音，"锋锋，好好说话，别喊来喊去的。"

"没事，阿姨，我们闹着玩儿呢。"天择赶紧应道，接着压低声音，"李力锋，你先听我说，我知道那起谋杀案，就发生在我家后山上——"

李力锋眼珠子都快掉下来了。"你家后山？"

天择拉着李力锋坐到床上。

"是的，我家后山前两天发生了一起伐木工谋杀案，警察已经展开调查了，所以你在医院看到了警察。你爸爸不是唯一的受害者，一群人已经死了。"

李力锋倒吸一口冷气，"可……可怎么会……"接着他严肃地瞪着天择，"你怎么知道，我爸爸就是那起谋杀案的受害者？"

天择一时语塞，他不想让李力锋认为他之前隐瞒了什么。

"我猜的。因为，"天择努力保持镇定，"那起谋杀案，凶器就是伐木砍刀，如你所说，跟造成你爸爸身上伤口的物件是同一类。而你爸爸又在木材厂工作，你说，世界上有没有这么巧的事？"

李力锋低着眼睛，思索什么。

"所以，你告诉我，你爸爸，在木材厂，到底是做什么工作的？我不相信你不知道。"

李力锋抬起泪汪汪的眼睛，"我……我真没想到，会发生这种事。我爸爸……是……"他又低下头，"是伐木工总监。"

天择哀叹一声，"你之前为什么不告诉我？"

"我……"李力锋一直低着头，"同学们都知道，我家……我有很多零花钱，这全是我爸爸辛苦赚的。但是，我总觉得，我爸爸的工作，不……不怎么光彩……"他的声音小了下去，"尽管有钱，可是……是靠伐木赚的……我怕同学们说我的钱不……不正当……也不想让你知道，我家是……是伐木工……怕你嫌弃……"他的声音几乎听不见了。

天择两只手搭在李力锋肩上，"你不能选择你的父母，更不能替他们选择他们的职业。这不是你的错。而且，我们生活中也需要木头啊！"尽管这样想，但天择知道，李父是偷木者，这跟正规的伐木工是两回事。

李力锋看着天择，两行泪水滑落，"天择，对不起，我之前没说实话。可是我很爱爸爸，我也不想让别人嫌弃他。"

天择用袖子帮他擦掉眼泪，"我不嫌弃你的爸爸。"他觉得这话说得有点违心，"也不会嫌弃你。我保证，下次还会来你们家做客。不过说真的，下次拜托收拾一下你的'战场'，让我的视觉感受好一点。"

李力锋扑哧一声笑了，鼻涕都出来了。

天择也笑了。

可是他很快就收住了笑容。以目前错综复杂的情况来看，现在可不是笑的时候。

"天择，你会为我保密吧？"

"嗯？保什么密？"

"我爸的工作。"

天择伸出小拇指，"我绝对不会说出去，我们拉勾。"

李力锋高兴地伸出小拇指，两人一言为定。

"那我们现在怎么办？警察叔叔会找到凶手吗？"

天择心中咯噔一跳，警察家访的场景又浮现在眼前。

"我相信，会的。他们一定会找到真正的凶手。"

李力锋开心地笑了，脸上还挂着半截鼻涕。"你觉得那是一幅什么画？警察叔叔知道有那幅画吗？会不会是失窃的那幅什么骷髅图？"

天择不知道该怎么回答。李力锋现在很敏感，而他此时还不能将事实和盘托出。那幅画藏的秘密太多了，警察是不会相信那幅画落到他手上，只是一个陌生人跟他的简单交接，何况这幅画的原作最近丢失，制作这幅仿制品的人，如果手上没有原作，他根据什么仿制？警察会顺着这条线，把他和李力锋的爸爸，调查个底儿朝天的。这还别说他已经成了谋杀案的怀疑对象，这要是让李力锋知道了……他现在还不想失去他。

他决定继续隐瞒。

他感觉在李力锋面前有种罪恶感。

"没有依据，我们先别乱猜。"

"可你觉得，画还在我老爸手上吗？他把画交给他们了吗？我觉得应该把这事告诉我老妈。"

天择想了想，"我不知道。但我认为那幅画不是关键，关键是，我们得找到，是谁想要那幅画。"天择说，"这件事跟你老妈先别提了，你老妈既然不告诉你，你老爸受伤的真正原因，一定是不想把你牵涉进来，不想让你担心。她已经为你操碎了心，就别再让她为这事操心了。"

这时，李力锋的妈妈走了进来，"两位小伙子，快来吃饭啦！"

天择这才想起来，忘了给他的爸爸妈妈打电话了。他赶紧拨通李涛博士的电话，告知他今天晚上就不吃外卖了。博士对此表示很放心。

餐桌上整整齐齐摆着四菜一汤，虽然看起来没有外面餐厅的精致，吃起来也没有外卖的味道诱人，但是，天择就是觉得很好吃，好像，有一种家的味道。

餐桌上，话题离不开李力锋同学的功课，尽管他一直打岔，想聊聊别的，但最后莫名其妙地，话题总是能魔法般绕回到学习上。

李力锋一边狼吞虎咽，一边搪塞着妈妈的每一句话。最后，他把碗一放，拉着还没吃完的天择，直接钻进了卧室。

"好好写作业！天择你帮帮他！"他妈妈在后面高喊。

"好的，阿姨！"天择大声回道。

书桌旁，天择和李力锋坐在一起，写着数学作业。他从未有过这种体验。这种感觉很奇妙，就像是，你走出了自己的家，钻出了自己的世界，有人陪你做着同一件事，你不再是一个人，尽管可能不需要他的帮助，但是，你的视野里有他，好像更让你放心一些。

唯一的问题是，你得时不时去帮他。

"天择，第一道题怎么做？我不会列公式。"天择正在专心算第五道题时，李力锋愁眉苦脸地看着他。

天择的思路被打断了，他放下笔，为李力锋耐心讲解。然后，当他认真算着第十道题时，李力锋又向他求助第二道题……当天择写完了数学作业，正在给李力锋讲第四道题时，李力锋的思路终于从作业中偏离，"天择，你说那究竟是一幅什么画？为什么那个人那么想要它？它有什么特殊的吗？还是它很值钱？我真是很好奇啊，爸爸要是醒过来该多好啊，我就可以去问问他了。不然，我现在再去找找，没准儿那幅画还在家里呢？"他说着就要起身。

天择拦住他，"别找了，那幅画，肯定不在你家。"他顿了一顿，又说："那么重要的东西，你老爸一定藏到别处了。或者，他已经交出去了。"

李力锋无精打采地坐回座位。

天择看着他，犹豫了一会儿，说，"其实，我也想知道那幅画有什么特别的。不如……我们去找找那个人？"

李力锋严肃地看着他，"可他是杀人犯啊！"

天择摇摇头，"那个人没准儿只是想要画，没有证据证明他杀了人。警察已经在找凶手了。"

"那你想怎么做？"

"从那封信入手。"

"信上有线索?"

"信上有邮戳。"

李力锋眼睛转了转,"你是要找那个寄信的邮局?"

天择点点头。

"那为什么不把信给警察,让他们去找,我们还能提供线索?"

"警察一出动,很容易打草惊蛇。而小孩子去调查,没人会注意,我们也许会发现一些警察发现不了的线索。然后,汇总所有线索,再交给警察,他们就能直接抓人了。"

李力锋两眼放光,"这简直太刺激了!我一直都想为我爸爸做点什么,让他为我骄傲,反正成绩是指望不上了,而这个正好!我同意!"

李力锋激动得站起来,在卧室走了一圈,然后又坐下,"我们什么时候行动?"

"明天下午放学后。"

"好!我们要准备什么?这可是破案啊!"

天择用笔尖指了指作业本,"唯一要准备的,就是明天给皮靴张的作业。你不想被留校补作业吧?"

一直到九点,李力锋的数学作业本才历经艰辛地合上了。其间他的妈妈不断送来牛奶、水果和甜点,天择觉得明天中午他都不用吃饭了。

最后,他把那封恐吓信塞进书包,与热情的李力锋家人告别,往家里走去。

他从没去过同学家里做客,没想到这第一次做客,心里竟暖暖的。尽管也有些不如意的地方,不过,他知道,这是一个开始。

一个属于他自己的开始。

第六章　钟楼邮局

尽管他们只是今天早上才正式见面，却好像彼此认识很久了。他们之间有某种相互理解的神秘默契。

——［美］爱丽丝·布洛奇《杰作》

第二天整整一天，李力锋都处于亢奋状态。尽管天择提醒他千万别说漏了嘴，但有几次，李力锋还是差点让他们的计划成为全班新闻。多亏天择及时制止。

放学后，李力锋的妈妈没有来接他。

"你是怎么给你妈妈请假的?"走在新兰大街上，天择问。

"我让老妈去医院多照顾老爸，我放学了自己去医院。你呢?"

"跟昨天一样，我打电话。"天择晃了晃手中的信封，"信封上没有盖邮筒戳，说明信不是直接投放邮筒的，他很可能是直接从邮局把信寄出去的。"

天择指着那个黑色的圆形邮戳，邮戳顶部写着"古堡"，下端写着"钟楼"。

"古堡市钟楼邮局！"李力锋叫道。

"还好离我们不远。"天择拉着李力锋朝地铁站奔去。

钟楼邮局位于市中心，就在大钟楼的东北侧。两人进入邮局，来寄信和明信片的人还挺多。鼓楼也在附近，和钟楼都是古堡市的热门旅游景点，不少游客会来到邮局，给家人朋友寄出一份深情的信函或者明信片，以存纪念。

然而这却让天择开始担心，这么多人，收信员还会记得寄出这封普通信函的人，长什么样吗？

天择举着信走到收件窗口，一位精神振奋的年轻小姐姐坐在玻璃板后面，热情地看着他们，"你好小朋友，请问，邮票贴好了吗？普通还是挂号？"

天择蒙了，"挂……挂号？"

姐姐无奈地看了他一眼，"不是医院的挂号，是把信投给特定的人，必须要对方签字，还有收据。"

"不，姐姐，我想问一问，这封信，您还有印象吗？"天择说着把信封从玻璃板下塞进去，"我们找不到这封信是谁寄出的，想找到他。这很重要。"

年轻女孩拿着信封翻来覆去，接着把信从窗口内推出来，"这是一封挂号信，是送给特定的人的。而寄信的那个人……"她皱起眉头，像在回忆什么……

天择内心不住祈祷，想起来吧……求你了……

"……没什么印象了。"

天择肩膀耷拉下来。

"不过——"

天择又立直了。

"有个人就是怪怪的，大概前两天吧，但是不是这封信的寄出者，我回忆不起来了。"

"姐姐，您帮我想想，那个人怎么就怪怪的？"天择趴在收信台上，急切地看着收信员。

"你问这个干什么？他没给你们留寄信人信息吗？"

"没有啊。所以我们才要找他，这很重要。姐姐，拜托你了。"天择急得眼圈都快红了。

收信员笑了笑，"那个男人个头不高，是个矮墩子，穿着深色长风衣，却戴着一个亮黄色的鸭舌帽，你说现在的人，谁会这样搭配穿衣，我们都用浅色搭配……"

"姐姐，还有什么特征吗？"天择焦急地打断她。

"……还戴了个口罩，而那天并没有沙尘暴。我盯着那人看了很久，他也没说话，把信直接塞进来，付了邮费，就离开了。你说现在的人，真是啥样都有，那装扮真……"

"谢谢您，姐姐。"天择说完转身就走了。

收件员看着他走出大门，叹了口气，"邮局很无聊吗，连小孩都不愿多聊两句……"

"天择，"一出邮局大门，李力锋就拉住天择的胳膊，"你说，那个怪模怪样的人，就是寄信人吗？"

天择重重地点点头，"他的装扮配得上他的行为，我觉得不会有错。"

"可他把自己捂得那么严实，我们咋知道他是谁？查监控都不一定能搞清身份。"

天择快步走向钟楼地铁站，"所以，我们得把他钓出来。像钓鱼一样！"

李力锋惊异地看着他，"什么？像钓鱼一样钓人？用鱼竿吗？"

天择冲他回了个高深莫测的微笑，"我们现在去医院。"

李力锋一头雾水地跟在他身后。

钟楼离古堡市博爱医院不远。地铁上，李力锋一直想问清楚，但天择总是以蒙娜丽莎般神秘的微笑回答他。李力锋急得团团转，"求你了，你就告诉我吧，别卖关子了好不？"

"钓鱼嘛，首先得有诱饵，比如蚯蚓啊什么的……"

李力锋耳朵竖着，眼睛瞪得圆圆的，"然后呢？"

"然后，挂好诱饵，等着鱼上钩啊！"

李力锋一跺脚，"你这说了跟没说一样！唉，算了，你总会告诉我的！"

"一会儿到了医院，咱们的第一项任务，是找到你老爸的手机，它是关键。"

李力锋点点头，等着他继续说下去。

天择不说了，望着窗外黑乎乎的隧道。

"你怎么总是话说一半，吊人胃口啊。"

"后面的计划，我得再好好想想，看怎么实施。"

李力锋手吊在扶手环上，无趣地抿着嘴。过了一会儿，他说，"天择，我有件事想不明白。"

"什么？"

"你说那人明知道邮局有监控，为什么愿意把自己捂得那么严实，来邮局寄信，却不愿意把信投进满大街都是的邮筒？"

"我一开始也在想这个问题。要么，就是他家没有邮票，要先在邮局买邮票，顺带着就把信寄了。要么就是——你忘了？他寄的是挂号信，这跟普通信是不一样的。挂号信必须投递给收信人本人，收信人是要签字的，这样会避免信件丢失。而这么重要的一封恐吓信，当然寄挂号信最保险。而挂号信，必须亲自到邮局才能寄出，扔邮筒里是不行的。"

李力锋若有所思地点点头，"我更偏向第二个理由。"

"我也是。"

不出半个小时，天择和李力锋就站在病房的玻璃隔墙前。李力锋趴在玻璃墙上，期待地看着老爸。他的妈妈则兴高采烈地握着天择的手，"多亏了你的辅导啊，天择，锋锋的作业今天拿了满分，你们张老师给我打了电话，说锋锋进步很大，这会给他更多信心的。真是谢谢你啊，天择，希望你能经常辅导锋锋，让他的成绩好起来。"

"阿姨，您放心，我会经常辅导他的。"

"哎呀，老妈，你能别一见我同学就聊成绩不？我们的友谊比天高比地厚，可不光是成绩。"李力锋从玻璃墙前跑过来。

他妈妈不好意思地笑着，"我也是希望你们在一起互帮互助嘛，妈妈也高兴嘛。"

"哎呀，不说成绩了。我老爸的手机在哪儿？"

"哦，在我这儿。怎么了？"

"我……"李力锋瞄了天择一眼，而天择点点头，"我想拿我老爸手机玩会儿游戏……"

"我说我才刚表扬你……"

"哎呀呀，妈妈妈，"李力锋上去就捂老妈的嘴，"就玩一会儿……就一会儿……"

"阿姨,"天择也凑上前,"我和李力锋就玩一会儿,十分钟,然后我们就去写作业,我保证。"

李力锋妈妈还能怎么说?她从包里掏出手机,"你们两个小朋友,能玩到一起是好事,可也要学到一块啊,互帮互……"她话还没说完,李力锋就抢过手机,拉着天择跑向医院楼道。

"你们就在这儿玩啊,跑去哪儿……"

楼梯间的隔板门关上了。这里很安静。

"天择,下一步怎么办?"

"打开手机,翻开通讯录和微信。"

李力锋输入密码,打开手机通讯录。他爸爸的通讯录可真长,足有两三百人。

"现在你可以告诉我,你要怎么做了吧?"

天择压低声音,"你想,能精准把信投到你家,有一种可能性,就是他熟悉你家,认识你老爸。那么,他的联系方式很有可能就在这堆通讯录或者微信里,是你老爸认识的人。我们可以试一试。"

李力锋狐疑地看着他,"你想怎么试?"

"他不是想要那幅画吗?"天择冲他挤挤眼。

"可是——可是我们没有那幅画啊——"

"诱饵,都是假的。"

天择的手指在键盘上敲击,写下了一句话:

想要画?联系我。

然后点击"群发"按钮。

李力锋的眼珠子都快掉下来了,"天择,这——这么多人会知道——"

"嘘——"天择笑了笑,"不可能的,只有写信的人,才懂这句话的意思。"接着他打开微信，又敲下一句话：

你真的想要画吗？联系我。

接着按下"群发"键。

"为什么你两句话不写成一样的？"

"如果那人既收到了短信，又收到了微信，而两句话还是一样的，他就会立刻明白，我们根本不知道他是谁，我们只是在群发消息，短信也发微信也发，试探看谁回复。"

李力锋恍然大悟，"我的天哪，你不去当侦探真是可惜了。"

天择收起手机，"我们该去还手机了。"

"哎，别呀！"李力锋大叫，"十分钟呢，我真想玩会儿游戏。"

天择瞪了他一眼，拉开楼道的门。

李力锋妈妈很惊讶手机居然能按时还回来，然而她看了看天择，就理解这是很正常的事情，成绩那么好，自制力当然高。

不过她的手还没碰到手机，手机就噼里啪啦响成一片，短信和微信的提示音连成串，成了游乐场里的交响曲。旁边的护士愤恨地往这边瞪了一眼："安静！"

李力锋赶紧把手机调成静音。

她的妈妈震惊地看着他，"你用手机干吗了！是不是又在网游上乱加朋友了！"

"没……没……"

天择赶紧插话进来，"阿姨，对不起，我……我登录我的微信账号了，我先处理一下……"说完拉着李力锋又奔回楼道。

天择觉得这部手机自打生产出来，界面就从没这么热闹过。不停地有短信消息和微信提示弹出来，一个叠一个占满了屏幕。甚至还有电话打进来，天择直接挂断。李力锋紧张不已，目光在天择和手机屏幕间来回扫视。

等到提示音逐渐平息，天择打开短信，一条一条查看。李力锋把脑袋伸过来，"怎么样，有没有可疑的人？"

短信里的消息都是诸如"什么画啊？""便宜不，十块两张？""水彩画咋卖？""李总搞艺术啦！来哥这儿干，保准儿收入比卖画高！"

……

天择快速翻着，短信足有七八十条，但没有一条能看出端倪。接着他翻看微信，内容跟短信的差不多，只是有人很诧异："当然啦，是真的想要！""快别吊人胃口了，有什么画？""我家装修呢，真想要，一块一张？"

……

天择在这堆无用的信息中着急地寻找，突然，他的视线定在一条消息上。

"李力锋，你看这个！"

天择点开微信对话界面，整个界面就只有他发出的那个问题，以及一条回复。

天择心中怦怦直跳，那条消息写着：

你是谁？

李力锋看着他，"怎么办？"

天择扫了一眼对方的微信头像，是一头展翅高飞的猪，而微信昵称叫"飞天神猪"。

"看来就是他了！"天择的手指在发抖，"他一定知道你爸住院了，不可能给他发消息，才问我们是谁。他很了解你爸现在的情况。"

"可我爸的普通朋友，知道他住院了也很正常啊。"

天择斜睨着他，"你见过有人来探访你老爸吗？"

李力锋摇摇头。

"我觉得，你老爸住院的事，他的朋友基本都不知道。所以，凡是知道他住院的人，肯定知道他遭遇了谋害，他们都可疑。"

李力锋若有所思地点点头，"那我们该怎么回复他？"

天择想了想，"你觉得美嘟嘟咖啡馆怎么样？"

李力锋扬了扬眉毛，"你是说，我们学校旁边的那个咖啡馆？"

"是的。"

"咖啡挺好喝，我妈说的。不过我不爱喝咖啡。"

"笨蛋！不是咖啡的问题！"

"那是什么？"

"我们可以把这人约到咖啡馆。"

"你疯了吗！"李力锋差点跳起来。

"安静！"天择压低声音，"要想知道他是谁，光靠'飞天神猪'这个称呼是不够的。"

"可你没有画，你见了他该怎么说？你怎么跟他交易？他可能是杀人犯啊！很危险的！"

"现在没证据证明他杀了人，但凶案肯定跟那幅画有关。所以，要那幅画的人，要么就是杀人犯，要么就是认识杀人犯。但至少，我们要知道他究竟是谁。"

"你——你难道要当面问他，'你叫什么名字''在哪儿工作'吗？"

"我们不用跟他面对面。但我们得让他现身。"

李力锋扶着天择肩膀，一脸不可思议，"天择，我……我真不知道该说什么，可这很危险……而且，你为了我老爸……"

"这可不是你的风格，"天择笑着说，"我很少见你在班里感谢过谁……"

突然，隔板门开了，李力锋妈妈过来了。

天择赶紧收起手机。

"两位小伙子，你们啥时候去写作业啊？"

"我们马上就去，"李力锋说，"我想让天择去咱们家，陪我一起。"

"哦，那真好，妈妈今天晚上得留在医院，陪你爸爸，你们俩先去吃个好吃的，"说着她掏出两张百元大钞，递给李力锋，"吃完就回家写作业，嗯？"

李力锋接过钱，双眼放光。

"天择，非常抱歉又要麻烦你了，"李力锋妈妈轻声说，"我们家这几天确实情况特殊，拜托你帮我照顾一下锋锋，事后阿姨一定感谢你。"

"阿姨，您不用这么客气，"天择说，"我和李力锋在一起，很开心。我会照顾好他的，您放心。"

李力锋妈妈欣慰地点点头，"那你们快回去吧，记得先吃饭，再学习。"

"嗯！"李力锋拉着天择就往门外跑。

"回来！手机！"

天择愣了一下，事情才刚刚开始，手机很关键。

"呃……阿姨，"天择转身说，"这部手机我想借用一下，我的手机好像坏了。"

李力锋妈妈爽快地答应了，"那当然没问题，不过，你可要监督锋锋，别让他玩游戏，要好好写作业。"

"知道啦！"李力锋高喊一声，拉着天择就往外跑。

"谢谢阿姨。"天择边跑边大声说。

出了医院大门，李力锋问他，"接下来我们该怎么办？"

"去写作业啊。"

"啊？不是——那个人我们就不理了吗？"

"我们得先去侦察一下美嘟嘟咖啡馆。"

"好！我记得那里有个肯德基，咱们去吃肯德基，我请你。"

第七章　美嘟嘟咖啡馆

绿湖镇的人们害怕冒险。他们会从霍桑医生那里获取常规的药，并从山姆那里得到洋葱调制品。病好后，连霍桑医生在内，没一个人知道到底是哪种妙方起了作用。

——［美］路易斯·撒察尔《寻宝小子》

美嘟嘟咖啡馆坐落于新兰大街 77 号，与古堡市实验一小相距大约五百米，是一家大型咖啡馆。里面装修风格清爽简约，白色的墙，白色的桌子，连服务员都穿着白色的工作服。顾客坐在这儿喝咖啡，如飘上云端般惬意。所以很多接学生的家长，都喜欢在这儿喝着咖啡等待学生放学。

而最方便的是，这家咖啡馆临街是一面巨大的玻璃幕墙，站在街上，就能看到咖啡馆里面的情景。

"我觉得这里很合适。"天择说。

"那我们也需要在这儿喝咖啡吗？"李力锋问。

天择走向服务台，"姐姐，请问这里能预订座位吗？"

一位年轻的服务员笑眯眯地看着他，"当然，小朋友。几个人？你需要预定什么时间的座位呢？"

天择看着李力锋，"明天傍晚六点，如何？"

李力锋只顾点头。

"姐姐，明天傍晚六点，我要靠窗的那个座位，"天择转身指着玻璃幕墙，"好像是2号台，就一个人。"

服务生在记录本上快速写着，"好的，小朋友，座位已为你预留，明天直接过来就好了。那今天，你喝点什么呢？柠檬茶？热巧克力？"

"哦，不用了，今天不喝了。谢谢姐姐。对了，您也要帮我保密，我是帮别人订的，他要问起来，您可千万别告诉他，我想给他一个惊喜。"服务生冲天择眨眨眼，做了个"OK"的手势。

天择和李力锋走出咖啡馆，接着就看到路对面的肯德基。

"这简直就是为我们设计的。"天择高兴地说。

新兰大街并不宽敞，是一条双向两车道的小路。而肯德基店面，临街也是一整面大玻璃幕墙，墙后有一排座位。

"走，我们去吃饭。"

"天择，我想不明白，你是要……"

"哎呀，我饿了，先吃饭，明天你就知道了。"

李力锋跟在后面一直追问，"你就告诉我吧，我们该怎么办？明天你到底有什么计划？"

天择拿起自己的手机，给博士打了电话。两人很快就过了马路，来到肯德基的服务台，"我们现在要做的一件事，就是约他出来。"

"小朋友，你们想点什么？"一名服务员在点餐电脑屏幕上敲击着。

"全家桶！"李力锋说着把钱递给服务生。"那明天是你去见他，还是我去见他？还是咱俩一块去？"

天择和李力锋坐到临街座位上，贴着玻璃幕墙。正好可以看到对面美嘟嘟咖啡馆里的 2 号桌。

"咱俩谁都不用去，看到咖啡馆旁边那个小超市了吗？"

"嗯，怎么了？"

"明天，那里就是你的据点，这儿，就是我的据点。"天择指了指自己的椅子。

"为……为什么我在那儿？"

天择冲他挤了挤眼，"明天告诉你。"

"你真烦人！每次说话说一半。"李力锋生气地去揭全家桶的盖子，拿出一块烤翅自顾自地吃起来。天择掏出手机，"给，帮我打开。"

"密码是两个二百五"。李力锋不耐烦地说。

天择惊讶地看着他，这显然是李力锋的设计风格。

他打开手机，又有几个人回复了消息，但都无关紧要。他点开微信，找到"飞天神猪"，开始敲键盘：

明天傍晚六点，美嘟嘟咖啡馆 2 号桌。

李力锋也转过头来，手中还捏着鸡翅骨架，嘴巴上全是油。

很快，对方就回复了：

你到底是谁？

天择想了想，又敲下一句话：

接头暗号：2 号桌留言——"我爱美嘟嘟咖啡馆"。

李力锋嘴里的鸡翅差点儿喷出来，"哈哈哈——天择，你说一头猪跟美嘟嘟是不是绝配啊——哈哈哈——"

天择跟他一起笑着，拿起一块鸡翅，大口吃起来，"没准儿明天，他真的会爱去那里。"

信息很快又回过来：

带上我要的。

天择接着回：

过时不候。

然后他关掉了手机，"我们运气真好，这么快就找到'飞天神猪'了。"

李力锋还在笑，"我觉得他的智商绝对配得上他的昵称。"

"给，再吃一块。"天择递给李力锋一个炸鸡腿，李力锋给他拿了一个鸡块。"唉，天择，你说那头猪有我老爸的微信，为啥还要给他寄挂号信，微信里直接让他把画交出来不就行了？"

"微信消息会留痕迹的，很容易追查。我觉得，可能当时他不想让你老爸知道他是谁，只是警告一下你老爸。"

"那现在他用微信回消息，我们不也就知道他是谁了？而且也留痕了。"

"现在不一样。他一开始就知道给他发消息的不是你老爸，因为他知道你老爸还在昏迷住院。我想他是太着急把画要回去了，所以也顾不上那么多，直接在微信上回复了。并且他也很好奇，我们是谁。"

李力锋边想边点头，"对哦，这么一解释，就通了。不过，他没想到，我们手上并没有画，或者我们可能是警察吗？"

天择点点头，"他现在抱着手机可能正这样想呢。"

"那——那他要是明天不来了咋办？"

天择摇摇头，"不会的。他们都能为这画杀人，至少，明天他们会来赌一把。所以，明天的那个人，行为一定很特别。"

"我们为啥不报警？警察肯定能找到'飞天神猪'的真实身份，明天让警察来直接把他抓了不就得了？"

"这些人很狡猾，如果警察在，他们明天肯定会察觉，然后还没现身就溜之大吉。另外，我们不能确定明天接头的'飞天神猪'就是杀人犯，万一不是，警察再把他抓了，肯定会打草惊蛇，他背后的犯罪团伙就东逃西散，杀人犯也就跑了！"

李力锋深吸一口气，"这一点我还真没想到。"接着他笑嘻嘻凑近天择，"你说明天那头'神猪'会是什么样子？"

天择转着眼睛，"昵称和头像一般跟真人差距比较大，有可能很瘦，甚至有可能是个女的。但不一定是那个寄出挂号信的人。"

"为啥？"

"你想啊，如果他们怀疑我们是警察，那他们就会怀疑我们已经知道了画的事，那就一定会知道那封挂号信，警察肯定会去邮局调监控。所以，他根本不可能穿着跟在邮局里一样的装束过来接头，识别性太高了。要么，就换一身装束，要么，就换另一个人。"

李力锋冲他竖起大拇指，"真厉害！福尔摩斯大人——"

"别贫了，快吃，我还要跟你一块儿写作业呢。"

李力锋做了个鬼脸，"真讨厌。"

给李力锋辅导作业，是个恼人的大工程，尤其是今天的作业题相当难。天择嘴皮子都快干了。

回到家里，他喝了两大杯水，然后躺在床上，考虑着明天的计划。

第二天，李力锋整个人都激动不已，好像今天他要等着去完成一项壮举。天择已经提醒他了，千万别泄密。

下午放学后，李力锋给他妈妈提前说了自己先回家写作业，不去医院，所以他妈妈今天依然没来接他。两人先到肯德基点了两个汉堡，坐在餐厅里面，边吃边聊着计划，最后，天择说："本次行动，代号'飞猪行动'，我是总负责人！"

当还有十分钟就六点整的时候，天择挪到临街大玻璃幕墙前，假装在餐台上写作业，实际上目光基本没离开路对面，美嘟嘟咖啡馆的2号桌。

现在那张桌子边没有人。

而李力锋则出发，去了咖啡馆隔壁的美羊羊儿童超市，那里面现在都挤满了放学的学生。

秒针一圈一圈地转，天择的心也随之悬了起来。他盯着每一个进入咖啡馆的人和从咖啡馆旁走过的路人，青年人居多，女士居多，装扮各式各样，天择看不出有什么特殊的。

一个穿着黄裙子的女人走过去了，另一个穿蓝牛仔裤的大学生走来了，接着一个穿黑色套头衫的中年男人又过去了，然后一个穿校服的女中学生又来了，再接着一个穿黑衣服的男人又过去了……

等等！

天择突然瞪直了眼睛，他紧盯着那个人，那个穿黑色套头衫的男人。

这是一个中年男人，个头不高，黑套头衫下面是灰色的运动裤，他背上的帽兜套在头上，还戴着口罩。而体型——天择认为自己昨天完全是想多了，那简直就名副其实的——一头猪！哦不，名副一半其实——他没有翅膀，绝对飞不起来。

天择之所以注意到他，是因为他在咖啡馆门口来来回回走动，看上去像在若无其事地散步溜达。其实，他肯定是在侦查周边的情况，看有没有人盯梢，同时还一直在低头看表。天择认为自己的判断没错，他肯定是怀疑警察在钓鱼，出于对那幅画的不甘，过来赌一把。

而现在，他看上去很放心了。

但天择一拍脑门，直懊悔自己粗心大意。他早就该料到，"飞天神猪"会戴口罩的。这下可糟了，如果他不摘下口罩，计划可就失败了。这可怎么办啊？

他看看表，五点五十九分，那个男人站在咖啡馆门口，最后朝门外环视一圈，见无异样，就推门进去了。

天择拿出自己的手机，打开微信，点开和李力锋的对话框：

飞猪出现，注意隐蔽。等我信号。

另一头，李力锋从小超市里走出来，嘴里嚼着锅巴，手上提着一堆零食，慢慢悠悠走向咖啡馆的玻璃幕墙。

幕墙后，2号桌旁，套头衫男人走了两个来回，左顾右看，最后，终于坐在了座位上。等着。

李力锋装作一个不想回家写作业的小学生，无所事事地游荡到玻璃幕墙旁。右手提着零食袋和锅巴包装袋，左手还往嘴里塞着锅巴，左顾右看，像在等同学。

天择忍不住笑了起来，这家伙装得真像。

而那只"飞天神猪"，坐在座位上，焦躁不安地看着表，同时左看看右看看。

李力锋已经悄悄拿出手机，跟零食袋一并捏在右手上，用袋子挡住手机的大半部分，只露出了顶端的摄像头，对着咖啡馆玻璃幕墙后的 2 号桌。

他已经准备好了。

天择焦急万分，怎么办啊。

"飞天神猪"又看了一次表，六点过三分。他突然起身，最后一次左右环顾，似乎准备离开。

接着，天择瞥见咖啡馆门头上的订座电话，顿时计上心来。

他立刻拨通了咖啡馆的电话号码，然后在咖啡馆的公众号上下订单并付了款。现在，他送给"飞天神猪"的那份"大礼"，已准备就绪。

"美嘟嘟"这个名字，挂在一家整容医院名前可能更顺耳，而这正是这家咖啡馆打出的噱头。按他们自己所说，喝了他们家的咖啡，就会变得更加美丽动人，连整形医院都不用去了。所以，这个地方，一直吸引着各种憧憬美丽容颜的年轻女士们纷至沓来。

六点过五分，2 号桌旁的"飞天神猪"正要走出大门，服务生却叫住他，笑呵呵地送过来一杯美嘟嘟粉嫩美白咖啡，邀请他坐下来，好好享用，并解释是有人专门请他喝的。

天择看得清清楚楚，那位服务员小姐姐全程都憋着笑，笑脸相迎给"神猪"递上美白咖啡时，她终于得以释放，笑得比任何时候都要放肆，咖啡杯差点儿翻在地上。

天择捂着嘴巴，乐得死去活来。

"飞天神猪"诧异地盯着服务员看了好一会儿，而服务员放下咖啡杯，转身用胳膊捂住嘴，即便会被老板因服务态度不端正而扣工资，她也要笑，疯狂地笑。

"飞天神猪"看看桌上的咖啡杯，又看看服务员，挠着后脑勺。

好不容易等服务员笑完了，满面通红泪挂两颊地转过身，他紧紧盯着她，声音深沉地问道："谁请我喝的？"

服务员小姐姐极力憋住笑，"对——对不起——先——先生，不能说，是个惊——惊喜。我——我爱——美嘟嘟咖——咖啡馆——"这话几乎是喷完的，她赶紧转身跑回服务台，蹲在台子后面，爽朗的笑声瞬间传遍整个咖啡馆。

"飞天神猪"原地愣了几秒，犹豫着又坐回座位上，盯着那只咖啡杯看了半天，咖啡表面还漂着一个桃红色的爱心图案。

这时，他的手机响了。他迅速掏出手机，有条微信消息，他打开来看，信息是这样写的：

美丽的神猪，听话，先好好享用美白咖啡，然后……

如果不是距离远，天择一定能看到"飞天神猪"的脸色比猪屁股还要红。他疯狂转着身子，扫视咖啡馆和玻璃幕墙外的街面，看谁在盯着他。

天择赶紧低头写作业。李力锋则一直背对着咖啡馆，面朝天择的方向。

"飞天神猪"紧握手掌，一拳砸在咖啡桌上，咖啡溅了出来。他看上去想直接跳起来抓住服务员问清楚是谁在搞恶作剧，但他还是忍住了，这地方都是摄像头，他可不想无事生非。

于是，他只好气冲冲地坐在那里，瞪着桌上粉红色的咖啡杯，那杯子还圆嘟嘟的，整个就是猪屁股造型，看着还挺可爱。

"飞天神猪"胸膛一鼓一鼓的，在努力压制怒火。然后，他慢慢摘下口罩，端起猪屁股造型的咖啡杯，轻轻抿了一口。

天择趁"飞天神猪"端杯喝咖啡，注意力没在他这边，就赶紧举高右手，冲李力锋晃了晃。李力锋仍然保持着吃锅巴等同学的天真造型，右手大拇指疯狂按下拍照按钮，神不知鬼不觉地对着咖啡馆 2 号桌开始拍摄。

"飞天神猪"先是小口抿着，接着可能是觉得一头"飞猪"惬意地端着粉猪咖啡杯，幽默得有些过分，就索性大口咽起来，最后脖子一仰，喝完最后一滴，把咖啡杯狠狠墩在桌子上。

天择看到他掏出了手机，接着李力锋老爸的手机就响了。

微信发来一句话：

我喝完了，然后呢？

天择趁"飞天神猪"低头看手机之时，冲李力锋高举左手。李力锋立刻把手机揣进裤兜，装作啥事也没有，准备过马路回来。

天择敲下最后一则信息：

然后？就没然后了呀……祝您喝咖啡愉快！拜拜！

第八章 木材厂"之旅"

友谊中最重要的东西，不需要大声说出来。

——［美］爱丽丝·布洛奇《杰作》

李力锋正要过马路跟天择会合，突然咖啡馆里响起一通掀桌子扔板凳的声音，接着是人群的尖叫。他转头一看，2 号桌翻倒在地，"飞天神猪"已经跳了起来，奔向服务台。

局面当场乱了。

服务台那边发出惊恐的尖叫，夹杂着一个男人的高吼："谁让你这么干的！那人是谁！告诉我！快告诉我！"

服务员小姐姐尖叫着，惊恐得什么话都说不出来。"飞天神猪"抓着服务员的衣领，拼命摇晃着她。

李力锋一把扔掉零食袋，冲进了咖啡馆。

天择大叫一声"不好！"提上书包就朝咖啡馆奔去，半道上还帮李力锋捡起零食袋。

咖啡馆里"热闹"极了。有女士大喊着"快报警!"而他们领来的男士中,有几个路见不平拔刀相助的侠士,已经冲上去跟"飞天神猪"扭打成了一团,店里的桌椅板凳通通挪了位,几个人在地上滚作一团,难舍难分。

"我报警啦!已经报警啦!"一位年轻女士举着手机高喊。

"别打啦!快别打啦!别伤到孩子!"另一位女士指着地上一个矮小的身影。

天择冲进大门,直接就看见李力锋和那群人扭到一块,他的身板在几个成年人庞大的体格下,弱不禁风。

天择扔掉书包,什么都顾不上了,冲进火热的战场,抱住李力锋就把他往外拖。"飞天神猪"被几个男青年包围了,李力锋热血沸腾,怎么着都要冲进包围圈给"飞天神猪"一脚,天择怎么拉都拉不开。

一边有女孩在大声责备,"你还不赶紧去救小朋友!看热闹呀!"

天择余光瞥见一个身影从后方绕了过来,接着他和李力锋的胳膊就被抓住了,一股强大的力量,拽着他们脱离了战场。

李力锋的腿脚在空里胡踢乱打,口中还大骂不已,"你个大坏蛋!坏蛋!"

"小朋友!没事了!我们已经报警了!"一个男青年的声音响起,他一边抱住胡扑乱打的李力锋,一边安慰他。

李力锋脸蛋通红,胸膛一鼓一鼓,眼里喷着怒火,瞪着地上的"飞天神猪"。

天择赶紧拉上李力锋,"谢谢您,叔叔。他是我同学,我现在送他回家!"他一边说,一边捡起书包往咖啡馆门外跑。

两人一路跑到学校门口,才靠在一棵大树下,大口喘着气。

过了一会儿,天择扭头瞪着李力锋:"你太冲动了!你知不知道咱们差点儿就暴露了!"

李力锋蹲在地上,双臂抱膝,埋着头,一声不吭。

天择见他没有反应,更生气了,他大叫着:"如果那个店员认出了我们,在那头猪的面前指出我们……你想过会怎样吗!"

李力锋突然站起来,一把夺下天择手中的零食袋,粗暴地扯开一包锅巴,里面的锅巴"哗啦"一声几乎都掉在了地上。他抓起仅剩的几个,放在嘴里使劲儿嚼着,牙齿咬得咯吱响。

"你真是个笨蛋!大笨蛋!"天择叫道,"只会吃!"

李力锋把锅巴袋狠狠摔在地上,脸蛋红彤彤的。他对着大树,使劲儿踢,好像那大树跟他有深仇大恨似的。

天择也背过身去,不去看他,任凭他去跟大树纠缠。我怎么会跟这样的人一块行动!简直就是猪队友!比"飞天神猪"还要猪!天择生气地想。

过了一会儿,李力锋不踢了。他愤怒地看着天择: "笨蛋是你!"

天择转过身,气呼呼地瞪着他,"你说什么!"

李力锋转过头,抡起拳头,击着树干,好似树干是个大沙袋。他边打边说,"我不知道你的计划是什么。我只知道,你的计划,不可以伤害别人!"

天择愣住了,没有说话。

李力锋停下拳头,看着他,"在你计划的时候,你有没有想过,你把那头猪逼急了,会造成什么后果?他差点把那个店员杀了!"

李力锋越说越激动，最后喊了起来，"那个店员可是为了保守我们的秘密，才遭遇危险的！你说你是不是个大笨蛋！你跟你的计划一样愚蠢！大笨蛋！"

"你才笨蛋呢！你才蠢呢！"天择也大叫起来，"全都是为了你！为了你爸！你说我蠢！"

李力锋又转回头，对着大树开始拳打脚踢，似乎那棵无辜的大树，正是天择。

天择接着叫道，"我的计划蠢！那你聪明！你咋不计划呢！"

李力锋停下了，胸膛剧烈起伏，他瞪着天择，"如果我来计划，我就不会把那头猪约到咖啡馆，而是约到一个广场上，然后给他点杯咖啡，让外卖员送过去，他一样会摘下口罩喝咖啡，我一样会拍下他的样貌！"

李力锋继续摧残那棵可怜的大树，留下天择呆呆地看着他。不得不承认，这个办法，的确比约在咖啡馆要好得多。而天择的这个办法，快结束的时候出了意外，"飞天神猪"很可能因为公共场合斗殴而被警察拘留，那么这条线索也会暂时断掉。后面能不能再续上，谁都说不清。

几分钟之后，天择缓过神来，他感到脸上滚烫滚烫的，他以为自己的计划是最好的，从没想着考虑李力锋的办法，因为他相信李力锋不会有更好的办法。

他不想承认自己错了，可是，他不得不承认，这件事情，确实有更好的办法。他看着怒气冲冲的李力锋，想道歉，却不知如何张口。最后，他深吸一口气，"我生气，刚才说话着急，是因为我担心你受伤。"

李力锋突然停下了，眼睛却一直瞪着面前的大树，没有看天择，

"你为什么不跟我提前说你的计划？你为什么总是把自己的想法憋在心里？到最后一刻才告诉我！然后我就只能按你说的去做！"他猛地转向天择，"你是不是总爱隐瞒！让别人去猜！"

"我……"天择看着他，一时语塞，"我也是担心……我可能……"

"你可能喜欢自己想自己的事？不愿跟别人分享？总是自己计划自己的？嗯？"李力锋替他把话说完，"那我算是干什么的？只是你的一个帮手？完事儿后你就把我扔掉了？"

天择一脸震惊，"你在说什么啊？我怎么会——"

"天择，我知道你很为我老爸的事担心。但是，我也想为我老爸做些什么，我成绩不好，不能给他脸上增光，所以我……"李力锋的眼圈红了，"我不希望我只是听着你的指挥，我也想……想……"

"想找到更好的办法，帮助你老爸。"这回天择替他把话说完。

李力锋的泪水在眼眶里打转，"我也许没有你那样聪明，但我也想之后说起这件事来，在我老爸面前，骄傲地告诉他，这主意也有我想出来的一部分……"

天择鼻子酸酸的，他从没见过李力锋这个样子，在他眼里，李力锋是天不怕地不怕，面对皮靴张都腰杆直硬。也许，他并不了解李力锋。他想。

"天择，"李力锋认真地看着他，"如果你真把我当作你的朋友，就像，就像你给我辅导数学题一样，尽管我有时听不进去，但我知道，你是怎样想的，我会跟着你的思路，也就慢慢学会了啊。你能不能也让我，到你的想法里去看一看？"

天择走上前，一手搭上李力锋的肩膀，"我……我以前没想过那么多……我其实很想……很想和大家做朋友，有些事情，可能我真想不到，所以大家才……"天择突然觉得自己很委屈，"才不喜欢我……"

李力锋用袖子抹了一把眼泪，"没有人不喜欢你，只是我们大家都不知道你在想什么。你也不跟我们一起玩，很少和我们聊天，就一个人坐在那里看书，你说，谁愿意去找你？"

"也许，是我习惯了。"

"以前你是一个人，什么事都自己想自己做。可是，我们现在是朋友，我们可以一起商量一起行动啊，朋友不就是互帮互助嘛。而且，如果你昨天就告诉我今天的计划，刚才那件事就不会发生。"

天择低着头，竟不知该如何回答李力锋。李力锋说得没错，既然决定一起行动，大家就是一个团体，所有人都可以出谋献策，谁的办法好，就该听谁的，而不是一意孤行，总坚持自己的想法。

也许，这就是交朋友，该做出的自我牺牲吧。

这种感觉让天择有点难受，他习惯了特立独行。可是，目前要找出古画的秘密，李力锋老爸还是个关键线索，不能丢。

天择抬起头，看了看咖啡馆的方向，警车还没到。"那你觉得，我们现在该怎么办？"

李力锋擦掉眼泪，"你原来怎么计划的？"

"我想等'飞猪'从咖啡馆出来，跟着他，看他去哪里。不过现在，"天择耸耸肩，"也不用跟了，我可不想去警察局。"

"唉——"李力锋低着头，"线索又断了。我们还是回家吧。"

"刚才你跟他们打架的时候，没有受伤吧？"

李力锋眉毛一仰，"我没有跟他们打架，更没有受伤。那头猪在地上翻滚，我只是想过去踹他一脚。他真是太过分了。"

正在这时，咖啡馆的门开了，"飞天神猪"竟自己走了出来！

"快看！"天择指着咖啡馆大门叫道。

"飞天神猪"出了咖啡馆往右边走了，步伐不紧不慢。

"这什么情况？"李力锋诧异地看着天择，"他咋自己就出来了？警察呢？"

"别问了，快追。"

两人一路小跑到咖啡馆门口，"飞天神猪"就在他们正前方，隔着从教室前排到后排那样远的距离。天择看到咖啡馆的顾客在帮助服务员收拾桌椅，几个顾客正好从咖啡馆里出来，低声交谈着："多亏那坏蛋及时认错道歉，还给了一万块赔偿金，跟店家私了了。不然，他今天非进局子不可！"

"是啊，人太冲动了不好！"

"还是人家店主心肠好，不计较这事啊。"

……

天择和李力锋对视一眼，喜悦之情不由自主涌上面庞。

"那么，请问'飞猪行动'总负责人，李大人，我们跟还是不跟？"天择搂住李力锋肩膀，李力锋震惊地看着他，然后笑得比花儿还灿烂，"嗯！跟！"

两人又小跑着往前追了一段，距离"飞天神猪"大约一个教室长度，他们就开始保持距离。"飞天神猪"似乎根本没意识到有人跟着他，自顾自地走着，还进超市买了一包烟，极其悠然自得，像今天什么事都没发生过一样。

"飞天神猪"顺着新兰大街快走到一处十字路口，然后停在29路公交车站，一边抽烟一边等公交车。

李力锋看着天择，"他看着也不像个穷人啊，连出租车都坐不起？"

"人不可貌相，至少我们方便了。"

天择和李力锋一边装着闲聊，一边慢慢向公交车站靠近。等车快进站了，才跑向车站。

29 路公交车是热门线路，车上常年人挤人。这车还是双层的。

天择和李力锋看着"飞天神猪"上了车，两人也跟了上去。一上车，就发现"飞天神猪"不见了踪影。天择拉着李力锋往后面挤，一直挤到通上二层的台阶，都没有发现"飞天神猪"。看来他一定上二层去了。

"我们就在这儿等他下来吧。"

"天择，我突然有点害怕。"李力锋抓着天择的胳膊，悄声说。

"没关系，他绝对想不到会是两个小孩子约他出来的。我们表现得正常点儿。"

李力锋抿了抿嘴唇，点点头。然后他打开一袋薯片，嚼了起来。

随着公交车一站站停靠，下去的人越来越多，天择的心也越悬越高。这车可是开往郊区的，假如"飞天神猪"在最后一站下车，而那时车上只剩下他们三名乘客，那"飞天神猪"不怀疑他们才怪呢！谁家小孩子放学不回家，跑到偏远的郊区玩？

而"飞天神猪"能到二层去坐着，说明路程绝对不近。

不过天择想错了。车子大概驶过第六站地，"飞天神猪"就从上面下来了。

天择和李力锋赶紧转头看向窗外。

"飞天神猪"走到后门，扶着扶手等待下车。目前车子还没有驶出市区，下一站是美俭木材厂站，这一站下车的人比较多，因为周围的居住小区很多。

李力锋低声说，"天择，我爸爸以前就在这个工厂上班。"

"嘘——别说话。"

公交车进站停车，"飞天神猪"第一个下车，后面跟了一长串人。天择和李力锋最后下车。"飞天神猪"已经走出两个教室那么远了。

天择和李力锋保持着这个距离，跟在他后面。

"天择，我觉得他走的方向，就是往木材厂去的。"

"他肯定是你老爸的同事，你见过他吗？"

李力锋摇摇头，"没什么印象。我老爸基本不会邀请同事朋友来我家，也没有让我跟他的朋友们吃过饭。所以，他的同事朋友我都不认识，他们也不认识我。"

天择脑中浮现出满地滚的大包袱场景，暗忖李力锋老爸不把朋友请到家里，简直太明智了。"这就太好了，免得你被'飞猪'认出来。"

"飞天神猪"拐进一条小巷，往前走了不到一个教室远，就左转进了美俭木材厂的生锈铁大门。

天择和李力锋一路小跑过去，看到"飞天神猪"径直走进一座四层的办公小楼，楼上三层的一扇窗户亮着。小楼旁边，是一个长方形的铁皮仓库，仓库破败不堪，看上去，这是个废弃的木材厂。

"我们走吧。"李力锋说，"我很小的时候跟老爸来过一次，有点印象。"

两人猫着腰，摸黑悄悄走到办公楼门口。这栋楼很有年代了，入口的大门简易粗糙，是上个世纪的风格。里面的地板是水磨石铺就，一道中央楼梯通往上层。

天择和李力锋轻声上到三层，安静的走廊里，有人在说话。是

"飞天神猪"的声音。

他好像在跟谁争吵。

"我们怎么办?"天择问李力锋。

李力锋吃惊地看着他,"你问我?"

"现在你是'飞猪行动'负责人,不问你问谁啊?"

李力锋笑开了花,"走,咱们一起去听听,看他们吵什么呢。"

两人偷摸到亮灯房间的门旁,门扉没关严实,留了一条窄缝。他们还没到门边,就听"飞天神猪"大喊着:"这怎么能怪我!谁知道是个恶作剧!你能你去啊!叫我去干吗!"

天择和李力锋靠在门框上,透过门缝悄悄看向房间里面。房间内有两个男人,隔着一张办公桌相对而立,一个是"飞天神猪",而另外一个,身材不高,是个矮墩子,戴着一顶黄色鸭舌帽,正是那个寄挂号信的人。

李力锋悄悄掏出手机,对着门缝拍照,矮墩子正好面朝大门,脸部很清晰。

"你个废物!那幅画很重要!你懂不懂!"矮墩子拍案而起。

"你个白痴!那么重要的画,人家能轻易交出来吗!""飞天神猪"的嗓门不甘示弱。

"不轻易交出来,他总得提个条件吧!"

"人家没问我要条件!请我喝了杯咖啡。"

矮墩子不作声了,过了一会儿,他说:"你有没有发现什么异常?"

"没有。一切正常,除了那个请我喝咖啡的人。"

"回来时发现有人跟踪吗?"

天择和李力锋吓得赶紧缩到门边。

"当然没有！我回来时很小心的。我说吕总，我就不明白了，那幅画那么值钱，你把它压在手里，你是想卖给谁？你能出手吗？"

天择心里咯噔一跳。什么？那幅画值钱？那不就是个复制品吗？难道它是……天择突然有一种眩晕感，接着悄悄摇了摇头，不会的！肯定是他们弄错了，把赝品当真迹了，大人有时候也是笨蛋。

"你是头猪吧！嗯？你看我有收藏字画的习惯吗？"

"那我就不明白了，你要那幅画干什么！折腾了一圈，我损失一万块不说，还差点进了局子！"

矮墩子大口喘着气，开始在房间里踱步。天择和李力锋往门框外撤了一步，离房门更远一些。接着矮墩子低声说："那幅画——你给我听好了——是一幅地图！还有密码！"

"什么？地图？密码？哪里的地图？干啥用的密码？"

"听过宝藏山的秘境传说吗？"

天择深吸一口气，他听说过。

古堡市自古以来就流传着一个神秘传说：市区西郊宝藏山脉中藏着一个秘境，秘境里有一处宝藏。无论谁得到这处宝藏，都能掌控全世界最强大的力量，能像神灵一样呼风唤雨招灾降福，可以在瞬间救黎民苍生于水火之中，也可以眨眼之间摧毁整个世界。总之，他想干什么，就能干什么，无人能挡，天下无敌。他将控制全世界！

传言还说，存放宝藏的秘境由恐怖的怪物把守，闯入者必将受到诅咒，而且有去无回。

曾经有不少胆大的人公然藐视传说的可信度，探入深山寻访那个神奇的秘境，寻找那处威力无穷的宝藏。然而，以后却没有人再见过他们，他们当中没有任何人再从山里走出来。

他们消失了！

于是谣言四起，有人说秘境真的有怪物把守，那是一种地球上根本不会进化出来的恐怖怪兽，探险家们正是被怪兽吃掉了。也有人说探险家进了秘境，可是被里面的怪兽俘虏，成了奴隶。还有更夸张的，说这处秘境实际上是一团空气，所有不慎走入里面的人，都瞬间时空转移，被送到了银河系之外人类至今还没发现的某个星球上……

人们众说纷纭，描述得绘声绘色，好像自己亲身经历似的，传说也在人们无穷的想象中越来越诡异莫测。

"当然了，秘境传说可是全市的神话，谁没听说过！难道，你是说……"

"对！秘境地图和入口位置，都隐藏在那幅画里。现在知道，我为什么想要那幅画了吧！不，这不是我想要，是老板想要！"

房间里立刻没了声音。天择暗忖，他们不会是疯了吧，连神话传说都相信？居然还相信一幅国宝级名画上隐藏着神话的线索。他想，这俩人一个昵称叫"飞天神猪"，另一个没准儿叫"会飞的猪"吧！

不过，他转念又一想，这幅画为什么会交到我手上？我和这幅画有什么关系？和秘境又有什么关系？那个"老板"又是谁？

"那你就不能用一个高清复制品，找里面的线索？反正上面的图画都是一样的。"

天择听见矮墩子哀叹一声，"说你是猪你真是猪！原画的有些东西，是复制不了的！"

"有什么是复制不了的！我看都能复制！连纸上的毛都能复制！"

矮墩子"梆梆梆"敲着桌子，"你说我咋就养了你这个废物！

我不跟你说了，自己体悟去！"

"我回家睡觉去！你慢慢研究你的密码吧！"说完，"飞天神猪"朝门口走来。

天择和李力锋瞬间乱了，现在才意识到一个严重的问题——他们事先没找好隐蔽位置！

两人慌乱地往走廊深处跑，什么都顾不上了。

门拉开了，铰链因为年久生锈，发出刺耳的摩擦声，正好盖过了他们奔跑的脚步声。在"飞天神猪"踏出门框的那一刻，天择拉着李力锋躲进了右边一个门框内。这栋楼是上个世纪的产物，门框在墙内嵌得比较深，两人紧贴在锁闭的门板上，两边厚实的墙体正好把他们挡住，加上走廊里没有灯，两人掩护得很完美。

"飞天神猪"急促的脚步声朝着中央楼梯远去，逐渐消失在楼下。

天择大口喘着气，胸脯一鼓一鼓的。

"好险啊。"李力锋拍着胸口，惊魂未定。

天择看到走廊对面，有一处黑乎乎的门框。门框里没有门。

"走，我们到对面去，那里好像有个房间。"

李力锋转头看着他，"干吗还要隐蔽？我们赶紧走吧，这地方太可怕了。"

"刚才'飞猪'说让矮墩子继续研究他的密码，你不想知道他在研究什么密码吗？没准儿就是那幅画上的密码类型，我觉得我们需要去看一看。"

"你是疯了吗！"李力锋低叫道，"咱们又没有那幅画，管他什么密码呢！"

"哎呀，我们就去看一眼吧，可能还会发现点什么呢。"

"要去你去，我可不去。我要回家了。"说完，李力锋就要踏进楼道。

天择拉住他，"你想想啊，他们问你老爸要那幅画，你老爸没给他，现在住进了医院，所有事情都是因为那幅画，你难道不想弄清楚那幅画的秘密吗？你老爸又怎么会有那幅画？如果画上没有秘密，他为什么不把画交给他们？"

"哎呀，"李力锋一摆手，"这都不叫事儿。等我老爸一醒过来，啥都清楚了。现在我手上有了这俩人的视频，还知道他们的秘密根据地，以及他们想干什么，这就够了，可以直接报警抓人了。"

"不能报警。"

"为什么？"

"我们现在只能确定他们想要画，"天择想了想，"可没有他们杀人的证据啊。你知道是'飞天神猪'杀的人还是那个矮墩子？"

李力锋收住脚，犹豫了一会儿，"他们太危险了，我们还是交给警察去办吧。不管是谁伤了我老爸，那个人总会承认的。"说完，他就悄悄摸了出去。

"李力锋，等一下，我觉得……"

"天择，"李力锋打断他，"这儿太危险了，我们赶紧回家吧。我还要去看望我老爸呢，你还要帮我辅导作业呢，都七点半了……"

"不，我想去他们的办公室看看，事情没那么简单……"

李力锋停住脚步，转身看着天择，"现在我是'飞猪行动'队长，计划中止，我们回家吧。"

天择拉住他，"可我想去看看啊，就看一下……"

"要去你去，我可不去。我要走了。"

"你……"

突然，门板又发出"吱呀呀"的转动声，走廊传来脚步声。

天择拉着李力锋闪进那个没有门的房间。

一进来，天择就闻到一股令人不悦的气味。这是厕所。

而更糟的是，那个脚步声，正朝他们走来。

"天择！我说咱们赶紧走，你非要磨蹭！"李力锋急得都快哭了。

"安静。快躲进隔间。"

这个厕所只有两个隔间，天择和李力锋躲进最里面的隔间，把门关上。天择摸到门板边缘有个插销，他轻轻插上插销，把门锁住。

脚步声越来越近，径直进了厕所。接着，一盏灯亮了，整个厕所一片通明。

李力锋浑身都在颤抖。天择低头一看，这个隔间空间狭小，因为正中间有个马桶。而这还不是最糟糕的。

围挡隔间的木板，底端与地面有大概一个手掌长的间隙，他们的脚和脚踝，完整无遗地暴露在隔间之外，矮墩子只要一低头，就会看得清清楚楚。

而矮墩子已经进了厕所，嘴里还吹着口哨。

天择一把拽上李力锋的胳膊，拼命指着中间的马桶，自己的脚已经抬了上去。李力锋立刻会意，几乎瞬间就踩上马桶边缘。

矮墩子继续吹着口哨，天择和李力锋猫着腰，互相扶稳站在马桶上，连大气都不敢出。

矮墩子过来了。停在他们躲避的隔间外，手搭上门板拉手，猛地一拉，门板没动。

李力锋脸色煞白，嘴巴紧紧闭着。

"真是见鬼！这门咋又坏了！"矮墩子咒骂着，然后更使劲儿了。整个门板连带隔间的挡板，都剧烈晃动起来，哐啷哐啷几乎要塌了。

天择双腿发软，努力平衡着身子，而李力锋身体开始摇晃，整个人抖成了筛糠。天择扶着他，拼命给他使眼色，让他必须稳住，这要是敢跌下去，这个老掉牙的木材厂，今晚就迎来了史上最热闹的一晚了。

矮墩子抓着门把手摇了一会儿，接着又踹了两脚，锁栓往外弹了两下。

李力锋瞪着摇晃的门锁，眼珠子都快掉出来了。

然后，矮墩子骂骂咧咧地停下了。他离开这个隔间，转而拉开隔壁隔间的门，把门重重地摔上，一片黑影摇晃着从隔间下面的空档闪进来。

矮墩子一边抱怨，一边解裤带，皮带锁扣发出滑动的响声，"'砍刀'这个老东西，把人拘在这个破地方！老子上个厕所，还得蹲着，不能坐着！"

一声重重的叹息后，整个厕所响起惊天动地的屁声，接着就是一连串叫人反胃的声音，没完没了。

一股恶臭瞬间弥漫整个厕所，天择和李力锋的脸都憋红了，拼命忍住呕吐的冲动。李力锋怒目瞪着天择，脸上的表情像是在说："瞧你干的好事！"

旁边隔间传来如释重负的舒气声，接着又响起口哨声。李力锋嘴唇紧抿，仰起头，鼻孔朝天，似乎那里的空气能清新一些。

两人在马桶上极力憋忍了大概五分钟。矮墩子终于站起身，开始冲水，口哨声再次响起。他走向厕所外，拧开水龙头洗手，接着水龙头关上，灯光熄灭。

等脚步声走远，天择和李力锋第一时间从马桶上跳下来，扳开门栓，冲到厕所窗边，把脑袋伸出去，拼命吸着气。

"我说天择，"李力锋一边享受地呼吸着，一边说，"你真是愚蠢到家了，选个隔间，居然都能跟那个恶心货达成共识！现在你相信我了吧。这地方真不是人待的，咱们赶紧走。"说完，他拉着天择，就往厕所外跑。

走廊上，脚步声再次响起。天择拉着李力锋赶紧闪回厕所。

矮墩子没有朝这边走过来，而是下楼去了。等脚步声消失，天择和李力锋走到走廊。矮墩子办公室的门没锁，灯也亮着，天择能看到矮墩子的办公桌上，铺满了纸张。

他犹豫不决。

李力锋一直拽着他，两人直接奔到楼梯口。楼梯顶端有一扇窗户，李力锋跑到窗前往外一看，矮墩子已经走出了办公楼，径直朝工厂大门走去。

天择挣脱李力锋，转身跑回矮墩子的办公室。

"天择！你干吗！"李力锋低吼道。

"我去去就回！"

"我命令你，快回来！"

可天择已经进去了。

李力锋怒气冲冲跑进矮墩子的办公室，天择已经站在了办公桌前。他拉上天择，二话不说就把他往门外拖。

天择扒住桌角，怎么都不放手，"不行！我要看看他们在搞什么！"

"你别纠缠了！那跟咱们没关系！"

"不！有关系！我要弄清楚'砍刀'是谁！"

"再不走来不及啦！他随时可能回来啊！"

二人在办公室僵持着，谁也占不了上风。

"不行！他们杀人了，我要找到证据！他们的阴谋就在眼前摆着，我不能……"

突然，李力锋一把撒了手。严肃地看着天择，"我再问你一遍，你走还是不走？"

天择整了整被扯乱的衣服，认真地说，"我不走。这些文件，可能正是他们犯罪的证据。我要找出来！"

"我们难道不能报警吗？我现在就打110！"

天择愤怒地瞪着李力锋，"你打吧！有本事你就打！这两人只是小喽啰，真正的幕后黑手是'砍刀'！找不出'砍刀'是谁，你老爸永远别想脱离危险！"

李力锋按号码的手停住了，但他依然盯着手机。

"听我说，李力锋，你现在报警，那俩小喽啰落网，'砍刀'一听到风吹草动，万一跑了怎么办，万一把他逼急了……"

李力锋猛然抬起头，目光仿佛要把天择撞飞。"我是队长，可你不听我的！从现在开始，我老爸的事，用不着你操心！"说完，他转身跑了，留下天择一人愣在房间。

天择听到李力锋下楼的脚步声，一点犹豫也没有。

他回到办公桌前，翻看着矮墩子的纸质文件。可眼前，李力锋最后那个眼神，挥之不去。

他感觉心里凉凉的。李力锋是他现在唯一愿意交往的人，尽管他跟自己有很大的不同。可是，我们的想法，有时太不一样了，天择想。一小时前，李力锋责备他的样子，又浮现出他的脑海。他太不喜欢那种感觉了，那种感觉让他心里某个地方特别不舒服。但是，不知怎的，那个时候，天择还是愿意和他一起行动，他甚至怕自己挽不回他……

天择摇摇头，有时候，一个人，也挺好。他想。

他接着翻动文件，文件上罗列了很多种密码，比如摩斯密码、凯撒密码、栅栏密码等，天择皱了皱眉头，这些密码，怎么会出现在一幅宋代的古画上？密码究竟在哪里？他想起自己手中的那幅画，李力锋老爸让他好好保存，说明密码应该也在那幅仿品上。既然那是原画的复制品，而密码写就的方式，能从古画上原封不动地复制过来，那么它究竟写在哪里呢？以什么形式写成的呢？

李力锋怒气冲冲地走出办公楼，刚到工厂大门，就听门外大街上，有人一边打电话，一边朝工厂走来。

他闪身躲到废弃的门卫亭后面。

矮墩子举着手机，快步走进工厂大门，朝办公楼走去。经过门卫亭的时候，李力锋听见矮墩子低吼着："你个白痴！被人跟踪了都不知道！你马上过来，有人在我办公室！必须抓住他！"

李力锋张大嘴巴。他慌慌张张掏出手机，什么都顾不上了，立刻拨通天择的电话。

可是没人接听。

他又拨通老爸的手机，那部手机也在天择那里。

"天择，快接电话啊！求你了！快接电话啊！他回来了！他回来了！"

可电话那头，始终没有响起天择的声音。

矮墩子挂断电话，步伐更快了。但是，却没有发出任何响动。

　　他像只准备逮老鼠的老猫一般，轻声跑了起来，消失在办公楼门口，进了大楼。

　　李力锋突然一拍脑门，"我忘了，所有手机刚才全调成静音了！这下完了！"

第九章　苏醒

这就像你说了一个谎，然后为了它要说更多的谎，去圆这个谎。你这样做过吗？即使被抓住很可怕、很尴尬，但在一定程度上也是一种解脱……你知道吗？因为那时，你就可以停止做你希望起初就从来没有做过的事。

——［美］爱丽丝·布洛奇《杰作》

天择眼睛盯着桌上的一个相框，里面有一张照片，是三个人的合影。左边是"飞天神猪"，右边是矮墩子，中间那个人，是个瘦高的男人，右脸上有一道刀疤，左手胳膊上，义着一个黑色的砍刀图案。

天择心里咯噔一跳，难道这个人，就是"砍刀"？他掏出手机，正要拍下那张照片，就看到李力锋给他打了好几个电话。接着，就听门口外，有一阵窸窸窣窣的脚步声，声音很轻，但很清晰。

有人正悄悄靠近办公室。

天择弯下腰，躲到办公桌底下。

几乎同时，那个声音停在了房间门口。

"别躲了！赶紧给我出来！"矮墩子一边叫着，一边掏出一把瑞士军刀，握在手上。

突然，门外传来玻璃爆裂声。在安静的木材厂里，极为突兀。

矮墩子大骂一声，转身冲出了房间。声音是从右侧走廊传来的，他循着声音跑向走廊深处。

天择迅速从桌下钻出来，冲出房间，撒腿朝左边的楼梯奔去。

"喂！给我站住！"矮墩子听见了响动，掉头就朝楼梯追来。

天择几乎是飞下楼梯的，一步能跨五个台阶。后面矮墩子急促的脚步声一路紧随。

李力锋焦急地猫在办公楼入口的墙角，一见天择下来，跳起来拉住他，就往工厂大门冲。

工厂大门外响起一阵匆忙的脚步声。

两人转身，奔向办公楼旁的仓库。仓库已经废弃，大门也没关。他们连想都没想，直接钻了进去，还没站定，"飞天神猪"就冲进了工厂大门，直奔办公大楼。

矮墩子气喘吁吁冲下来，"快！给我搜！他应该躲到仓库了！"

天择和李力锋藏到一堆圆木头后面，李力锋捂着嘴巴，全身都在抖。天择的腿已经软了，他觉得自己这下肯定逃不掉了。

接着，仓库的灯全亮了。仓库里堆满了圆滚滚的木头。就在他们旁边，天择看到了几个金属台子。那黑色的台子中间，凹下去一个伐木砍刀的形状，天择想那肯定是做刀的模具。只是那模具里，没有砍刀，却有很多白白的，像是棉花一样的东西。

这下彻底完了，天择想，棉花可做不出一把砍刀来。两个男人像狩猎的公豹一样，步伐静悄，又坚定有力。他们察看着每一堆木材的角落。而天择和李力锋，现在完全是手无寸铁。

听着两个男人走近的脚步，李力锋快瘫了，嘴里不住念叨："快来啊，快啊……"

天择惊讶地望着他，李力锋到底在想什么啊，怎么还让恶人赶快过来？

然后，他就明白了。

外面突然响起尖锐的警笛声，接着是刹车的声音。

警察来了。

两个男人一听见警笛，狩猎的公豹立刻就变成遇见猫的老鼠，跌跌撞撞往仓库外面冲，很快就没了踪影。

李力锋靠在木材堆上，整个人软绵绵的，像一堆棉花。

天择终于松了口气。

他们安全了。

仓库外响起沉稳的脚步声，然后进了仓库。天择探头一看，两位警察叔叔身着笔挺制服，目光严肃地扫视着仓库。

天择走了出去，站在警察面前。

"啊？真是个孩子！你怎么到这儿来了？"一位警察说着就跑过来。

李力锋扶着圆木头，从木材堆后面慢慢挪出来。

"还有一个？"警察不可思议地看着他俩，"你们放学干吗不回家？跑这儿来干什么？"

"你们谁报的警？"另一个警察也走了过来。

李力锋像在课堂上举手发言一样举起右手，"是……是我……"

接着他就哇哇大哭起来。

两名警察赶紧过去，蹲下来搂住他的肩膀，"没事了，没事了。有我们在，你们安全了。小朋友，你家在哪儿？我们送你回家。你父母呢？"

李力锋止住哭声，抽噎着说："我……我家在……在兰亭小……小区……"

"好了，没事了，孩子，我们送你回家。"另一个警察摸了摸李力锋的头，然后转向天择，天择脸色煞白，浑身也在颤抖，"孩子，你家呢？"

"我……我跟他一起……"

一名警察过来搂住天择，"告诉叔叔，发生了什么事？你俩为什么跑到这儿来了？"

天择眼泪在眼眶打转，"警……警察叔叔……我……我们错了……不该乱跑的……"接着他也大哭起来。

两位警察你看看我，我看看你，相视一笑，转身继续安抚天择和李力锋，一人负责一个。

两名警察好不容易才把"飞猪行动"组的成员安抚好。然后，天择就从一开始去钟楼邮局调查挂号信说起，接着是美嘟嘟咖啡馆，最后二人跟踪"飞天神猪"到木材厂，以及后面发生的事，都告诉了警察叔叔。

两名警察震惊地瞪圆了眼睛，可能是不敢相信，两名小学生，居然能有如此胆魄。

警察严肃起来："你们这样做太危险了，知道吗？抓坏人的事，要交给警察叔叔来做，听懂了吗？"

天择和李力锋异口同声地说："懂了。警察叔叔。"

"我们再也不单独行动了，我们错了。"李力锋低下头。

另一名警察转而笑起来："我跟你们说，你们现在要好好学习，等将来长大了也当警察，可以像叔叔一样，去抓坏人，惩恶扬善，好吗？"

天择也低下头，"好。警察叔叔，我再也不做危险的事了。"他看了看李力锋，"我们知道错了。"

"哈哈，两个精明的孩子。"警察拍了拍天择的肩膀，"好啦，我们送二位小侦探回家。"

"对了，孩子们，"另一名警察说，"那封挂号信，还有你们跟'飞天神猪'的微信聊天记录，都要给我们，那是重要证据，方便我们追查。"

天择一边点头一边掏出李力锋老爸的手机，打开微信，"给，警察叔叔，就是这个，'飞天神猪'。"警察拧着眉毛浏览他们的对话消息，接着眉毛又挑高了，然后看看天择，"我不得不佩服你们俩的勇气，孩子。尽管你们勇气可嘉，但这样做太危险，下次有困难记得找警察叔叔，懂了吗？"

天择和李力锋重重地点点头，天择从书包里拿出挂号信，"给，叔叔，这是那封恐吓信。还有，那部手机的开机密码是二五〇二五〇。还有，叔叔，那个'砍刀'的照片，就在'飞天神猪'的办公室里。"

李力锋接着叫道，"叔叔，我把'飞天神猪'和矮墩子的图像发到我老爸那部手机上了，他们就长那样！"

"好的，孩子们，剩下的事就交给我们吧。小范，"他转身对另一名警察说，"叫三队过来，搜查这个木材厂。"

警车离开，"飞天神猪"和矮墩子悄悄从仓库背后出来，冲进办公楼。"快！帮我收拾东西！"矮墩子低声说。

桌上所有的文件，还有那张照片，很快就堆进了一个大麻布包。

"飞天神猪"一脸不解，"你怎么知道我被跟踪了？还是两个小孩子？"

"'砍刀'说的，他就住在我们办公室对面的公寓大楼里，他发现了他们。"

"那俩孩子是谁啊？"

"不知道！"矮墩子急匆匆拉上布包的拉链，"但一定跟那幅画有关。那幅画，可能就在他俩手上！"

"那我们下一步怎么办？"

"听'砍刀'指挥！他会找到那俩孩子，弄明白他们是谁！"

"飞天神猪"和矮墩子抬着大布包，慌慌张张奔出办公楼，消失在木材厂大门外的夜色之中。

天择平生第一次坐警车，他觉得这很酷。他感觉自己做了一件特别伟大的事，比考全班第一还要伟大——他竟然冲破艰难险阻，找到了一起凶杀案的犯罪嫌疑人，而他的奖励，就是乘坐一次警车。他甚至感觉乘坐的不是一辆车，而是正义。正义正载着他回家。这种感觉，比跟李力锋在餐厅吃饭，还要激动。

李力锋一路上兴奋地望着窗外，"天择，明天我要告诉所有人，我们破了一起凶杀案。我的天哪，他们会疯了的！会把咱俩崇拜得死去活来的！皮靴张对咱们都要礼让三分了。"

坐在前面的警察叔叔脸上挂着笑容，"你们两个臭小子，以后可不准乱跑啊，这样会让家人很担心的。"

天择和李力锋异口同声："知道啦，警察叔叔。"

天择默不作声地跟李力锋回到家里，他家里还是没有任何改观。

"快坐，天择，我们赶快写作业吧。都快九点了。"李力锋说着跑去拿饮料，天择走进卧室。

李力锋抱着两罐冰镇酸梅汤进来了，跟天择挤在一个座位上。"至少，你得帮我做完数学作业，明天是周末，剩下的我可以自己完成。"

"李力锋……"天择看着他，"谢谢你救了我，不然……我就被抓住了。"

"嗨，"李力锋搂住他的肩膀，"你忘了，我们是'飞猪行动'组合，我怎么会扔下你不管呢？而且，我是队长啊，当然要保护好队员喽。"

天择开心地笑着，"我还以为你真要扔下我呢。"

李力锋生气地一噘嘴，"哼，你不提还好，一提我就来气。让你走你偏不走，害得我现在都觉得恶心。哇，现在我对厕所有心理阴影了，你说怎么办？你该怎么赔偿我的精神损失？"

"和你一起写作业，以后每天中午和你一起吃饭？"

"你还得请我吃肯德基。每周都要请。"

"哈哈哈——吃那个，会变成'飞天神猪'的——"

李力锋也大笑起来，"请一头猪喝美白咖啡，哈哈哈哈哈——天择，这场面太绝了，你是怎么想的？"

"就这，我还不是被你批评了一顿？木材厂那块玻璃是你打碎的吗？"

"那当然，我当时可吓坏了。矮墩子已经知道有人跟踪了，还知道你在他办公室，我只能打碎玻璃转移他的注意力。"李力锋把身子一扭一扭的，"反正又不用赔。"他打开一罐儿冰镇酸梅汤，递给天择。天择拿着冷冰冰的易拉罐，脑海中跳出一个朦胧的想法。他，好像突然明白了，凶手是怎么杀人的。

这时，手机响了，他这才想起，自己一晚上给忙得都忘了给爸爸打电话了。

直到十点多，天择才上了地铁。回到家里，他第一时间从床底下抽出那幅画，对着画面左看右看，没看到任何密码。那就是一幅普普通通的画，一幅复制品。只是在画的背面，左上角，用铅笔轻轻写了个编码：GBYB－9001。

大概是工艺产品的编码吧，他想，就跟每本书后面都有个ISBN编码一样。

第二天上午八点多，天择就被李力锋的电话吵醒了。

"天择！我老爸醒了！"李力锋亢奋的声音从话筒里传出来，天择把手机从耳边拿开，生怕耳朵被这声音给毁了。"你快点过来呀！我老爸要见你！我把'飞猪行动'已经告诉他了！你快点来啊！"

天择一个骨碌翻下床，跑到卫生间开始洗漱。

他很为李力锋老爸苏醒过来感到高兴，但是他知道，李力锋老爸要见他，绝不仅仅是为了感谢。

他正洗漱着，李涛博士也进来了。"哟，乖宝贝儿，今儿起这么早啊？"

天择向爸爸解释了情况，他跑出家门的时候，博士在后面叫道："路上注意安全，早点回来！"

"知道啦，老爸。"

李力锋在病房外走来走去，不停地看表。一见到天择，他立刻跳了起来，就像见到炸鸡腿儿一样，冲上去抱住他，"你终于来啦，我都快急死了。"他拉住天择奔进病房，他老爸在床头靠着，笑盈盈地看着天择。

"你好，天择同学。谢谢你帮我找线索，锋锋都告诉我啦。"他又看向李力锋，"锋锋没给你添麻烦吧？"

天择看着李父，心里很紧张，"没……没有，叔叔，您好些了吗？"

李父点点头，"天择，快坐。锋锋，给天择拿水果。"

李力锋拿起一根香蕉递给天择，自己则拿起一个苹果。

"谢谢叔叔。"

"哎呀，"李父挪了挪身子，"真没想到，你们两位小朋友，能做那么惊天动地的事。我真佩服你们。"

李力锋咧嘴笑着，"老爸说我们很勇敢，特别为我骄傲。"

"骄傲是骄傲。"李父语气突然严厉起来，"但是这么危险的事，以后可别做了。要听警察叔叔的话。"

"嗯。"天择点点头，"叔叔，那个'飞天神猪'，是谁啊？"

李父叹了口气，"他是我同事。可是，我们业务上并没有什么交集，也就没有什么来往。我们只在酒桌上见过一回，还加了微信，我都忘了他叫什么名字了。不过，你们拍下了他的样貌，警察会很快找到他的。"

天择接着问："叔叔，那天晚上究竟发生什么事了，是谁打伤了您？"

"哦，那可是一个恐怖的夜晚。"李父倒吸一口凉气，"其实我也不知道发生了什么事，我们几个正在聊天，突然像是喝了一罐迷魂汤，晕晕乎乎的，接着就倒在地上，等我醒来，周围的同事……哦，天哪，那场面……我赶紧报警，之后又晕了过去，再醒来，我就在病房里了。"他微笑着看看李力锋，"然后锋锋就高兴地冲进来，拥抱我。"

李力锋笑得比一朵花还绚烂。

"对了，那幅画，还在你那里吗？"李父转向天择。

李力锋的笑容僵住了，慢慢转成了疑惑。

天择的心一下子提了起来。他愣住了，怔怔地看着李父。

"天择，"李力锋看着他，轻声说，"怎么回事啊？原来你有那幅画？是不是骷髅图？"

天择低着头，一声不吭。李父看看天择，又看看李力锋，"啊？原来锋锋不知道啊？我还以为你都……"

"天择，你……你一直藏着那幅画？怪不得你一直用那幅画'钓鱼'呢。你早就知道，那幅画根本就不在他们手上，所以你才自信能引他们上钩！"李力锋生气地叫道，天择仍然低着头，不敢看他。

"锋锋，别生气别生气，这事怪我，不怪天择。是我让……"

"你约'飞猪'出来，我还担心你要是没有画，该怎么和他见面！"李力锋打断他，"我看你那么自信，我早就该想到你手上有画，我可真傻！天择，你为什么要瞒着我？"

天择突然看着李力锋，"不是。那幅画很重要，不能给……"

李力锋红着脸喊道："重要到不能告诉我是吧！重要到可以伤害服务员的命是吧！重要到可以不顾你我的命是吧！重要到你可以被警察抓去是吧！那可是国宝啊，全古堡市的人都在找它！你为什么不交出去！"

"锋锋，别激动，天择不是那个意思——"李父赶紧插话打圆场。

"那他什么意思！"李力锋大吼着，瞪着天择，"你总是说一半留一半！你啥时候真诚过！枉我还这么担心你！你知不知道，我老爸因为那破画都受伤了，你有那幅画，万一他们知道了画在我们手上，你我也会有生命危险的啊！我要是知道，就绝不会让你去约那头猪！你为什么不说！"

"不不不——"李父尴尬地笑着，"那幅画是假的，他们要的是真迹——"

李力锋顿了一下，接着冲老爸大叫，"可那头猪不知道啊！我们当时跟他距离那么近！还差点儿在工厂被抓住！"

天择走向李力锋，"不是。你听我解释——"

"你别过来！"李力锋将手中的苹果狠命砸向天择脚边，苹果摔得稀烂，"我们还是朋友吗？我最讨厌别人骗我，我讨厌你！"李力锋大喊着，转身冲出了病房。

"锋锋！锋锋！"李父大叫着，下意识想扑到前面拦住李力锋，却扭到了伤口，疼得直吸冷气。

天择呆在原地，头都快伸进肚子里了，脸上滚烫滚烫的。

李父转而笑看着天择，"对不起啊，天择，我真不知道你们……"

"叔叔，没事。这不怪您。"天择嗫嚅道。

李父无奈地笑了笑，"嗨，你看我这话说的……没遮没掩的。放心，没事的，锋锋平时就爱生气，过一会儿就好了。"

天择知道，过两会儿，他的锋锋也好不了。这事情闹得太大了。

"叔叔，您放心，画还在。而且，他们不知道。"

"唉，既然这样，那就好。这件事情，叔叔感到很抱歉。虽然叔叔也不知道这到底是怎么回事。"

天择红着眼圈，抬头看着李父，"您不知道？"

李父叹了口气，又挪了挪身子，让自己躺得更舒服些，"这事情，要问你的爷爷。"

天择瞪圆了眼睛。"问我爷爷？"

李父轻轻点了点头，"来，天择，坐下吧。我们慢慢说。"

天择坐到李父床边，疑惑地看着他。

"我还是从头说起吧。我跟你爷爷，交往了差不多十年了，我们是朋友。"

天择张着嘴巴，专心地听着。

"前几天的一个晚上，他派人联系到我，那人一身黑衣，很神秘。联系我的那个人蒙着头，在大街上跑过来故意和我撞到一起，我还没责备他呢，他就顺势往我手中塞了一张纸条，然后撒腿就跑。纸条上打印的内容就是让我当晚去艺术公园，黑衣人在那里和我碰头，他交给我一幅画。那幅画叫《骷髅幻戏图》，他让我把画转交到你的手上，并且给了我你家的地址。还说这幅画是个仿制品，但是对你和你爷爷的生命很重要，让我专门提醒你，千万别给任何人。另外，他还说，除了他让我转述的那些话，其他多余的话一句都别说，无论你问什么。"

天择扭动了一下身子。

"然后我就这样做了。没想到……"李父叹了口气，"我第二天下午回到家，就收到了一封挂号信，信中让我交出那幅仿制画。我一开始以为是恶作剧，但想了想，保险起见，我拿着画先离开家。我想，万一不是恶作剧，别连累到锋锋和他妈妈。我从家到你家的路上，就发现有人跟踪我。我绕进了一个人多的商场，想办法摆脱了他们，这才安全地把画送到你家。然后就躲进森林，若无其事地工作。结果……"李父揉着眼睛,"当晚就发生了那件事……"

天择眉头拧成了一个小疙瘩,他知道爷爷一直在找寻宝藏山的秘境,矮墩子也透露那幅画也的确与秘境有关,"您知道爷爷为什么要把画给我吗?"

李父抬头望着他,"我不知道,我只负责给你转达消息。天择,你爷爷一直都很神秘。就连他今年住院,我都不知道他在哪个医院。他派来的那个人,比他还神秘。整个人就跟暗黑者一样,披着一身黑色长袍,还戴着黑色的大兜帽,捂得严严实实,我都看不清他长什么样子。不过你爷爷想得很周到,没有派人把画直接交给你,就怕有其他人盯着那幅画,继而盯上你,给你招来祸患。我不就是个例子吗?"李父苦笑了两声。

天择低头看地,过了一会儿又抬起头,"叔叔,您知道'砍刀'是谁吗?"

李父点点头,"我知道。我们木材厂的老板,就叫'砍刀'。我和工友那晚在森林伐木的时候,我们工友中,就有人透露,说'砍刀'曾经杀过人,而那个工友说自己已经有了证据,正准备举报'砍刀'。而且,最近'砍刀'还在搞另一个大阴谋,想要那幅失窃的古画,我一时冲动,就告诉他们,说自己手上幸亏只有一件复制品。但我没说把复制品交给你了。当时我就在想,那些跟踪我的人,可能就是'砍刀'派来的。但他们肯定是弄错了,把我的复制品,误当成真迹了。锋锋也告诉我了,你们调查的结果,也是确定了那封挂号信与'砍刀'有关,就是他想要那幅画,派人跟踪我。锋锋怀疑他也是这起凶案的幕后黑手,我也这样认为,他以前毕竟杀过人,至今还没被抓住。不过,现在不论你们,还是警察,都没有找到直接证据,来证明这一切。"

"叔叔，那幅画，有什么特殊的吗？我是说，我爷爷让我好好保管那幅画，而那只是一幅仿品，我怀疑上面会不会复制有真迹的密码什么的。我们现在知道，那幅画的真迹上，可能藏有某种密码。'砍刀'他们要得到那幅画，就是想破解密码，找到宝藏山的秘境。那里面据说有……大宝藏。"

李父仰着脖子哈哈大笑，"一帮神经病。秘境传说本来就是个神话。何况那就是一幅画的复制品，上面哪儿来的密码啊。我也纳闷儿呢，一幅仿品，为啥都整得神秘兮兮的。哦，我想他们一定搞错了。真是中邪了。"

"叔叔，您知道复制品和原画，有什么区别吗？"

"哈哈哈，天择，这太简单了。就拿《骷髅幻戏图》来说，两者的区别太大了。首先，复制品是放到纪念品店出售的，真迹是存放到博物馆展览的。再者，复制品只是高清还原了画上的图像，至于绘画用的材质什么的，上哪儿去找那么古老的纸或者绢布？都是现代高仿的。最后，复制品可能卖十块钱，而真迹会是十个亿，多数情况下还不会出售，那是国宝。哈哈哈，你看我又说到钱上面了。优秀的艺术品，是无法用金钱来衡量价值的。"

天择想，既然那只是复制品，爷爷为何要让我把它视若珍宝？难道密码真的也复制过来了吗？

他觉得应该去问一问爷爷。他想起年初去探望爷爷的时候，爷爷拉着他想跟他说悄悄话的场景。估计就是这件事情吧。

"对了，"李父突然说，"刚才有一点我忘了。"

"什么啊？"

"你可以看一看那个复制品。复制品背面，如果是出售的话，应该贴着价格标签。而博物馆里的真迹，背面一般写着展品编号。"

天择盯着他，僵住了，感觉整个病房都在眼前旋转。

"哈哈，这是个无关紧要的小区别，是个小常识，但我忘了说了……"李父望着天择，发现他反应不太对，"天择？天择？"

"嗯？哦，叔叔——"天择猛然一惊，支支吾吾说："您……您没看背……背面？"

李父双手一摊，"我没看啊。我本来就没什么艺术细胞，只把画从袋子里拿出来，扫了一眼画面上那几个骷髅，就又塞回去，交给你了。那画上有几个骷髅来着？四个？还是五个？"李父笑嘻嘻地看着他，"你怎么了，孩子？哪儿不舒服吗？"

"对……对不起，叔叔，我……我有点不舒服——"天择起身就往病房外面跑，一路冲到安静的楼梯间，坐在台阶上。

他眼前，一直闪现着，那串用铅笔写下的编码：GBYB－9001。

这肯定不是什么价格标签。他明白了，GBYB，是古堡市艺术博物馆的简称——"古堡艺博"的拼音首字母。9001，正是展品的数字代码。

他手中的《骷髅幻戏图》，根本不是仿制品，而是七天前，失窃的真迹！

下篇

古宅寻踪

第十章　失踪

这个沉睡的小王子最打动我的，是他对一朵花的忠诚，哪怕在睡着的时候，那朵玫瑰花的模样也像灯火般在他心里闪耀……我觉得他变得更加脆弱了。灯火需要被好好保护，因为一阵风就能将它吹灭……

——［法］安托万·德·圣埃克苏佩里《小王子》

天择坐在台阶上，感觉自己随时会倒下去。而且，一百年都不会醒过来。不，是一千年……

这事儿闹大了！太大了！简直比太阳系还要大！

一想到警察叔叔在找那幅画，把整个古堡市都要翻个底儿朝天，他就恨不得马上从这个世界消失，哪怕钻进秘境，进了外太空，被卷入黑洞，他都无所谓。而更夸张的是，爷爷竟然参与了偷画行动。我的老天，这是我那个温柔慈祥的爷爷做出来的事情吗？

天择觉得自己的心脏都快被撕裂了，大脑也要爆炸了，这到底是怎么回事啊？

他想让自己冷静下来，可根本做不到。他冒出的第一个念头，就是赶快——越快越好，最好是坐火箭——回家，把画拿出来，交给警察叔叔。

但是，他捂住眼睛，他不敢这样做。

他意识到，以自己当下的语言能力，绝对解释不清楚这画不是他偷的。哦，警察叔叔又不是傻子！

他该怎么解释这一切？

警察叔叔万一追查到爷爷身上……我的老天爷！天择把头重重磕在膝盖上，他简直不敢想象接下来的场面。爷爷会戴着手铐，依依不舍地看着他……然后他就再也见不到爷爷了……

天择跳起来，在楼道里转着圈。

不行，我必须冷静。现在不能把画交出去。那么，我该怎么办？该怎么办呢？他使劲儿拍着自己的脑袋，要急哭了。

突然，他抬起头。我要去找爷爷！我必须问清楚，这究竟是怎么一回事！

天择拉开隔板门，奔了出去。半道上撞见李力锋的妈妈，李力锋和她在一起。原来李力锋刚跑出去陪妈妈买早餐了。

天择看向李力锋，而李力锋把头扭到一边，根本不理他。

"哟，天择，这么快就走啊？"李力锋妈妈笑呵呵说道，"我买了早点，一起吃点儿吧。别急着走啊。"

"不用了，阿姨。谢谢。"说完，他冲向电梯。

李力锋的妈妈回头看着天择，一脸疑惑。

而李力锋，连头都没有回。

一进家门，天择大叫道："爸爸！爸爸！"

书房的门哐当一声开了，博士奔了出来，脚上的拖鞋都穿反了。"咋了！天择！"他满脸惊慌，王奇夫人急匆匆地跟在他后面。

"我要去见爷爷！立刻！马上！"

"发生什么事了？"博士诧异地看着天择。

"哎呀，你别管了！我要马上去！马上！"天择几乎吼了出来。

博士和夫人你看着我我看着你，成了丈二和尚。

"快啊！"

"呃——天择，"博士走到他身边，蹲下来，扶着他的肩膀，"今天恐怕不行。昨天晚上，奶奶打来电话，说爷爷今天要做一个肺部手术，耗时一整天。就算咱们现在去了，也见不到爷爷。要去，也要等明天了——你是……"博士上下打量着天择，"……怎么了，发生什么事情了，慌慌张张的？"

天择努力克制着自己的情绪，"没……没事，我想……想爷爷了……那好吧，我明天一大早，就去看爷爷。"

"这没问题。放心，明天咱们早上八点起床，然后直接去医院看望爷爷，好吗？"

天择点点头，"爸爸，我有点儿累了，我先回房间了。"说完，他径自走向卧室，关上了门。

博士和夫人皱着眉头，相视一眼，耸耸肩，又走回书房了。

天择站在书桌边，直勾勾地盯着自己的床。这张床在他眼里，已经不是一张方方正正的床了，而是一颗圆滚滚胖嘟嘟，但威力惊人的原子弹，随时都会爆炸，然后不知把他炸到什么地方去！

那幅制造了全市爆炸性新闻的失窃古画，现在，就在床底下。

他简直不敢想象，自己居然在"原子弹"上面，已经躺了六个晚上!

第七个晚上,他无论如何不能再干这样惊心动魄的事了!

他想想都后怕。警察叔叔还来房间"专访"了一圈。他们最后要是知道,自己曾经距离翻遍整座城市都没找到的古画这么近,会不会有种自嘲感呢?

他不敢再到床那里去,甚至都不敢再看它一眼。他瞥向飘窗,把天文望远镜搬下来,躺到宽敞的飘窗台上。今晚,我还是在这儿过夜吧,他想。

整整一天,天择的脑袋都是空的。他什么事都不想做,什么也不想,什么也不管。就这样躺着,一直安静地躺着……

夜晚,他躺在窗台上,望着天上的星星,想,如果我今晚能住到星星上,该有多好啊,随便哪颗星星都行,只要它不是地球,怎么样都行。

他安慰自己,事情一定不是我想象的那样,爷爷一直在追寻秘境,所以他这么做一定有他的道理,一个警察叔叔可以接受的道理。也可能,那个仿制这幅画的人,为了追求逼真感,把原画的编码也复制上了,是爷爷弄错了,误把真画当成了复制有密码的假画,这不怪他啊,那画太逼真了,所以我手上的画,其实真的是假的……

哦,天哪。天择把脸埋进手掌里,这话谁会信啊?连他自己都不相信。

啊!时间过得快一点吧,再快一点吧,明天,这一切的一切,我就都清楚了……

他想着想着,迷迷糊糊进入了梦乡。

他看见了爷爷。爷爷正站在伊卡洛斯 LS - 1 上,朝他招手。天择手伸向窗外,努力去抓爷爷所在的那颗星星,有好几次他差点就抓着了，可星星突然又跑了，他再去抓，可怎么都抓不着，太远了，简直太远了。

"爷爷！爷爷！你告诉我，告诉我吧！把你知道的，都告诉我吧——"

爷爷只是微笑地看着他，继续冲他招手，像是在告别。

突然，伊卡洛斯 LS－1 光芒渐弱，它载着爷爷，奔向宇宙深处……

"爷爷！你回来！爷爷！回来啊！"天择大喊着，猛地坐起身。

他在飘窗台上，外面，天已经亮了，却昏昏暗暗的。沙尘暴又起来了。天择叹了口气，甩了甩脑袋，奇怪自己竟然梦到了伊卡洛斯 LS－1，它距离地球可有将近 100 亿光年啊。

他看看表，已经七点半了，再过半个小时，他就要出发去看望爷爷了。

这时，一阵急促的电话铃响起，天择吓了一跳。

谁会这么早打电话来呢？是李力锋吗？他来兴师问罪了？

他满心疑惑地去接电话，声音迷迷糊糊："喂，你好？"

"天择啊，"电话另一头传来奶奶的声音，听上去快要哭了，"出事了！这下出事了……"

天择听奶奶把话说完，顿时怔在原地。

他真的没想到，还会发生这种事情！

他清醒过来，冲向父母卧室，发现门从里面反锁了。他疯狂地砸门，"爸爸！妈妈！快出来！"

门很快开了，博士和夫人显然被砸门声吓得不轻，脸上惊慌失措，睡衣胡乱披在身上，拖鞋已经是第二次穿反了，博士很生气："大清早的！你这样很不礼貌！出什么事了！"

天择喘着粗气，边哭边叫："不好了！爷爷失踪了！"

博士诧异地和夫人对视一眼，"什么？爷爷失踪了？谁告诉你的？"

"刚才奶奶打电话来，说昨天夜里爷爷从病房消失了，这会儿整个医院都在找他呢！连警察都来了！她让咱们赶快过去！"

王奇夫人听得一头雾水，"消失？这是什么意思？"

"哎呀！先别管那么多了！赶紧走吧！"博士急急忙忙去穿外套。

天择换上衣服，感觉整个人都轻飘飘的，仿佛自己也快从这个世界消失了。

一路上，博士跟疯了一样，他家的越野车真的在路上越开了野，时而摇头摆尾，时而侧轮离地，在大小车辆之间疯狂穿插，一路狂飙。王奇夫人在座位上被甩得全方位摇摆，连连尖叫，"慢点！你疯了吗！慢点！"她不仅系着安全带，双手还紧紧抓着车门扶手，似乎随时准备跳车。

天择望着窗外发呆，任凭马路上多么热闹，他都听不见，也看不见。他此刻感觉不到任何东西，包括将一切似乎都凝固在悲伤之中的沙尘暴。

博士一个急刹车，在古堡市博爱医院门口停下。他拽着天择奔向住院部，王奇夫人摇摇晃晃地追在后面，跟醉酒一般。

他们急急忙忙冲到病房，里面已经被警察挤得水泄不通。病房门外，围了一堆病人和陪护家属，都来看发生了什么事。李力锋和爸妈也在那里，三人一看到天择，原本满是同情的脸上，换上了惊讶。

天择这才想起李力锋的老爸也在这个医院里，不过他在六楼，爷爷在二楼，动静太大了，整座楼都被惊动了。

天择冲进病房。奶奶正坐在病床上哭个不停，一旁的护士安慰着她。

"奶奶！"天择甩开爸爸的手，冲到奶奶身边，一头扑进奶奶怀里，"奶奶，爷爷怎么了？出什么事了？"

警察正在给博士和夫人快速解释昨晚的情况，天择在一旁听着，事情好像是这样的：

昨天夜里大概十点钟，值班护士给才做完手术的爷爷打完吊瓶后，离开病房。等她早上七点再去给爷爷送餐时，却发现他不在病床上，而奶奶正坐在椅子上睡得昏昏沉沉。她把奶奶叫醒，问爷爷是不是出去了，奶奶迷迷糊糊什么也说不清，好不容易等她清醒了，她说爷爷不可能独自出去，他昨天刚动完手术，必须有人搀扶才能下地。然后医院的保安和医生搜遍了整座大楼，都没找到爷爷的身影。紧接着他们查看了监控录像，奇怪地发现，自从昨天夜里十点左右护士离开病房，直到今天早上七点，爷爷一直没走出那间病房，也没有任何人进去。爷爷就这么从病房里凭空消失了。

天择听完，感觉脚下的地面不见了，他实在不敢相信警察的话。密室失踪案？发生在监管森严的医院里，这怎么可能？

接下来的调查相当让人头疼，医院里任何蛛丝马迹都没有，警察更是一头雾水。他们反复询问奶奶，爷爷昨天晚上有没有异常的举动。奶奶极力回忆，坚持说昨晚一切正常。可当警察问起她昨晚是怎么睡着的，以及为什么没躺在陪护床上却睡在椅子里的时候，她的回答就有些含混不清了："我昨天没睡午觉，可能……也许是晚上太累了吧，看老头子睡着了，一动不动，我也就开始犯迷糊，最后就坐在椅子里睡着了。一直睡到今天早上，护士把我叫醒。"

警察对于这个解释相当无奈，"您半夜没醒过吗？有没有在夜晚听到什么动静？"

奶奶一个劲儿摇头，"昨天晚上睡得太死了，什么动静也没听见，一觉就睡到天亮了。"

"那你们最近有没有发现可疑的人？有没有陌生人进过病房？"

奶奶和护士都摇头，"没有。"

警察同志们实在不知道接下来该怎么问了，只是说："老太太，您先别着急，我们会继续调查，一定会找到您丈夫。请您放心。"说完转身离开了病房。

天择好想协助警察叔叔一起调查此事，他读过很多密室犯罪的侦探小说，那里面所谓的密室，所谓的不可能犯罪，其实都是罪犯太过狡猾，巧妙使用障眼法，来误导人的思维，从而遮盖真相，逃脱罪责。就跟变魔术一样，看似不可能，实则都是盲点诸多的把戏罢了。

明白了这一点，爷爷的密室失踪案看上去就不那么奇幻了。

要想破案，必须看见别人没看见的东西！

天择坐到奶奶身边，"奶奶，您放心，我和您一起寻找爷爷！一定会找到的！"

奶奶把天择搂入怀中，摇了摇头，"傻孩子，连警察都不能保证找到爷爷，你怎么能保证呢？"

"因为他是我的爷爷。"

奶奶布满泪痕的脸上，露出了今天第一个笑容："傻孩子，你还要上学，马上就毕业考试了，功课不敢耽搁啊。"

天择点点头，"奶奶，您再回想一下，爷爷失踪前有没有什么反常情况？"

奶奶叹了口气，抱着天择的手松开了，"你爷爷没有不反常的时候，反常对他来讲，是正常。最近一个月，他更是离谱。整天自己跟自己说话，还是悄悄话。还经常从梦中突然惊醒，眼睛瞪得大大的，浑身都是汗，好像梦到什么恐怖的东西一样。他的精神越来越恍惚，每天心神不宁。每次我问他怎么回事，他都大喊大叫着让我不要问！他真的不一样了，天择，他完全变了，好像得了精神分裂症。"

"您听见他都自言自语些什么吗？"

奶奶摇摇头，"没有。一句都没听懂。他说话声音很小，而且语速极快，像是在窃窃私语。以前这种状况他也有，但是最近越来越频繁，不犯病还好，一犯病，"奶奶吸了一口气，"那场面真吓人啊。"

突然，奶奶像是想起了什么，伸手摸进自己的口袋，"对了，我想起一件事。"她斜眼看了一下旁边的博士和夫人，然后轻轻把天择拽到嘴边，博士和夫人一看到祖孙俩要说悄悄话，不由自主探过身来。天择瞪了他俩一眼，两人尴尬地退了回去。

奶奶悄声说："你爷爷两天前，给了我一张字条，托我一定要交到你的手上……"

接着他感觉奶奶把什么东西，偷偷塞进了他的手心。他的心剧烈跳动。

他站起身，假装什么事也没有，心里却火急火燎。他想看看爷爷的字条上写了什么，可爸爸妈妈又在身边，他不想让他们看见爷爷给他的字条。接着他就声称要去上个厕所，一个人躲在病房的卫生间里，把门反锁，迫不及待地拿出字条。

那张字条很薄很软，他双手颤抖着把它展开，一看到上面用黑色墨水写得歪歪扭扭的字，他登时愣住了。

字条上是宋真宗赵恒的一首诗：

劝学诗

富家不用买良田，书中自有千钟粟。

安居不用架高堂，书中自有黄金屋。

出门莫恨无人随，书中车马多如簇。

娶妻莫恨无良媒，书中自有颜如玉。

男儿欲遂平生志，六经勤向窗前读。

诗的下面，画着一个指南针。

这就是字条的全部内容。

天择有点蒙。这是什么情况？爷爷偷偷给我的字条上，居然是一首让我勤奋读书的励志古诗，后面还配着一幅插图——指南针。

他记得爷爷曾反复教导他："读万卷书，行万里路。周游世界固然很刺激，但是知识更重要，只有积累了足够的知识，再去看这个世界，才更有意义。"

可是，天择百思不得其解，这些爷爷经常挂在嘴边的话，为什么还要用如此遮遮掩掩的方法，再向我传达一遍呢？难道爷爷知道我梦想他的生活，希望我不要耽误学业？

正在这时，有人敲卫生间的门，"李天择，你在里面干什么呢？快出来，我们要走了。"是妈妈的声音。

天择匆忙藏好字条，打开门走出去。妈妈看着他，有点生气，好像她知道奶奶给他偷偷讲了关于爷爷的什么秘密，而她却遗憾没听到。

"奶奶跟你说什么了？告诉我可以吗？"妈妈双手叉腰，说话声音虽然轻，却透着不可反驳的威严。

天择知道自己瞒不过去了，只好点点头。

警察一看这边好像有情况，立马凑过来。

王奇夫人换上柔和的语气："天择，听我说，如果是关于爷爷的，奶奶跟你讲的话里说不定有什么线索，与爷爷的失踪有关，你告诉我们，没准儿能帮警察叔叔破案啊。"

天择不想让别人看爷爷给他的字条，尽管那上面的内容算不上绝密，但那也是爷爷跟他的悄悄话。不过一听字条上或许藏着找到爷爷的线索，他终于拿出了字条。

"啊，宋真宗的《劝学诗》。你爷爷真是煞费苦心啊。"警察把字条反过来倒过去，还对着阳光看了半天，最后得出的结论是："小朋友，你要好好把它收着，谨记你爷爷的教诲，你爷爷希望你好好学习。"说着就把字条还给了天择。

天择接过字条，就在他的手碰到字条的一刹那，目光扫到插图指南针上。他直勾勾地盯着指南针边缘。

这是什么？我刚才怎么没看见？

警察叔叔离开了，博士和夫人正和奶奶说着什么。

天择站在一旁，手捧字条仔细地看。指南针的边缘，八个方向指针的顶点处，各用极细的笔迹写着一个数字，数字非常小，不仔细看根本注意不到。而且奇怪的是，无论上面《劝学诗》的字迹多么潦草，这八个小数字却工工整整，显然爷爷写得很用心。

从最上面的 N 极开始，顺时针方向分别写着：1，2，1，9，2，8，2，7。

这显然不是指南针上用于指示方向的。天择紧皱眉头，又看了看上面的《劝学诗》，爷爷没必要再次用《劝学诗》教导我好好学习，那么，爷爷是不是想让我，把这首诗与下面的指南针插图合在一起看？他是不是要告诉我什么隐藏的信息呢？

1，2，1，9，2，8，2，7——看上去像密码，而且要跟《劝学诗》联系在一起……突然，一道灵光闪过天择脑海，这是阿顿道尔福密码！爷爷曾经向他讲解过这种密码，每一组数字对应着某本书或者某篇文章里第几页第几行和第几个字。现在，密码对应的是《劝学诗》！既然只有一页纸，那么第一个数字应该代表《劝学诗》的第一行。

他飞快地在密码和《劝学诗》之间扫视，第一行，第二个字，"家"。第一行，第九个字，"中"，天择心头咯噔一跳，看来这字条不只是一首劝学诗，它里面果然藏着线索。

第二行，第八个字，"书"……第七个字，"堂"。

连起来一看，"家中书堂！"爷爷的书房！天择差点叫出声来！

他想起一年级暑假，他去爷爷家里，爷爷把他领进自己的书房，给他讲冒险故事，当时书房里只有他和爷爷两个人。讲完故事后，爷爷把他带到书房一面墙壁前，那一整面墙全是橡木书架，上面密密麻麻排满了书——他以前经常从这片书海中借几本书带回家。接着爷爷在一排书的书脊上按了按，那排书的书脊竟然像柜门一样自动弹开了，后面露出一个保险箱！而那个保险箱的密码，他清晰地记得爷爷说："天择，密码就是你的生日！"

爷爷最终没打开那个保险箱，而保险箱里藏着什么秘密，天择至今都不知道！

第十一章　神秘日记

跟你同路是我的荣幸。假如我们不能再见，我希望你能找到你的家，还有你寻找的答案。

—— ［爱尔兰］约翰·康诺利《失物之书》

天择跟着爸爸、妈妈和奶奶走出病房。李力锋故意用一种毫不在意的眼光，目送他们走向电梯，其实，他的目光里，含有一丝担忧。

而天择，压根儿就没往李力锋那边看上哪怕一眼。

他的心思全在爷爷的书房里。显然爷爷只想让他一个人知道保险柜的事，要不然就没必要写那个字条了，可以让奶奶直接告诉他去找保险箱。

但是，现在爸爸、妈妈、奶奶都在他的身边，他要怎样才能避开他们，一个人去爷爷的书房打开保险箱呢？何况去爷爷家已是很久以前的事情了，他早就忘记爷爷家具体在哪儿了。

王奇夫人这时回过头，对奶奶轻声说道："妈，这几天先到我们家住吧。"

奶奶情绪低落，整个人都在发呆，自然没听见她的话。"奶奶，"天择拉着奶奶的手轻轻摇着，"来我们家住吧。"

"嗯？"奶奶回过神来，目光呆滞地看着孙子。

"奶奶，来我们家住吧，和我一起住。"

奶奶摇摇头，喃喃地说："不，不，我要回家。我要等老头子回来。"

"妈，"王奇夫人和李涛博士一左一右搀扶着奶奶，"您放心，我们一定把爸找回来，一定会的。他可能……"博士不知该怎么往下说了，"……可能……只是出去散步，然后……迷路了而已。"

奶奶摇着头，"不，我要等他。我了解我的老头子，他再迷路，也总能找到家的。我要在家里等他回来，他没拿钥匙，要是我走了，谁给他开家门呢？"

天择看见妈妈在偷偷抹眼泪，"妈妈，要不然咱们陪奶奶住在爷爷家里吧？"

"先把奶奶送回家吧，然后再商量这件事。就算奶奶住咱们家，她也要回家取几身换洗衣服。"

天择默默地点点头。

爷爷家是个老宅子，位于古堡市城墙脚下。尽管城里属于古堡市的繁华区，但城墙脚下相对安静，很多老人都集中住在这一带，形成了他们自己的生活圈子。没事儿大家聚在一块下下棋唠唠嗑晒晒太阳，日子过得很安逸。天择猜测爷爷就是因为这个原因，才不愿意回到幽幽谷宅院里居住。这里的生活太惬意了，而且距离各种各样的商店饭馆都非常近，谁又愿意住到宝藏山脚下那么偏远的地方？

爷爷家跟天择记忆中的一模一样，四年过去了，这里一点也没变。

爷爷的家像一座现代小型四合院，外围是一圈跟城墙同色的青灰色围墙，里面是一座三层的小洋楼，楼前还有一个小别院，院子里种着各种各样的花草树木，还有辣椒、青葱和小西红柿等蔬菜，一年四季清香扑鼻。这是天择童年的味道，是他最欢乐的记忆。尤其夏天的时候，院中草木盛开色彩缤纷，爷爷经常抱着他坐在院子的摇椅中，和他轻松地聊天谈心，给他讲有趣的故事，还跟他一起喝着他最喜欢的西瓜汁……

门廊上，那个红木摇椅还摆在原来的位置，上面已落满灰尘，看样子好久都没人打扫了。

一进家门，天择径直冲上二楼，爷爷的书房就在那里。书房里的保险箱是他现在唯一关心的东西。

他的身后，爸爸妈妈和奶奶气喘吁吁地冲进屋子，"这臭小子跑哪儿去了？怎么跑那么快！"

天择冲楼下喊了一句："我从爷爷的书房借几本书！"然后在书房门把手旁的电子密码锁上按下"1110"——爷爷很早就告诉他密码了——转身把房门锁上。

在天择的印象里，这个房间只有爷爷和他进来过，连奶奶都很少进入。望着那一排排摆满书的书架，摆满笔记本的宽大书桌，天择仿佛看见爷爷正坐在高背椅中，捧书细读的身影。他也坐在爷爷身边，一边品尝着爷爷专门为他榨的西瓜汁，一边静静阅读他喜爱的冒险故事……

他来不及悲伤，凭借曾经的记忆，很快找到了那排虚设的书脊，在右端一列小金属按钮上，按下他的生日数字。

他期待地看着那排书脊，可书脊纹丝不动，接着一阵刺耳的警报声突然响起，瞬间传遍整个房间。

"天择，你在上面干什么呢！出什么事了！"王奇夫人尖叫着，一阵零乱的脚步声向楼上冲来。

天择赶紧跑到门口，隔着门板冲外面大喊，"没事，爷爷的音响坏了！"

脚步停下了，"你赶快出来，爷爷的书房不是你随便进的！别在里面乱翻乱动！拿几本书就行了！听见没有！"

"知道了！"天择悬着的心落了地，尖厉的警报还在响。"奇怪！密码怎么不是我的生日呢？"

他猛然想起生日日期是保险箱的密码，不是外面这排书脊暗门的密码。他飞快地展开字条，爷爷肯定告诉了我柜门密码，它是什么呢？字条上唯一的数字就是阿顿道尔福密码，天择快速输入这串数字：12192827。

警报声戛然而止，随着"嘭"的一声轻响，书脊柜门弹开了，露出一个棕色的小保险箱，方形的箱门紧闭着。天择的心剧烈跳动，手指颤抖着拨开数字键盘前的隔板，透明的椭圆形按键整齐地排列在他的眼前。

他准确输入自己的生日日期，按下"确认"键。

"密码正确。"一个欢快的电子音叫道。

保险箱里传来规律的金属撞击声，接着箱门弹开了。天择咽了一口唾沫，慢慢把沉重的箱门拉开，紧盯着门后。

他原本以为，爷爷会留给他法老的权杖，开启某扇神秘之门的钥匙或者写满楔形文字的苏美尔王朝石板，又或者是他还没来得及问清楚的《骷髅幻戏图》的秘密，指引他寻找爷爷的下落。结果没想到，保险箱的正中央，端端正正躺着一部大日记本。纹路漂亮的橡木封面油光发亮，显然经过了精心打磨。

天择把沉重的本子从保险箱里抱出来，放在桌子上，翻开厚重的封面。尽管封面看着很新，但里面的纸张已经发黄褶皱，甚至还有破损，很有年头了。第一页上用显赫的花体字写着："环球旅行记事。"

这是爷爷的旅行日记本，上面还有他潇洒的签名："李亿恒"。

第一页前夹着一张纸，天择展开它。这是他一年级生日时，画的一幅画。稚嫩的笔触勾勒出爷爷抱着他，坐在院落的摇椅中，喝着西瓜汁，共同聊天的场景。

画纸已经发黄，颜色褪去，他似乎穿越时空，回到了爷爷的身边。黄色的纸边，如同那天明媚的灿阳，照在他身上，温暖慈祥。浅淡的色彩，如同那日明亮的空气，笼罩着一切，朦朦胧胧……

天择的泪水，瞬间涌出眼眶。他没有想到，这幅潦草的儿童画，爷爷一直珍藏在身边，和他最宝贵的旅行日记，护守在保险箱之中。

天择擦了擦眼泪，继续翻动日记。

这一年爷爷七岁，是他环球旅行的第一年。所以前面十几页的字体很潦草，个别字不会写，还用拼音代替，而且日记内容也不多，草草几行字就记录了一个星期的旅行生活。

越到后面，爷爷的笔迹越龙飞凤舞，继而又变得稳重，苍劲有力。所有纸张大小不一，显然是爷爷将自己从小到大所有的日记整理成册，精心装订成这本日记，将他一生的回忆永久珍藏。

现在，爷爷把日记送给了天择，这本日记绝对是爷爷毕生最珍贵的东西。

天择翻动日记，上面有很多爷爷深入秘谷，探寻古洞，访问原始部落和飞跃火山口时的插图和照片，以及稀有植物和奇异动物的图画。

天择不记得自己已经对爷爷产生过多少次羡慕之情。爷爷从小就跟着他爸爸环球旅行，到世界各地探险，没进过一天学校，也没参加过一场考试，抛开繁重的功课，尽情玩耍，把读书习字只当成玩累之余的一种休息，那该是多么潇洒。

天择手指继续翻着陈旧的纸张，翻到最后一页，天择的视线在一幅地图上停住了。

这是一张古堡市的地图，确切地说，是清乾隆四十五年的古堡市地图，当时古堡市名为古堡城，有一圈方方正正的城墙，这圈城墙现在还在，城墙里面是钟楼、鼓楼、寺庙和民居，城郊处还坐落着几座大型宅院，是当时富贾豪绅的私家别院。

其他别院旁边，爷爷都用红笔打了一个叉，而只有一座院落的旁边，爷爷用红笔写了一行小字：历史博物馆。这行字的下面，还注了一首诗，字迹很小，天择凑近去读：

青草地，草地青，

青草丛中四面墙；

墙上墙，墙下墙，

墙中墙里一面墙；

左墙角，右墙角，

深藏不显寻奇角；

寻上天，寻下地，

终寻觅得一书角。

那首古童谣!

那首在古堡市流传了上百年的古童谣!

这首童谣的盛行不是因为它朗朗上口,方便记忆,而是因为与古堡市秘境的传说相关。

这首不知是谁传出来的童谣,据说暗藏着关于秘境入口的线索。世世代代的好事者早已把这首童谣研究了个底朝天,都认为这首童谣指出了现实世界中的某个具体位置,但还是没找出个所以然来。因此,秘境位置藏在童谣里的这个说法,比秘境本身还要神话。

天择呆在原地,"如果古童谣真的与秘境入口有关,那就说明爷爷在现实中找到了童谣真实所指的地方,那么……"

"砰砰砰!"

门外有人敲门,天择回过神来。

"天择,赶快出来,我们要走了!"是爸爸的声音,语气很严厉。

天择盯着日记本,"这个本子我必须带走!"他环顾四周,在房间一个角落发现一个大环保袋。他把袋子拿出来,将日记本小心塞进去。接着又从书架上取下一本历史书和两本科普读物,一并塞进袋子,把日记本挡住。他不想让爸妈发现爷爷的日记本,不管那本子里记录着什么。因为那是爷爷和他之间的秘密。

天择来到客厅,发现客厅里不止爸爸妈妈和奶奶,还来了很多老人,看上去都是爷爷的邻居,个个表情凝重,显然已经知道发生了什么事。

"天择,奶奶还是决定留在这里,由邻居们来照顾奶奶。"妈妈一边说一边感激地向旁边的邻居们微笑着,"有他们陪伴奶奶,我们就放心了。你还要上学,咱们先走吧,让奶奶休息一会儿,行吗?"

天择失落地看着奶奶,"奶奶,您不愿意和我一起住吗?"

奶奶温柔地抚摸着天择的头发,"奶奶当然愿意。但奶奶要在这里等爷爷回来,和我的邻居们,这些爷爷奶奶一起等。有他们陪着奶奶,奶奶不会有事的。孩子,你还要回学校上课,就不要再耽搁了。"

天择扑进奶奶的怀里,"奶奶,我一定把爷爷找回来。"

"好,好……"奶奶紧紧抱住他,泪水湿润了爬满皱纹的眼眶,"奶奶等你的好消息。"

在回家的出租车上,天择抹干眼泪,将事情的前前后后又想了一遍。爷爷指引他到书房找到这本环球旅行日记,日记的最后一页上,在一座古宅旁,标注着那首可能指明宝藏山秘境入口的古童谣,这是爷爷写下的最后一笔,显然在告诉天择,他失踪的爷爷,正是去追查秘境入口的线索了。爷爷的后半生,都在致力于寻找那处秘境,而现在,他发现秘境的入口,就隐藏在那座古宅里。

而这个宅子至今仍然存在,天择还与之有过一面之缘。

不过根据民间传闻,这座宅子自古以来就是个不祥之地。

第十二章　复合

人们很难知道他们真正看起来是什么样子。镜子中的影像并不准确，卡尔说，因为当你在镜子中看自己的时候，你就下意识地组合了一张并不是你的自然表情的脸。

—— ［美］爱丽丝·布洛奇《杰作》

出租车在林荫大道前停下。回到家中，天择瘫在飘窗台上。

他已经不知道该怎么安慰自己了。而博士和夫人则一直坐在客厅里，全家人都沉默不语。

天空昏昏沉沉的，沙尘暴越来越重，像一只巨大的怪兽，把整个城市都吞进了肚子里。

直到夜深了，客厅才传来响动。夫人跟着博士，默默进了卧室。

天择看着天空，今晚乌云密布，一颗星星都没有。他想睡觉，却睡不着，眼前总浮现出爷爷慈祥的面庞，还有伊卡洛斯LS－1载着爷爷远去的身影。他的大脑一片混乱，却有一股神秘的力量牵引着他的思绪。他不知道那是什么力量，就好像是一个巨大的宇宙黑洞，拉扯着他翻滚、旋转，扯进黑洞，裂成碎片……

他实在受不了了，起身拿出爷爷的日记本，躺在飘窗台上抱着，一页一页阅读，想找找上面有没有古画的线索。

爷爷偷这幅古画肯定是为了寻找秘境，可他不是已经找到了吗？秘境入口就在那座古宅里啊。难道那幅画还另有玄机？

日记的前半本，主要记录了爷爷旅行的见闻，而后半本，爷爷刚劲有力的笔迹侧重记录他的一些研究。有一首东晋陶渊明的《桃花源记》，爷爷把它完整地抄录下来，然后画了个箭头，指向右页的一个古老传说。那是一个发生在明代的传说，有一座村庄名叫恒乐村，那里的人都自私自利。有一天，两名迷路的少年，闯进了村庄，他们对少年不管不顾，只管忙自己的事，无助的少年只好流落街头。接着，这座村庄就发生了恐怖的灾难，两名少年带领村庄里热心给他们送饭的小孩子们，从一道山谷里走了出去，再也没有回来。

有趣的故事，可这是真的吗？天择想，然后翻到下一页。这一页上，写满了爷爷对这个故事的理解。

天择看了看，尽管有些语句晦涩难懂，但大致意思是在讨论自私与奉献的搏斗。

爷爷认为自私的恒乐村，结局只会是死亡，他给"死亡"二字旁画了个骷髅，而两名少年和村里善良的孩子们，结局是获救。爷爷将逃出村子的善良孩子，比喻成生命伊始的幼孩，而将留在村里的成年人比喻成大骷髅，把他们生下的婴儿比喻为小骷髅。天择倒吸一口冷气，那也就是说，爷爷认为恒乐村里自私的大人和他们的新生儿，都会面临死亡威胁，同是恒乐村的人，孩子们获得生，而他们的父母则要面临死亡结局，这种生与死的对立，是不是太残酷？接着爷爷笔锋一转，天择有些看不懂了。爷爷又把恒乐村比喻成了具有"生"的欲望的幼孩，把两名少年比喻成了骷髅。到底谁是象征死亡的骷髅，谁是象征新生的幼孩？天择一时间觉得头脑发涨。

《骷髅幻戏图》南宋 李嵩（1166—1243 年）

但他读着爷爷的分析，眼前隐约出现了一幅似曾相识的图景——大骷髅、小骷髅和幼孩，那不正是《骷髅幻戏图》里面的场景吗？

这一页笔记的最后一行，证实了他的猜测。爷爷用更大的字体，写下一行字：

秘境——《骷髅幻戏图》！

天择心中一震，这秘境果然跟《骷髅幻戏图》有着密不可分的关系！如果爷爷能用《骷髅幻戏图》来分析恒乐村的故事，而秘境入口的线索又写在《骷髅幻戏图》上，那么，宝藏山秘境里的世界和故事中的恒乐村，是不是也有某种关联呢？还有，这之前爷爷还用《桃花源记》引出恒乐村的故事，历史上，也是东晋在前，南宋在后，那么，陶渊明笔下那座与世隔绝的桃花源村，真正的名字是不是就叫"恒乐村"呢？

天择突然灵光一闪，产生一个大胆猜测！东晋时代那座与世隔绝的村落，可能就是宝藏山秘境。而武陵人后来再也没有找到的桃花源村的入口，就是宝藏山秘境的入口，位于一片桃林的尽头！而它在南宋的什么时候又冒了出来，《骷髅幻戏图》上的密码，记载了入口的具体位置！

天择合上日记本，坐了起来，感觉整个人都通畅了。他眼前浮现出《骷髅幻戏图》的画面，真是精彩，画中场景隐喻了秘境世界的命运，与此同时，画上还隐藏着指明秘境世界入口的密码，啊，多么完美的结合啊！

这应该就是《骷髅幻戏图》的秘密。

可古老的桃花源村后来怎么样了呢？它真的遭遇毁灭了吗？那里还有人生活吗？如果有，他们过得如何？是过着布衣农耕的古代生活，还是科技发达的现代生活？或者有着更高级的文明？

一堆问题在天择脑海中浮现，如同风暴中的浪花，一个个跳起，又一个个落下。

最后，一个更大的疑问，在他头脑中弯成一个问号。爷爷不是已经找到了秘境入口吗？它就在历史博物馆啊。如果说沧海桑田，那片地带曾经的桃林和溪流早已不复存在，也很正常，但是入口既然找到了，爷爷还要《骷髅幻戏图》干什么？难道，有些地方我猜错了，古画上的密码，可能隐藏着别的线索？

啊！天择甩甩脑袋，我不能再想下去了，这太复杂了，简直就是剪不断，理还乱。先不管这么多了，当下找到爷爷，证明爷爷没有参与偷画行动，才是最关键的。

他再次躺下，翻开日记，读后面的部分。

接下来，爷爷开始研究古代的科举考试，那是一堆烦琐晦涩的研究笔记，他不明白爷爷为什么要研究这个，爷爷又不爱考试，他这辈子都没参加过几场考试。天择摇摇头，接着往后翻。在科举考试研究笔记的最后一行，爷爷写下了四个大字：墨鱼和鱼。

天择挠着后脑勺，这墨鱼和鱼，跟科举考试有什么关系？难道古代的考题，会问考生：墨鱼和别的鱼有什么不同啊？谁身上的鳞片更厚啊？谁的肉更鲜美啊？

哪儿有这样出考题的，又不是生物课。古代的考题，大多跟哲学沾边，让考生辩证地分析问题，比方说：鱼与熊掌可不可兼得之类的。难不成考题把喻体换了，换成了鱼与墨鱼可不可兼得？

哎呀，好复杂。天择摆摆手，管它呢，爱换不换，反正又不是考我呢。我这边已经够乱了。

他翻到下一页，爷爷回到古堡市，记录了从明代开始，古堡市发生的一些灾难，全是自然灾难，后面还标注了死亡人数。第一场灾难，从 1521 年开始。

1521 年 1 月 9 日是个值得纪念的日子。古堡城持续了 3 年的干旱终于在人们的求雨仪式中落下帷幕。这天中午，所有古堡城人们跪拜在干涸龟裂的庄稼地里，集体为古堡城求雨时，上天终于被感动，连续三天大降暴雨，庄稼成长在肥沃的土壤中，结束了古堡城连续两年多的饥荒。但 1279 位古堡人已被饥荒永远地夺走了生命……

太可怕了。天择继续往下看，接着是第二个日期，1626 年 5 月 30 日：

古堡城有史以来最大的一场火灾。大火从早上 6 点一片森林烧起，一直连续烧了四天四夜，两百多座房子被烧毁，财产损失不可估计，据当时县衙初步统计，包括丧生和失踪人口，一共有 1680 人在火灾中遇难……

后面还有很多，天择不想再看下去了，直接翻过这一部分，就到了日记本的最后一页，标注着历史博物馆和古童谣的那一页。

天择合上日记本，盯着本子的封面。他想，爷爷可能正在老博物馆寻找秘境入口呢，他在等我一起找。一定的。

一想到他就要与爷爷团聚了，心绪瞬间就激动起来。

天择坐起身，我要尽快去博物馆，找到爷爷，以最快的速度，解开古画密码，然后归还古画。多耽误一秒都不行，警察叔叔会急死的。而一旦他们快急死了，事情就不美妙了，他们会批评我，没准儿还会把我抓起来。我的老天爷，我可不想被抓，我必须要给他们一个合理的，暂缓归还古画的理由。

天择相信，在历史博物馆里，他一定能找到这个理由。

要不要叫上警察叔叔呢？接着他摇摇头，还是算了吧。有爷爷在，我会很安全的。再说，我还想跟爷爷单独待一会儿呢，有好多事情，我还要问问他。

他坐在书桌前，打开电脑，开始查找历史博物馆的信息。

博物馆位于古堡市西郊，在宝藏山脉的将军峰正东十五公里的位置。说来也巧，在地图上看，幽幽谷宅院的入口也在将军峰脚下，与博物馆正好都处于古堡市的东西轴线上。地铁部门还专门为它设了一个车站。

虽说天择很久以前与博物馆有过一面之缘，但也只是匆匆一瞥，而且隔着很远的距离，连它具体长什么样子都没看清。当时的情况相当窘迫，他们全家人本来要去古堡市野生动物园参观，结果阴差阳错绕到了博物馆附近。天择看到草地上立着一座孤零零的大房子，吵着闹着要去那房子里看一看，却硬被摁在座位上，全家人跟逃难似的撤离了那里。事后天择问他们为什么那么紧张，他们只是警告他不许走进那片区域半步！再没有多说什么。

后来他从同学们那里了解到一些信息，才知道那里曾经发生过一件很邪门的事。之后那个地方就被视为不祥之地，人们害怕不吉利，一般不愿意靠近那片区域，而天择能有幸与博物馆见上一面，纯属二般情况，因为李涛博士想证明自己不是路痴，结果绕进了"死胡同"，歪打误撞进了那片领域。

网上的信息，并没有任何关于那起博物馆邪门事件的介绍，只有博物馆的建造时间、建造者和废弃时间等无足轻重的内容。

天择查好去博物馆的路线，然后躺在飘窗台上，望着夜空。不知怎的，脑海里冒出李力锋别过脸去，对他不理不睬的场景。

他叹息一声，我，可能又要回归自我了。

昏暗的房间中，"飞天神猪"举着手机，"您听我说，我当时真没想到，会是两个小屁孩……"

电话另一头传来粗鄙的大骂声。"飞天神猪"把电话拿得离耳朵远了些。

"是……是……老板，您教训得是。不过您不用担心，我们装作不知道那幅画，也不知道什么挂号信的事，警察没找到证据，就把我们放了……"

电话那头接着问:"小孩儿约你去的哪个咖啡馆?"

"美嘟嘟咖啡馆。新兰大街上。"

"我当时看清了那个孩子的脸,但是没看清校服上的学校名,咖啡馆附近有没有学校?"

"有,古堡市实验一小。"

对方停顿了一会儿,然后慢慢说:"那幅画可能真在那俩小毛孩子手上,你去弄明白这件事,他们应该就在那所学校上学……"

"飞天神猪"眼睛一瞪,"老板,我明白了!"

"现在警察已经盯上你们两个了,你给我记住,别冒失!谨慎行事!我再给你们两天时间,要是还拿不到画,你就跟阎王喝咖啡去吧!"

"飞天神猪"吓得打了个激灵,连忙应答,直到电话另一头挂断。

他瞪着夜色弥漫的窗外,双眼喷射着愤怒的火花。

第二天,天择走进教室,看见李力锋很早就来了,今天轮到李力锋做值日。他从李力锋面前走过,李力锋假装根本没看见他,好像他是一团空气。

天择想去跟他解释,想了想又没去,还是算了吧,已经够乱了,我也需要静一静。

他坐到座位上,拿出《百科全书(地球探险卷)》读了起来。过了一会儿,李力锋手握拖把蹭着地,一蹭一蹭地过来了。

天择配合地抬起脚,让他拖脚下的地面,以免被他提醒,尴尬地发生语言交流。李力锋转身到天择跟前,拖把尾贴着他的桌子腿一擦而过，直接抹到后面桌子底下了，压根儿没拖天择坐的那片区域。

天择装成若无其事，把脚又放下了。

第一节数学课后，天择来到老师办公室。他本想问一问高老师，那座历史博物馆的事情，但高老师没在。他看了看皮靴张，皮靴张正埋头批改作业，眉头一次比一次皱得紧，脸上的表情，第一秒晴转多云，第二秒多云转阴，第三秒直接从阴转成雷暴。她突然把红笔使劲儿拍在桌子上。天择不敢再待下去，从办公室门口跑了，他听见后面有人大吼："都讲了多少遍了！上课不带脑子吗！"

哦，真不幸，天择想，今天有人要淋口水浴了，真是太不幸了。

回到教室，天择走向座位。接着就发现，不幸，先找上了他。

他那本精装封面的《百科全书（地球探险卷）》，跟长了腿儿似的，从桌上跳到了桌子底下，躺在脏兮兮的地板上，一个方正的书角，还给磕凹了。

天择的怒火噌地蹿了上来，他大吼一声："谁干的！"

全班立刻静了下来，掉根针都能听见。同学们瞪大眼睛看向他，不明白发生了什么事。他眼睛里喷着火，扫视全班。

只有一个人表现异常。

李力锋。

他坐在座位上，没有看天择。竟然安静地看着语文课本，但是书却拿反了。

天择又看向地上的精装书，盯着磕坏的封面。他突然捡起书，怒气冲冲地走到李力锋旁边，一把将书砸在他的桌子上，把他的笔袋都给撞飞了。

"你赔我的书！"天择大叫。

李力锋盯着翻开的课本，鼻翼扇鼓着，鼻孔里喷着气，脸蛋儿成了番茄色。

"听见没有！赔我的书！"

全班同学都定在原地，一声不吭，静观这起"巅峰对决"。

李力锋慢慢站起来，怒目瞪视天择："我没有！你凭什么说书是我摔的。"

"不是你还有谁！"

李力锋胸膛一鼓一鼓，突然大喊道："没有证据，你别冤枉好人！"

天择心中有座火山要喷发，真正的朋友，怎么会损坏彼此最珍视的东西，还不承认？

他气急了，扑上李力锋的课桌，手掌一挥，桌上的课本和笔稀里哗啦全摔到地上。

李力锋登时跳起来，揪住天择的衣领，把他掀翻在地。

场面直接乱了。

两人在地上扭打起来。旁边女同学在喊："别打啦！你们别打啦！快去找老师！"

"你给我捡起来！"李力锋大叫。

"你赔我的书！"天择大喊。

他俩声音一个比一个大。有男同学冲进"战区"，使劲儿掰扯两人缠在一块儿的手臂，"别打啦！快起来！皮靴张要来啦！"

两人都在气头上，正打得难解难分，谁这会儿还在乎皮靴张啊？

天择和李力锋面红耳赤，口中大喊大叫，还在地上打起了滚儿，一会儿天择在上面，捶着李力锋的胸，一会儿李力锋又拧到上面，打着天择的胳膊。

"快别打啦！"周围同学焦急地喊着，又有几名男同学冲进战场，努力想把他俩分开。

"都给我住手！"皮靴张刚硬的身影，站在了教室门口。

场面立刻冷静下来。

天择躺在地板上，双手扯住李力锋的衣领，仰着脖子，后脑勺儿顶地，倒视着头顶前的皮靴张。坐在他身上的李力锋，手揪着他的头发，愣愣地看着教室门口。

"还不放手！"皮靴张大喝一声，天择和李力锋吓得同时一抖，立刻翻身爬起来。然后两人并排儿站着，双手下垂，低着头。

"有能耐啊！都敢打架啦！"皮靴张怒吼着，声调越来越高，"再打一个让我看看！打啊！"

天择和李力锋浑身一颤，冷汗直冒。

"你俩！给我过来！"

两人的腿，抖成了筛糠，一步都挪不动。

"听见没有！"

这时，班长刘静涵从皮靴张身后走过来，刚才就是她跑去叫的班主任。她左手拉着天择，右手拽着李力锋，把他俩领向皮靴张。

皮靴张转身朝办公室方向走去，皮靴踏地，发出铿锵有力的梆梆声。天择觉得这声音，像极了法庭宣判的法槌，直击他的心脏。

目视二人走出教室，同学发出阵阵唏嘘声。接着，刚才勇闯战场劝架的男同学，捂耳朵的捂耳朵，揉后脑勺的揉后脑勺，搓小腿的搓小腿……

"哎呦！我是招谁惹谁了，不知被谁踢了一脚，疼死我了。"

"我更惨啊。先挨了李力锋一拳头，又被李天择打中后脑勺，我都委屈死了！"

……

刘静涵扶着天择和李力锋，像是扶着两名八十岁的老人，颤颤巍巍一步一小心。好不容易才进了老师办公室。

上课铃响了。

刘静涵走出办公室，留下天择和李力锋两个倒霉蛋儿，站在办公室中间。

皮靴张盯着他们，胳膊抱在胸前，身体靠在办公桌前沿，"说吧，为什么打架？"

没人开口。两人都低着头，专注地盯着地板，好像那上面正播放着特别精彩的动画片。

"李天择，你先说。"

天择支支吾吾说了起来。

"大点儿声！"

天择吓得一哆嗦，把声音放大了些，又从头说起。

他说完，皮靴张平静地看向李力锋，"李力锋，你说说。"

李力锋也乖乖地交代了事实，承认是自己先动的手。可是天择错在先，谁让他把自己的书和笔都推到了地上。

"李力锋，我只问你一个问题，而且，我只问一遍。是不是你，把李天择的书，摔到地上的？"

李力锋的头都快塞到肚子里面去了，"我……我……没……不……不是……"

"大点声！你是在学猫叫吗？！"

李力锋抖了一下，两颗眼泪滑落在地，他声音放大了些，"张……张老师……我错了……"

皮靴张叹了口气，放下双手，坐到办公椅上。"我听说天择在帮你辅导功课，你的数学成绩才有所提高。而天择你呢，好不容易交了个好朋友，居然还能打起来。我从没想过，你还会打架！"

天择的头也快进肚子了。"老师，我错了。"

"既然是好朋友，就要互相帮助。有了误解，或者有了矛盾，要以合理的方式去解决，绝对不能打架！朋友，来之不易，别等到失去了，才知道珍惜。你们听明白了吗？"

天择和李力锋同时点点头。天择觉得皮靴张最后那几句话，是专门说给自己听的。

"你们今天回去，一人写一份检查，明天交给我。我不负责调解你俩之间的矛盾，大男孩了，自己的问题，自己想办法解决。但是，我明天要看到的是，你们俩，继续和和睦睦，做着朋友。别让我失望。听见没有！"

天择抬头看着皮靴张，她脸上的表情很平静，一点儿都不像要大发雷霆。

"你们俩，现在去教室。但是，不许你们进教室，打扰其他同学上课。你们给我站在教室门口，贴墙并排站着，直到这节课下课。在此期间，好好反省自己。去吧。"

天择和李力锋拖着沉重的步子，退出办公室。两人默不作声地走向教室，然后靠在教室门口的墙上，肩并肩，一言不发。

过了将近十分钟，天择的情绪才平稳下来。气愤再加上害怕，可不是那么容易就能冷静的。他想着皮靴张说的话，朋友来之不易，别等到失去了，才知道珍惜。可我真的需要朋友吗？交朋友，是个多么麻烦的事情啊，你还得担心惹出矛盾，还要想办法解决矛盾，万一要失去他，就跟我不能和爷爷在一起那样难受。这可完全不像自己一个人，那样轻松自由。

他正想着，李力锋突然开口了，语气冷冰冰的："你怎么知道是我摔了你的书？"

"书的封面有墨水渍，还印着蓝黑色的指纹。看看你的手指头，只有你才会把字写到指头上。"天择盯着地板，没有看李力锋。

李力锋抬起手，看看右指头，再看看左指头，然后无精打采地垂下肩，"哼，福尔摩斯啊。"

"为什么摔我的书？它惹你了吗？"

李力锋没有立刻回答，眼睛也看着地面。

"而且，"天择接着说，"我问你的时候，你为什么要撒谎？"

"是你先对我撒谎的。"李力锋转头看着他。

天择也看着他，"我什么时候撒谎了？"

"那幅画。你为什么不告诉我它在你手上？"

"你根本没直接问过我，那幅画是不是在我手上。所以我没有回答过这个问题。我只是没告诉你，画在我手上这个事实而已。"

李力锋吸了口气，"那么重要的事情，你以为你没说，就等于没撒谎吗？有时候隐瞒也是一种欺骗。"

天择愣愣地看着他，一时半会儿竟不知怎么回答。

"所以你就摔我的书，然后撒谎，说你没摔？"

李力锋看着对面走廊墙上，挂着的一幅马克·吐温肖像，肖像旁，写着他的一句名言：坦白，是诚实和勇敢的产物。

"天择，你知道吗，'飞猪行动'里，我觉得，除了我的家人，你就是我最信任的人。我把一切希望都给了你，盼望能和你一起找到伤害我老爸的人。可是，你却对我隐瞒了最重要的事。我真的很生气。不想再理你了。"

天择也看向那幅肖像，"既然你不想理我，为什么要惹我？"

"我是希望，你能给我一个解释。但我又……又不想主动找你问清楚。如果你把我当朋友，你应该主动来找我承认错误啊。"

"我心情不好。我爷爷失踪了。"

李力锋抿了抿嘴唇，"这我知道，那天我也在医院里。"

"所以我想一个人静一静。不想跟任何人说话。"

李力锋低着头，右脚踩着身后的墙壁。

过了好一会儿，李力锋才说，"天择，其他同学都不愿和你多说话，但我却喜欢跟你一起玩，你知道为什么吗？"

天择摇摇头。

"我也不知道为什么。尽管，咱俩可能不是一个世界里的人，你看，老师们都喜欢你，你成绩也是最好的，而我，总是垫底儿。但我一看到你坐在那里，只顾看书，就莫名其妙地想陪陪你。我觉得，你一个人有些孤单。而我，却忍受不了这种孤单。"

天择心里一震，他一直都纳闷儿，李力锋这样一个爱打爱闹的人，怎么会对自己有好感？

现在，他明白了。

李力锋接着说，"我跟你凑近乎，可你的态度总是不温不火。我不知道，我老爸受伤那天，你来我身边，跟我说话，请我吃饭，是不是那个时候，你也不忍心看着我那样？"

天择不得不承认，是！

李力锋笑了笑，"你没回答，就算默认了。看来咱们在有些地方，是一样的。"

"李力锋，"天择看着他说，"也许，我不该对你隐瞒画的事。"

李力锋挥了挥手，"你没告诉我实情，说明你当时还没有那么相信我。"

"那你之前为什么一直对我隐瞒你老爸的工作？"

李力锋张着嘴，看着他，想说什么，却说不出来。

天择继续说："我对你隐瞒画的事，不是不相信你，是我害怕。"

李力锋疑惑地看着他，"你害怕？害怕什么啊？害怕我报警？可那是幅假画啊。"

天择眼睛里亮闪闪的，有泪珠在滚动，"我和我爷爷，是最好的朋友。可是爸妈不让我见他，我一直都在想念他，回忆跟他在一起的快乐。好不容易，身边有你能陪我，我不知道，如果我把实情告诉你，你会有什么反应。你爸爸是因为那幅画，才受伤的，而那幅画在我手上，你一定会问我那幅画是怎么回事，我和那幅画有什么关系，可我又解释不清。那个时候，你能相信你老爸受伤，跟我一点儿关系都没有吗？"

李力锋震惊地看着天择，"原来，你……你是怕我误解你，跟你绝交？可……可是，可是我老爸只要醒过来，事情就都清楚了啊。"

天择仰起头，看着走廊天花板，这样，他的泪水就不会流出来了。"你不也怕我嫌弃你，对我隐瞒你老爸是伐木工这件事吗？何况，谁知道你老爸什么时候会醒过来。'飞猪行动'的那几天，我觉得，是我最快乐的日子，尽管差点儿被矮墩子抓住。如果我之前告诉你实情，你会陪我一起跟踪'飞天神猪'吗？会有人在关键时刻，把我从矮墩子手上救出来吗？没准儿现在，警察还在全城找我呢。"

李力锋转了个身，手搭上天择的肩膀。"如果我真的误会你，你可以终止行动啊。"

"我顺着那幅画，找到'飞天神猪'，不只是为了我自己。那幅画是复制品，我不说，也没人知道画在我这儿，我就把它放在家里，等你老爸醒来，我会跟他商量，怎么处理这幅画。我见你怀疑你老爸的伤不是意外，就想尽快帮你找出背后的真相，而且，我希望你能陪着我一起找。毕竟，你很想让你老爸为你骄傲。"

李力锋的眼眶变红了。

天择看着他，继续说："我想尽快找到事情真相。也因为这件事与我有关。因为，那幅画，是你老爸给我的，而把画交给你老爸的，则是我的爷爷。"

"你说什么？"

天择把那天和李父交谈的内容，以及爷爷给他日记的事情，一五一十告诉了李力锋。李力锋先是专心致志，进而目瞪口呆，最后惊讶地张大了嘴巴。

"对不起，李力锋，"天择郑重地说，这是他第一次向李力锋道歉，心甘情愿地认错，"事情是因我爷爷而起，我替他向你道歉。还有，我不该隐瞒那幅画的事情。毕竟，那很重要。也不该摔你的东西。"他很后悔，他应该相信李力锋，应该相信他们之间友情牢固。

李力锋和天择抱在一起，"对不起，天择，我应该事先找你问清楚的。我不该那么冲动，摔你的书。不过，"他松开天择，"现在你知道了，那幅画根本不是复制品，它是真的啊！你还敢把它放在家里吗？"

天择看着马克·吐温肖像，"'飞猪行动'中，我想和你一起，尽快找到伤你老爸的凶手。我对你隐瞒实情，是为了你和你老爸。而现在，我对所有人隐瞒实情，是为了我的爷爷。"

李力锋怔怔地盯着天择。

过了好长一段时间，他才说："嘿，天择，需要我帮忙吗？"

天择看着他，嘴角终于露出了笑容。李力锋也笑了，他搂着天择的肩膀，"你知道吗，有时候我真觉得你是个大笨蛋！咱俩是铁哥们儿，怎么可能说绝交就绝交。一旦你拥有了朋友，除非你真的想绝交，不然你总可以想办法留住他的。"

"没错，我知道是你摔了我的书，真的想要跟你绝交了！"

"什么？"李力锋捏着天择的脸蛋，"我还没一本书重要啊？"

天择把他的手从脸上拿下来，"那我还没一幅画重要啦？"

"哈哈哈哈哈——"

他们看着对方大笑着，完全忘了这是在什么地方。

突然，教室门开了，高老师探出脑袋，"我说你们俩，罚个站都能乐成这样，嗯？看样子是和好了，进来上课吧。"

李力锋立马脚并拢，腰挺直，正视高老师，表情端庄无比："报告老师，我们不敢。是皮……"他连忙捂住嘴，看着高老师。

高老师挑了挑眉毛，"哼哼，别以为我不知道你要说什么。"接着他做了个口型，"皮——靴——张。"

天择和李力锋相视一眼，然后讨好地冲高老师笑着。

高老师却正色道："既然张老师罚你们站着，那就乖乖的，别嬉皮笑脸的，装也要装出个罚站的样子，特别是，"他弯下腰，压低声音，"表情一定要有种知错悔改的模样。"

天择和李力锋故作恍然大悟之样，"噢——原来是这样——"

"嘘！小点声儿，"高老师谨慎地往教师办公室门口瞥了一眼，"可别说这是我说的哦。千万别出卖我。"高老师说完赶紧钻回教室，关上了门。

天择和李力锋捂着嘴，在走廊里笑得前仰后合。

下课铃响了，两人终于能进教室了。

他们的"战场"，已经被同学们收拾干净。李力锋抱着天择摔坏的精装书，走到天择座位上，"天择，你的书，我会赔给你。"

"算了，这书很贵的。你可以陪我去找爷爷，算是补偿吧。"

李力锋放下书，一本正经地冲天择作了个揖，"谢谢李大人不榨干小人零花钱之恩，在下一定舍命相陪。"

天择苦笑着看他一眼，"看你以后还敢摔我的书。"

李力锋一边咧嘴笑着，一边挤上天择的座位，"我们一起看吧。"

这回李力锋没有睡着。天择看着他乐津津的样子，为自己竟没有让他赔书感到欣慰。东西坏了，可以换个一模一样的，和李力锋的友情坏了，想换个相同的，可不容易。他想。

中午一放学，李力锋就过来拉住天择，"走，吃饭去。跟你打了一架，能量消耗巨大，我都快饿死了。我这顿饭你得包！"

"我想先去找高老师。"

"为啥？"

"我爷爷在日记中提到的那个老博物馆，大家都说是个不祥之地。我们得问清楚背后的原因。"

李力锋瞪着眼睛，"这很有意思。比吃饭有意思多了。走！"

办公室里，皮靴张拿着饭盒，正要去吃饭。看到他俩一起兴冲冲地进来，她抛给他们一个欣慰的眼神。

"张老师好。"两人异口同声。

"记得明天交检查啊。"

皮靴张甩下这句话就走出了办公室，办公室除了高老师还在批改作业，再没其他老师了。于是天择低声说："高老师，我们想问一件事。"他犹豫了一会儿，"不知道您是否了解……嗯……了解那座历史博物馆？"

高老师抬头看着他，"哦，当然。它始建于 1987 年……"

"不不不，"李力锋急着叫道，"高老师，我们想问一下……"天择拽了拽他的袖子，"小点声。"

李力锋压低声音，"那个博物馆里，曾经发生过什么事？为什么人们说它是个不祥之地？"

高老师愣了一下，好像不知道该怎么回答。"你们为什么要问这个？"

"是这样的，因为天择说他发现……哎哟！"

天择拧了一下他的胳膊，接上他的话，"……它很有趣！"

李力锋龇牙咧嘴看他一眼，马上会意，"哦……对，天择说他觉得博物馆很有趣，所以我们想向您了解关于它的秘密。"

高老师犹豫了一下，好像在思考什么，过了一会儿说："这件事情，我并不赞成你们去了解。"

"为什么？"李力锋急了。

"因为这是一个邪恶阴暗的故事，我担心你们听了，晚上会做噩梦。"

"没关系！我从不做噩梦。"李力锋说完顿了一下，这话的确夸张了，"高老师，您就告诉我们吧，我们真的想知道。"李力锋凑到高老师旁边，一边撒娇一边一个劲儿地恳求。

天择没想到李力锋还有这本事。他赶紧掏出一个小笔记本，随时准备记录下关于博物馆的每一个字。

高老师想了想，然后开口道："明朝，古堡市叫古堡城，城中有一位富贾，名叫李秉贤。那座博物馆，曾经是他在古堡城郊区，为自己和家人建造的豪宅，宅子有个好听的名字——秉贤居。可不幸的是，李秉贤虽在生意场上得意，富可敌国，可却因经商和别人抢生意，所以得罪了不少人，其中不乏权贵之流。在豪宅建成后没多久，这些仇家分外嫉妒眼红，就起了邪念，悄悄雇了一帮武林高手，在一个月黑风高的晚上，杀了守卫，闯入秉贤居，将李秉贤杀害。天亮之后家人发现了他的尸体，立刻报官。可官府最后也没查出个所以然来。李秉贤的家人将他的尸体安放在了秉贤居的密室中，密室只有李氏家人知道。但后来这个秘密泄露出去，说密室里隐藏着李氏家族几乎所有的宝藏，给李秉贤陪葬，但从没有李氏家族之外的人进去过。关于密室的传言也仅限于此。

"再后来，李氏家族就逐渐没落。更多的贪心之徒想找到密室，于是他们又趁着夜色，闯进戒备早已松懈的秉贤居，到处搜查那个藏宝室，可最终没找到。他们一气之下摧毁了秉贤居。至此之后，秉贤居就成了一片废墟，再也没人见过那座豪宅，以及住在里面的李秉贤后人。那个神秘的藏宝室也就跟着消失了。古堡市的人们为秉贤居这座曾经的豪宅建了一个博物馆，来纪念当时这位富贾。但是没人喜欢到一个曾经发生过惨案的地方游览，所以被人们称作不祥之地。"

天择和李力锋不安地相视一眼，这故事简直太恐怖了，难怪家长和老师不愿意告诉他们呢。

"你们权当这是一个故事，听听就行了，别再告诉其他同学。按道理我不应该给你们讲这些，你们不要被吓到，那只是一件历史惨案而已。"

李力锋一脸坏笑，"高老师，那您去过秉贤居吗?"

高老师愣了一下，摇了摇头。

"原来您也是胆小鬼。"

"你们两个臭小子！"高老师合上一本作业，装作要打李力锋，李力锋扭着身子躲开了，"赶快去吃饭吧。祝你们晚上别做噩梦。"

走出办公室，李力锋开始紧张，"古宅你还准备去吗？"

"去！当然要去！"

"可李氏家族的故事简直太吓人了，尤其我们两个还都姓李！"

"那又怎么了，他是他我是我。"

"可……可秉贤居早已不复存在了，为什么你爷爷还要让你去那儿？"

天择若有所思，"我相信爷爷给我留下的线索。他一定是去了那里。我必须找到他，我还要问清楚古画的事呢。"

吃饭的时候，李力锋说："天择，我还是觉得秘境入口不可能在那里。以前那古宅是个博物馆，多少人从里面进进出出，都没发现什么入口。而且，古堡市里人人都知道古宅是个邪地，秘境的入口也不可能藏在那么众人皆知的地方，想想看，那可是宝藏山秘境的入口啊！曾经连武陵人、太守和南阳刘子骥都没找到呢！"

"可南宋的某个谁找到了，"天择反驳道，"或许这就是玄机所在。有时看似危险的地方，往往是最安全的地方。如果秘境入口就藏在人们眼皮子底下呢？"

"那咱们什么时候去？今天吗？"

天择想现在立刻就去，可是他想了想，觉得还是不能急躁，这里面还有很多现实问题要面对。平时他要上学，而他要去找爷爷，还想和爷爷多聊几句，中午午休那点时间怎么够？另外，那地方更荒僻，夜探木材厂就足以叫人惊魂了，再来个夜探荒废博物馆，绝对不是明智的选择，更别提秘境入口还在那里面藏着呢，黑咕隆咚的，万一再闯了进去，吃后悔药都来不及。"还是周末吧。"他说。

"也好，周末时间充裕。咱们先好好计划一下。"李力锋说完就去啃他的鸡腿了。

下午放学后，李力锋跟着他老妈上车了，因为今天他的爷爷奶奶要来看望他老爸，所以，今天晚上就不陪天择了。

天择独自靠在地铁门旁的扶手栏杆上，满脑子都是寻访古宅的计划。乍一看，无非就是到一个荒废的博物馆"游览"一圈。但不知为何，天择心中总是惴惴不安。也许，是传说中的秘境入口，就藏在那座古宅里，万一不慎闯进了秘境，可就不是简单"游览"一圈了。又或许，爷爷正在那里等着他。而爷爷对于偷窃古画的解释，会令他信服吗？会令警察叔叔信服吗？

他不知道。真的不知道。

他只想尽快找到爷爷。只想周末明天就到来。

他想得太投入了，以至于没有察觉，另一扇门旁，"飞天神猪"正紧紧盯着他……

第十三章　地铁追击

你有所不知，人类计谋高超，策略多变，聪明善断，可猎天上的飞鸟，可捕海中的鲸鱼，有移山填海之本领，有征服一切之手段。

——［阿拉伯］布拉克善本《一千零一夜》

天择一回家，就打开电脑，他紧张地浏览着古堡市头条新闻，想看看《骷髅幻戏图》失窃案，警察叔叔找到了什么线索。

新闻里没有提到新的线索，但天择的心还是揪住了。

新闻上说，如果本周三——《骷髅幻戏图》的原定展出日——古画仍然流落在外，没有被寻回，作为严重失责的惩罚，不仅艺博银行要面临倒闭，主体负责单位古堡市艺术博物馆也将会被永久关闭……

天择心中似有无数利爪在抓挠。这可怎么办啊！艺术博物馆，可是古堡市的艺术宝库啊，它要是关了，人们到哪儿去欣赏古代艺术品啊？天哪，我岂不成了古堡市的罪人了吗？

天择急得团团转，视线落在了床上，思绪飞到床底下那个羊皮袋中。

他瞬间有种冲动，想立刻就打110，把古画交还。可是，我的天，我该怎么解释这一切？爷爷又该怎么办？

天择抓着头发，进退两难的犹疑，都快把他撕成两半儿了。

他冲到窗边，打开窗户，呼吸着新鲜空气。接着，一个念头，冒出他的脑海，坚定不移。

我还有一天时间。明天，无论如何，我都必须交还古画。

然后，他的目光定在了宅院大门那里。

一个胖乎乎的身影，手中举着手机，走进了院子。

"飞天神猪"！

天择心里咯噔一跳，赶紧从窗口退回来。

这是怎么回事？警察叔叔难道没抓捕他们吗？

他转念一想，觉得自己真傻。目前为止，他还没有找到任何有力的证据证明"砍刀"团伙杀了人。警察可能也没找到，就算临时传讯，他们矢口否认写过恐吓信，对画的事也一问三不知，杀人的事更不会认，如果没有确凿证据，过了二十四小时也要放人。

而"砍刀"团伙已经发现他了，并且，找上了门。

天择心脏怦怦直跳，他们肯定已经猜到，古画在我这儿，"砍刀"要"兴师问罪"了，这可怎么办啊？

他在房间里来回踱步，努力让自己平静下来。渐渐地，一个计划，在他头脑中逐渐成形。

天择突然停下脚步，会心一笑。不是没证据吗？哼，明天就有了。

"老板，他就住在城西幽幽谷宅院里。""飞天神猪"举着手机，兴奋地叫道。

"他的同伴呢？"电话另一头，一个声音粗声粗气。

"矮墩子跟踪了他，那男孩是李宝光的儿子。事情反倒简单了，对吗？""飞天神猪"咧嘴笑着。

电话那头沉静了一会儿，"那个男孩现在不重要了，重要的是你跟踪的这个男孩。"

"为什么？难道你已经确定画在这个男孩手上？"

话筒里传来一声重重的叹息，"为什么李宝光躲避的森林，离这个男孩儿家那么近，嗯？而且这个男孩居然偷偷调查我们，有这么巧合的事情吗！老李躲进森林之前，最后一站，肯定是这个男孩的家，他把画交给了这个男孩。"

"可您之前不是断定，老李手中的画是假的吗？"

"没错，当时偷走古画的黑衣人，的确给了老李一幅画。森林里，老李说他手上有一幅古画复制品，还交了出去，我想当然地以为自己中了黑衣人的调虎离山计，追踪的是一幅假画，真画还在黑衣人手上。但现在我不这样认为了，我一直觉得，他完全没必要为了一幅没有价值的假画弄得神神秘秘的，最后竟然转交给一个孩子，让孩子置身于窝藏古画的危险之中。他完全可以趁我们追踪老李时如愿脱身，老李可以最后把假画交给我们，他们也没什么损失。我终于醒悟了，黑衣人之所以如此神秘折腾，因为他交给老李的，正是那幅画的真迹，而告诉老李，那是一幅复制品。狡猾的黑衣人，先让我以为古画在老李手上，然后去追老李，接着又让我知道老李手上的是个复制品，让我认为自己中计了，而黑衣人早携带古画跑得无影无踪了，结果，黑衣人玩了个反间计，老李手中那幅我以为是复制品的，实际上是真迹。他真是把我玩儿得团团转啊！"

"飞天神猪"皱着眉头，"那么，我们下一步怎么办？去男孩家里，把画抢过来？"

"你疯了吗！那男孩认识你，小区还有那么多住户，你敢闯到人家家里抢画？你才跟警察说不知道有什么画，万一人家报警了，你怎么跟警察交代！别冒失！你先盯紧那男孩，弄清楚画是在他家，还是被他藏到了别处。"电话那头停顿了一会儿，"我总觉得，那个男孩不简单。那幅画不会无缘无故送交到他的手上。没准儿，他会帮我们解开画上的密码，那样的话，你只需要搞到密码就行了，我们完全不需要把那幅烫手的古董，抱在自己怀里。"

"老板，我明白了。我会二十四小时盯着他的。"

天择拨通了李力锋的电话，李力锋似乎正在和爷爷奶奶共享天伦之乐，尖叫声、笑声和李母爽朗的说话声从话筒炸出来，一波儿盖过一波儿。

"咋啦，天择！"李力锋兴奋地叫道，"我们正在餐厅，为老爸庆祝呢。今晚上没你陪我，我还真想你呢。没想到你就打电话来了，是不是你也想我啦？"

"去你的。我鸡皮疙瘩都起来了！你老爸出院啦？"

"没有，不过快了。我们刚从医院出来，这会儿正和爷爷奶奶一起吃饭呢。"

天择想起了爷爷，唉，我怎么就不能和李力锋一样，和爷爷一起开开心心吃顿饭呢。

"天择，有什么事吗？"

"哦，"天择回过神来，"我想告诉你，你明天多带点零花钱。"

"好啊！需要多少？二百够不够？"

天择一愣。

"不够啊？那三百？"

"不不不，二百够了。"

"哥们儿，看来你有计划啦？"

"嗯。明天咱们见了再说，你先陪爷爷奶奶吧。"

"好吧，那明天见。"说完，李力锋就匆匆挂了电话。

天择叹了口气，他想象着和爸爸妈妈爷爷奶奶一起，坐在大圆桌前，一边吃饭一边聊天的欢乐场面。

不过没关系。天择精神一振，也许，明天爷爷就在博物馆里等我呢，我们就可以团聚啦。他憧憬着明天，爷爷在博物馆中，微笑着伸开双手拥抱他的场面……

这时，博士和夫人进门了，两人依旧沉默不语，看来今天还是没有爷爷的消息。天择犹豫着，是否应该将所有事情全盘告诉爸爸妈妈。

可是，他转念一想，以妈妈的性格，要是知道了全古堡市人都在寻找的《骷髅幻戏图》真迹就在自己家的床底下，她绝对会当场晕过去。那幅古画今天绝对就保不住了。而那幅画上留存的线索，他还没找到。那线索或许正是爷爷需要的，如果运气好的话，还可能证明爷爷的清白，至少，能说明爷爷参与偷画的理由，是情有可原的。所以他必须找到线索。况且，今天就算告诉了他们，古画密码能解开吗？能找到逮捕"砍刀"团伙的证据吗？

不会的。事情只能越说越乱，终究会让爸爸妈妈精神崩溃。

不过，他还是需要爸爸妈妈的帮助。

他走到客厅，博士和夫人无精打采地换鞋放包。

"爸爸？"

博士木讷地抬起头，"有事吗，儿子？"

"明天上午，我想让你送我去上学。"

博士一脸迷惑，"必须吗？发生什么事了？"

"没事。就是我们班很多同学都是爸妈接送，我也想体验一下那种感觉。"天择委屈地低下了头，他是故意的，"爷爷还没找到，我心情也不好，想让你多陪陪我，好吗？"

博士和夫人面面相觑，大概没想到，他们的儿子什么时候开始这么多愁善感了。

"你就送送儿子吧。"王奇夫人说，"明天我坐地铁去天文台。"

博士点点头，"没问题，儿子。明天爸爸送你上学。"

"快吃饭吧，宝贝儿。"王奇夫人把一个外卖盒放在餐桌上，就和博士进了书房。

天择拨拉开炸酱面，心想，真怀念在李力锋家吃的那顿饭啊。

他只吃了一半，就吃不下去了。然后收拾好餐盒，回到卧室。

他盯着自己的床，鼓足勇气，反正明天我就会交出那幅画，它不再是定时炸弹了。我得再看看，画上到底有什么密码。他一边想着，一边从床底下拿出袋子。

天择双手颤抖着，将古画从羊皮袋中抽出来，轻轻放在床上，铺平。他从没有如此近距离地观察过国宝级文物，古老的绢布和精致的画作，散发出浓重的古朴气息和历史沧桑感，充斥着整个房间，似乎将整座房子，都要拽进八百年前的南宋时代。古画太震撼了，气场太庞大了，天择突然有种眩晕感，接着就产生了一股罪恶感。国宝级的文物，居然被他放在床底下，这种古画，一定是放在博物馆中最显耀的位置，并被恒温恒湿展柜精心保护起来。

不过没关系，他想，明天，它就回到温暖舒适的"家"了。

他仔细研究画面。画面左侧坐着一个大骷髅，它的右手还提着一个小骷髅。小骷髅对面是一名趴在地上的小孩儿，伸着右手，好像想抓住两个骷髅，小孩身后的一个女人似乎要阻拦他。正如爷爷笔记上所说，爬地小孩象征着从恒乐村逃离的小孩，骷髅们则代表留在恒乐村的小孩父母。我的天哪，这场面看着有点惊悚，天择想，恒乐村究竟发生了什么事？为什么爷爷又说，两个外来少年，是骷髅的化身呢？爬地小孩和大骷髅身后的两名妇女又代表什么呢？天择兀自揣测，如果爬地小孩代表逃生的村庄小孩们，那么他后面的女人，可能就代表那两名解救他们的少年，孩子们事后还想回到村庄，与他们的父母团聚，所以举着右手努力去抓骷髅。那么骷髅身后的女人是啥意思？代表恒乐村的建造者，还是毁灭者？骷髅如果代表少年，那位妇女又是什么东西的象征？

天择抓耳挠腮，太难了！比奥数题都难！算了，管它代表什么呢！他接下来检查画作的每一道笔触，看得眼睛都疼了，也没在上面发现什么密码。

他叹了口气，失望极了。他小心翼翼地把古画收进羊皮袋，想了想，把羊皮袋平整地放到了衣柜里，并用两件衣服轻轻压在上面，遮挡起来。

最后，他打开电脑，想找找关于《骷髅幻戏图》的其他寓意。这幅画的主题挺深奥的，他看不太懂，好像是与人间生死转化什么的有关系。总而言之，这幅画被专家列为南宋风俗画的杰作。

天择搞不明白，画上的密码会写在哪里呢？

晕晕乎乎之中，他关掉电脑，盯着桌上的书包，又想起今天跟李力锋还打了一架，检查还没写呢。他苦笑一声，坐在书桌前开始奋笔疾书。

但愿以后别再和李力锋闹矛盾了，他想，友情，是需要维护的。

第二天一早，天择和爸爸走出单元门，他紧紧贴着爸爸，博士见儿子突然跟他这么亲密，整个人都乐呵呵的。

天择的目光则在全院子扫视，早上出门上班上学的人很多，都急急忙忙的，可就是没有"飞天神猪"的身影。但天择知道，他就在附近，躲在某个地方，正盯着自己。

停车场在宅院大门旁的空地上，天择和爸爸上车，驶向学校。一路上，爸爸都在和他畅谈自己小时候的生活经历，天择觉得，以前的小学生，过得可比现在的小学生欢乐多了。

天择一边和爸爸聊天，一边频繁地看向倒车镜。"飞天神猪"没有追上来。当然，他跟爸爸在一起，"飞天神猪"不会轻举妄动的。不过这持续不了多久，"飞天神猪"已经知道他在哪所学校上学，再次跟过来，那是迟早的事。他后悔当初选择了美嘟嘟咖啡馆。"飞天神猪"一定是怀疑他的学校，就在咖啡馆附近，才这么快找过来的。

天择一进教室，李力锋就狂呼着朝他扑过来！"哥们儿，想死我啦！"说着他一把抱住天择。

"哎呀呀，快放开！"天择赶紧把他推向一边，"你手上的墨水别蹭我衣服上。"

李力锋张开双手，伸到天择面前。"你看，我洗干净啦。以防你这个神探又发现我干坏事的线索。哈哈哈——"

天择拉着李力锋到自己座位上，低声说："李力锋，我们得今天行动！"

李力锋睁大眼睛，"为啥？不是说好了周末吗？"

天择确认旁边没同学在听，悄声道："听我说，如果明天，艺术博物馆还是没找到那幅画，它就得永久关闭。所以，我一定要赶在明天之前，把古画交给警察。"

"啊？"李力锋一脸彷徨，"可是，古画密码还没解开呢，再说，你爷爷也没找到呢。"

"所以我们今天中午就去。博物馆里应该藏着什么线索，能解释这一切。我爷爷可能也在。"

李力锋想了想，"那咱们怎么跟皮靴张请假？"

天择看了看黑板侧边的课表，然后冲李力锋眨眨眼，"我有办法……"

最后一节课是科技课。中午放学后，天择和李力锋走进皮靴张办公室，她拿着饭盒，正准备去餐厅。

"张老师，我们中午想请假外出。"天择说。

皮靴张皱着眉头，"外出？什么急事啊？"

"嗯——上午科技课杰老师布置了一项科学研究作业，我和李力锋想今天中午去博物馆。"

皮靴张眉头舒展开了。"看到你俩这么快就和好了，我很高兴。所以天择，你看交朋友，也没有那么复杂，是吧？"

天择高兴地点点头。

皮靴张走回办公桌，"你俩写的检查我看了，嗯——很深刻，连马克·吐温的名句都用上了。不错。"她拿着笔在一张纸上挥舞着，"给，假条。早去早回，下午可别迟到。"

"好！"天择和李力锋异口同声地叫道，手捧假条跟捧着金条一样，欣喜若狂地跑出办公室。

往校门外走的时候，李力锋兴高采烈，"没想到，我们这么容易就请到假啦。"接着他表情严肃地看着天择，"这我可得批评你。竟然对老师撒谎。"

天择耸耸肩，"紧急情况，特事特办嘛。再说，我也没有撒谎，杰老师确实布置了科研作业啊，我说去博物馆也没错啊。"

"可——可皮靴张以为咱们要去科技博物馆。而咱们实际上要去——"

"哎呀呀，好啦——"天择搂着李力锋的脖子，"我知道你想说什么，隐瞒有时候也是欺骗，对吧？但皮靴张又不是我的朋友，我尊重她，不故意欺骗她就好啦。况且，现在情况紧急，弄清那幅古画的秘密，可远比弄清我到底有没有欺骗皮靴张重要多了。"

李力锋冲他做了个大鬼脸，"哼！好学生竟然也会干坏事！"

"哇！你今天被正义附身啦？好好好，等咱们从博物馆回来，归还了古画，我去跟皮靴张认错，这总行了吧？"

李力锋一脸得意，"皮靴张最好再罚你写份检查，这样，你就比我多写一份，瞧瞧，我们的'李第一'竟然这么频繁写检查，我太有优越感啦，哈哈哈——"

"别贫了，那份检查好像你能逃掉似的，咱俩可是一块儿去的。"

"那我就说，是你硬把我拽到历史博物馆的——"

"你这才叫欺骗老师呢，还栽赃陷害，吃我一拳——"

天择和李力锋打打闹闹走出校门，天择在校门口扫视一圈，都是学生和接学生的家长，没见到"飞天神猪"。

两人钻进旁边的美羊羊小卖部，里面同样挤满了学生和家长。

"喂，你让我带那么多钱干啥？你要买午餐吗？"

"我们恐怕没时间吃饭了。"天择说着，走向一个货架，上面摆满了整蛊玩具。

"哇，真没看出来，你还有这癖好？"李力锋随手拿下一只橡胶仿真蟑螂，狡黠地看着天择，"老实交代，你想把它放到谁的书包里？"

天择一把抓过假蟑螂，"谁的也不放，我可没这癖好。一会儿另有他用。"

李力锋耸耸肩，"这玩意儿我在行，我帮你挑。说吧，你想玩儿哪一派？恶心派？搞怪派？还是惊悚派？"

天择眼睛一转，"我玩混合派，都拿上。"

接着，李力锋几乎把货架搬空了。最后，他们背着鼓鼓囊囊的书包，衣兜儿里也是满的，揣着二百块找回的两毛钱，昂首阔步地走出小卖部。几个低年级小男孩委屈地看着他们的背影，很显然，他们想买的玩具，被粗暴地夺走了。

去地铁站的路上，天择一直留意身后，临街商铺的玻璃幕墙和路边汽车的挡风玻璃，都为他提供了便利的侦查条件。出小卖部的时候，还没见"飞天神猪"，而当他们经过一个卖包子的小商贩时，他从商贩的摩托车后视镜，看到"飞天神猪"和矮墩子，正仓促地躲到路边一棵大梧桐树后面。

他偷偷笑了一下，走向小贩，"叔叔，来两个包子。"

商贩大叔笑眯眯看着天择，"小朋友，想要哪种包子？白菜馅儿的、大肉馅儿的，还是牛肉粉条的？"

"叔叔，白菜馅儿的，来两个。"

"好嘞。"商贩大叔麻利地掏出塑料袋，捏了两只热腾腾的大包子，递给天择。"一块一个。"

天择从口袋摸出仅剩的五块钱，递给商贩大叔。

李力锋委屈地看着天择，"我说，咱俩这午餐是不是有点简单？你请我吃包子，就吃白菜馅儿的？怎么着也得是大肉馅儿的啊。"

天择捶了一下他的肩膀，"想啥呢，这可不是给你吃的。"

"啊？"李力锋张大嘴巴，"你这可太不够意思了，我都没吃饭呢，你好意思一人吃俩包子？"

天择接过商贩递来的零钱，接着对他说："叔叔，一会儿从那边梧桐树后面，会钻出来两位胖叔叔，戴着口罩，穿着黑衣服，"天择指向路边一棵大树，"这包子，过会儿您交给他们，就说是我请的，他们一定饿了。"说完，就拉着一脸惊呆的李力锋，走向地铁站。

商贩大叔提着包子愣在原地，连买包子的客人都给忘了，嘴里嘀咕着："我这是在客串哪部谍战片吗？"

他注视着旁边的梧桐树。很快，从那后面走出来两个胖子，穿着黑衣服戴着口罩，其中一个矮墩墩的。两人径直走过包子铺，然后就被叫住了。

"喂，两位黑衣大哥，给，包子。"

"飞天神猪"满面诧异地盯着商贩，"不用了，我不买包子。"

"不用付钱，是两位小朋友请你们吃的。"

"啊？"两位大哥大眼瞪小眼互相看着。

"嗨，我说你们这些当父亲的，怕孩子乱跑乱玩，耐心教育就是了，玩儿什么跟踪啊，还被孩子发现了。尴不尴尬？"商贩大叔抖了抖手中的包子，"多好的孩子，怕你俩饿了，专门用零花钱买给你们的。快接着啊，我这边还要照顾生意呢。"

矮墩子走来接过包子，"谢谢啊。"

"记住，要跟孩子坦诚相待，别偷偷摸摸的。"

"哦，好的。"矮墩子窘迫地答道。商贩大叔转身照顾客人去了。

矮墩子和"飞天神猪"看向前方，天择和李力锋快要进地铁站了。

"哦，我说伙计——""飞天神猪"挤了挤眼睛，手指抹了抹眼角，"'砍刀'都没操心咱俩中午吃啥，俩孩子都想到了。他们多体贴啊。"

矮墩子拽着"飞天神猪"，"快跟上。这会儿不是感动的时候。"

"哦，多好的孩子。怕我们饿了，可他们还没吃呢，我真不忍心——"

"我说你别婆婆妈妈的，俩包子就把你收买了，嗯？'砍刀'得不到古画，会请咱俩去阎王那儿吃包子的！我们得快点了。"

天择和李力锋走进地铁站，李力锋的眼睛不断往两边斜。

"李力锋，正常一点，要装得泰然自若。"天择低声说。

两人过了安检口。

"我说天择，你到底怎么想的？明知道被跟踪了，还不赶紧跑，居然请他俩吃包子？难怪你那么没诚意，买白菜馅儿的。"李力锋全身紧张，连走路都看着别扭。

"我可没那么多钱，肉包子老贵了。再说，到饭点儿了，得给他俩喂点食，不然他们一会儿保准折腾不起。"

李力锋想扭头看天择，又把头转回去，直视前方，"你一会儿要干什么啊？"

"甩掉他们。"天择镇定自若地说。

他们来到站台上，站在与目的地反方向行驶的列车站台旁，站台和铁轨之间的玻璃隔墙亮闪闪的。

"飞天神猪"和矮墩子很快就从扶梯上下来了，两人一人拿着一个包子，拿在手上大口嚼着，然后满站台寻视。这儿有许多穿着校服的小学生，要找到天择和李力锋，得费点工夫。

天择和李力锋专门挤进人多的上车口，从玻璃隔墙中，注视着两个男人的行动。

天择突然捂着嘴笑了。

"你笑什么啊？"李力锋莫名其妙地看着他。

"我想，他们今天一定会对'猪拱白菜'这个词语有更深刻的理解。"

李力锋也想笑，可他硬生生憋住了，脸蛋憋成了茄子色。

远方传来"轰隆隆"的声音，列车要进站了。

"天择，我们为什么不在地铁门关上的一刹那，冲进地铁？这样也能甩掉他们啊？"李力锋浑身都在发抖，一部分是憋笑憋的，另一部分则是紧张。

"你以为他们会在哪里监视我们？站台中间吗？"天择紧紧盯着玻璃隔墙，"只要咱们一到站台，俩人绝对一人守一边，两个方向的列车都不会错过。他们会随便找一个能看见我们的上车口，就站在车门边儿上，就算我们最后一刻冲进车厢，那个守在我们列车上车口的人，只要一闪身，就跟我们上了同一趟车。甩不掉的。"

李力锋若有所思地点点头，他瞪着玻璃隔墙，果然，"飞天神猪"走向他们这班列车的候车站台，而矮墩子则走到反方向列车的站台，两人都找了一个距离他们足够远，又能看到他们的上车口，守在旁边，盯着他们。

李力锋又接着说："那我们先上反方向的列车，最后一刻再从车上跳出来呢？"

列车卷着疾风，呼啸着冲进站台。

"跟着咱们上车的人，也会蹲守在车门边。我们动作再快，他也只需一个闪身，就跟着下车了。这样做是没用的。我们必须拖住他们，让他们根本来不及追我们上车。"

列车缓缓停下，车门打开。天择和李力锋慢步走进车厢。车厢里人多也不多，座位上都坐满了，还有一小部分人抓着扶手站着。

他们一上车，就靠在车门边，用余光留意着两个跟踪者的举动。"飞天神猪"跟着上来了，一上来就紧贴门边站着，距离他们一道车门。列车门即将关闭时，矮墩子从另一侧站台冲了过来，跳上另一节车厢，也紧贴车门站着。

车门关闭，列车启动。

列车慢慢加速，接着在隧道里轰鸣飞驰。天择和李力锋装作随意聊天的样子，似乎没有留意"飞天神猪"和矮墩子。实际上，他们一直用余光瞥着两个男人。

"飞天神猪"靠在门边，一动不动。而另一侧，矮墩子借着乘客的身体挡住自己，正在朝他们悄悄靠近。

天择拿出手机，打开地铁进出站时刻查询软件。

"你在干吗？都这会儿了，你还有心情玩手机？"李力锋紧张得拳头都握起来了。

"再过两站，也就是古庙站，两个方向的地铁，会同时停靠站台。我们要赶在下车前，把他们拖在这班列车上，然后跳下这辆车，上对面列车。"

李力锋惊讶地看着他，"这靠谱吗？列车不会晚点吧？"

"碰碰运气吧。"

"那我们动作要极快啊，这来得及吗？"

"看你的了。你不是最会整蛊吗？"

李力锋莞尔一笑，马上会意。

矮墩子在另一道车门边停住了，距离他们仅一道车门。他紧盯着这边，躲在一个大块头男乘客身后，那个男人看上去极其凶悍。

地铁停靠鼓楼站，下去一拨儿人，又上来一大拨儿，车厢里有些拥挤了。列车再一次启动，飞奔向古庙站。

"我先去引开一个，你见机行事。"天择说完，就朝矮墩子挤了过去。

李力锋把书包从背后拽到胸前，拉开拉链，手伸进包里……

一开始，矮墩子想装成压根儿没看见天择。但随着天择逐渐走近，他发现这是在自欺欺人。他大概没想到，这小屁孩竟会嚣张到主动向他挑战。

天择停在他身边，几乎跟他挨上，然后，直直地看着他。这下矮墩子装不成了，都到这份儿上了，如果他继续假装没有注意到有人正盯着他看，那可太假了。因为旁边的乘客，都已经注意到了。

他只好回头，故作诧异地望着天择，"小朋友，有什么事吗？"

"叔叔，您的口罩真好看，能借我戴一戴吗？"

"啊？"矮墩子一脸茫然，旁边有乘客在笑。所有人都没注意，天择紧握拳头，捶上了那个凶悍男人的腰。同时另一只手，在矮墩子的口袋前闪了一下。

他转身就跑。凶悍男人回身一看，只见矮墩子傻愣愣地站在身后。

"喂！你干什么！"他大吼一声，揪住矮墩子的衣领，把他推到车门上。

所有乘客都望向这边，车厢里顿时安静了，只听矮墩子支支吾吾地叫着："大……大哥，有话好……好好说，别……别动手。"

"你碰到我的腰了！懂吗！我的腰可不是一般人能碰的，懂吗！"凶悍男人的声音，全列车的人都能听到。

"大……大哥，对……对不起，我不是有……有意的……"

另一边，"飞天神猪"的视线，从没离开过天择和李力锋。

接着，一名女乘客大叫起来，"啊——好大的蟑螂啊！"

瞬间，整个车厢乱了。

人们集体从座位上蹦起来，在地上找蟑螂。接着，他们在矮墩子的裤袋口，看见一只巨大的蟑螂爬了出来。凶悍男人立刻撒手，转而拍向矮墩子的大腿。然而打偏了，蟑螂又滑进了裤子口袋。矮墩子尖叫一声，捂着大腿仓皇躲避。"别！别！别打了！"

"不行啊！大哥！"凶悍男人一路追着矮墩子，满脸急切，"让我把它拍死吧！大哥！"矮墩子已经钻到了座位底下，人们惊叫着让开一条通道，"帮个忙吧，把蟑螂掏出来，交给我吧，让我拍死它吧。我见蟑螂是必杀的!"

"你有病吧!"矮墩子缩在座椅底下,大叫大嚷。

"哥,"凶悍男人四肢着地爬进了座位底下,抓着矮墩子的裤子,脸上的急切变成了哀求,"求求你了,我就要那只蟑螂,你碰我腰的事我不追究了,求你把蟑螂给我吧!求你了!"

矮墩子一边拉着裤子一边大喊"救命!",同时左手扒着椅子沿,疯狂踢着腿,努力从椅子底下往外钻。

有乘客掏出手机,抓拍这经典的一幕。

列车开始减速,准备驶入古庙站。

"飞天神猪"一直盯着天择和李力锋,一刻也没分神。

车窗外,站台的灯光亮了起来,列车冲进站台。对面,反方向列车也正在进站。矮墩子还被蟑螂男纠缠着,天择从口袋掏出一只仿真蜘蛛,扔向车厢另一边的"飞天神猪"。

那边的乘客集体跳了起来。"飞天神猪"抬手一挡,蜘蛛转个弯飞入人群。人群尖叫着挤作一团。

李力锋从包里抽出手,手上出现了一支软弹枪,枪口瞄准"飞天神猪",扣动扳机。

一时间,车厢里犹如弹力球池子开了闸,五颜六色的海绵软弹击上"飞天神猪"的脑门,然后飞向四面八方,在车窗、座椅和乘客身上蹦蹦跳跳。整节车厢顿时陷入一片节日派对的欢快气氛之中。有人躲开球球,有人用手去接球球,还有人直接把手机当网球拍,在车上玩起了混合双打,一名上幼儿园的小男孩追逐着满地弹跳的球球,开心地大喊大叫。场面简直热闹极了。

"飞天神猪"被玩球球的人群推进了角落,另一边,蟑螂男正揪着矮墩子的裤腿难舍难分。

这节欢腾的车厢,从站台边儿目瞪口呆的乘客眼前掠过,最后缓缓停住。

然后车门打开，天择和李力锋并列第一冲下车，而站台上的乘客则拼命往车里挤。全国的地铁，能坐出如此欢腾场面的，这恐怕是头一列。

天择和李力锋笔直地冲向对面站台的列车，那趟车的门正要关闭。他们及时奔进车厢，车厢里所有人全都盯着对面那趟列车，两名男孩扒在车窗上，憧憬地看着那节变成泡泡球乐园的车厢。

车门关闭的一刹那，天择看到矮墩子终于爬了起来，蟑螂男正使劲儿跺着地板上的什么东西，"飞天神猪"也从角落突破重围，两人一前一后狼狈地跳出车厢，冲上站台。

"欢乐列车"的车门在他们身后关闭时，天择和李力锋乘坐的列车启动，朝反方向冲进黑暗的隧道。他们靠在车厢扶手上，大口喘着气，然后，看着彼此，哈哈大笑起来。

第十四章　博物馆探秘

　　离别之苦果有可以供人借鉴的经验和供人思考的问题。一个青年若找不到可以安慰自己的朋友和伙伴，那么，他便与外界中断了联系，听不到任何消息，因而招来长久祸患。智者在任何情况下，都应该通过接触朋友，消除心中的忧闷，增强自己的忍耐性和坚韧性；忍耐和坚韧是两种美德，凭借二者可以战胜一切灾难，排除一切恐惧心理和急躁情绪，使人遇事不慌，胆大心细，遇难成祥。

　　　　　　　　　　　——［阿拉伯］布拉克善本《一千零一夜》

　　地铁一号线列车载着天择和李力锋驶向古堡市历史博物馆。半个小时后，他们在历史博物馆站下车，此时距终点站宝藏山脉站只剩下两站了，车上除了司机之外，基本没有乘客了。

　　两人一出车站，往四周一看都傻了。天择从没见过如此荒凉的地方，放眼望去一片野草枯蒿，长得比膝盖还高，向四面八方延伸，看不见尽头。一条坑坑洼洼的柏油马路曲曲折折绕行在荒草之间，显示出人类试图改造这里的雄心壮志，结果大自然最后占了上风。这路像是一百年前修筑的，而且至少九十九年没车走过了。唯有路边这座没什么人流的现代化地铁站，能给绝望中的人们一丝希望，亮闪闪的玻璃拱顶说明大自然还不绝情。

更糟糕的是，沙尘暴又开始了。天空已蒙上一层淡淡的茶褐色，脏得往下掉渣，空气中混杂着灰尘的土腥味，呛得人直恶心。

"真倒霉！"天择嘀咕着，掏出手机，打开微信，搜索"飞天神猪"用户名。

"你在干什么？"李力锋好奇地看着他。

天择盯着手机屏幕，没有抬头，"我们现在，要把'砍刀'引过来。"

"啊？那家伙可是穷凶极恶啊！这里就我们俩。"

"别怕，警察叔叔一会儿也会到场的。"

手机屏幕上跳出了一个"飞猪"头像，后面的昵称是"飞天神猪"。他申请添加对方好友，在备注栏里写上"猪猪们，地铁上玩得高兴吗？想知道古画在哪儿，就让'砍刀'联系我。"接着把这条加好友请求发出去，最后点击自己的微信头像，开始修改自己的昵称。

李力锋只看了一眼，就笑翻了，边笑边大叫："太贴切了！太贴切了！哈哈哈——"

矮墩子望着飞驰而去的列车，气得直跺脚。"中计了！又中计了！"他愤恨地叫道。

"飞天神猪"掏出手机，打开微信，准备向"砍刀"汇报进展不怎么顺利的工作，然后就看见有人申请加他微信。

他快速点开界面，定睛一看，对方名叫"宰猪专业户"。

"飞天神猪"笑了一声，也许是一种喜感冲上心头。他对矮墩子说："伙计，我们不用懊恼了，那俩小伙子主动找上门儿了。"

矮墩子过来盯着他的手机，"'宰猪专业户'？"他看着"飞天神猪"，眨了眨眼睛，"这孩子把咱俩当成猪了！嘿！他还真幽默啊。"

"说真的，我喜欢上这孩子了。""飞天神猪"点下"通过"按钮，"看看他在地铁上，创造了多少快乐啊。"

矮墩子气呼呼瞪着他，两手提着裤子，"拜你那可爱孩子所赐，我都得换条皮带了。"

"看在他请咱们吃午饭的分儿上——"

"别在那儿废话了！皮带可比一个包子贵多了，也比俩包子贵！赶紧问他们在哪儿！"

"飞天神猪"拨通了一个电话，"老板，那俩孩子知道古画在什么地方，但是，他们想让你直接跟他们联系，好像要单独交易。"

"他俩人呢？"对方的声音很不耐烦。

"跑……跑了。"

"你个白痴……""飞天神猪"赶紧把手机拿开，好像话筒随时会爆炸。

"老……老板，这真不怪我们。他们……他们有枪！""飞天神猪"哭丧着脸，"可把我们打惨了。"

"有你一个白痴就够过分的了，现在还有一对儿！"

"飞天神猪"把手机举到眼前，对着话筒面目狰狞，嘴巴急速嘟囔，却没发出一点儿声音。看上去他是在对方不知道的情况下，与其展开对骂。

"他们想怎么交易？"

"飞天神猪"赶紧拉回手机，放在耳边，低声说："我把那孩子微信给你，你得加他好友。"

对方挂断了电话。

天择和李力锋走上破败的公路。一百米开外，一座灰蒙蒙的大房子隐隐约约墩在密集的荒草中，就像一座废弃的孤独厂房，极为突兀。那里就是古堡市历史博物馆。天择认为地铁没有通到博物馆跟前，只是因为害怕挖地下隧道时，上面的老古董会"稀里哗啦"一股脑儿塌下来。

这儿简直就是一片废墟。萧瑟的秋风起劲地吹着，舞动的杂草交织成一片颜色各异的波纹，酷似化工厂污水的浊流在大地上飞淌，与颓废荒凉的博物馆相得益彰。

谁能想到，这儿在一千多年前的东晋时代，是一片溪流蜿蜒的美丽桃林呢？

天择拿出手机，看到有人加他微信。

"飞天神刀？"李力锋凑上来，"这也太没创意了，整个一'飞天神'系列啊，那个胖墩子是不是叫'飞天神炮'？"

天择严肃地看着他："有可能。他们这个团伙，可能就叫'飞天神团'。"

提示音疯狂响了起来，"砍刀"的信息已经过来了。

"告诉你，别耍花样。"

"我们已经知道你是谁了。"

"你在哪里？"

"他不能一次性发完吗？分这么多句，他是不是有语言障碍啊？"李力锋说。

天择皱着眉头，思考了一会儿，写下一句话：

"画在历史博物馆，只能你一个人来。"天择想了想，又加上一句："我们手上有武器。"

李力锋诧异地看着他，"你在干什么？你为什么要把'砍刀'引到这儿来？"

"因为我想找到他杀人的证据。"

"啊？警察叔叔不是已经在找他了吗？"

"对，警察肯定跟他们已经打过交道了，但是，证据不足，只能把他们放了，所以矮墩子他们才能继续追踪我们。"

"你想用那幅画要挟他，让他承认？"

"希望能管用。我们现在基本能肯定，'砍刀'的杀人动机就是那幅画，可我们没有显而易见的证据，这家伙太狡猾，"天择指了指自己的手机，"他在微信聊天中，只字不提'画'这个字，包括'飞天神猪'也是。"

"所以，你想来个人赃并获？"

天择点点头。

"天择，警察叔叔才教育我们，不能做危险的事，你说咱们怎么又——"李力锋一脸焦虑，好像下一秒就有警察叔叔突然闪现，把他劈头盖脸训斥一顿。

天择叹口气，无奈地看着他，"你当我愿意啊。谁不知道坐在教室里学习舒服，非要跑出来吸食这讨厌的沙尘暴！"

"你觉得咱们这样做值得吗？"

天择仰起头，看着昏暗的天空，"我也不知道。那幅画是文物，属于全世界人们的财富，我也必须今天把它交还，保护我们的艺术博物馆。但在此之前，我想找到我爷爷，想证明他是清白的，想听他告诉我，他没有偷那幅画。我不知道他会给我一个什么答案，但至少，我需要努力一下，争取一个得到答案的机会。"还有，天择想，我必须证明我没有杀人，没有伤害李力锋的老爸，所以，我必须抓到真正的凶手，"一切的一切，都是迫不得已。我宁可沉浸在读书中，宁可跟你去玩无聊的密室逃脱，也不愿意站在这个地方，站在风沙中。"

李力锋拍了拍他的肩膀，"没错，天择，我们也是迫不得已，谁让我们遇上这倒霉事呢。相信警察叔叔会理解我们的。我会一直陪着你。"

天择望着李力锋，欣慰地笑了笑。

"不过天择，我们得快点了，"李力锋抬手看看儿童手表，"快一点了，如果我们两点十分前回不到学校，就等着写检讨吧！"

"没错，我可不想写了！不过我们还要等警察叔叔，让他们来抓'砍刀'！"

"那你还不赶紧打110，通知警察叔叔。而且，你应该把'飞天神猪'和'飞天神炮'也叫来啊，把他们一锅端。"

"我们两个势单力薄的小孩，对付三个穷凶极恶的大人？你是不是太自信了？我们只需要找到'砍刀'参与凶杀的证据，其他人，就交给警察叔叔了。"

李力锋疑惑地皱着眉头，"可你告诉他，咱们有武器，那他不也……"

"我想看看他的武器，到底长什么样。"天择冲李力锋挤眉弄眼，李力锋则一个劲儿地挠后脑勺。

两人转过一个弯，一座墙面往下掉渣的建筑，出现在路边荒草丛中。

天择犹疑着停下脚步。

面前这幢建筑破败得让人无法估测它的年龄，整个造型看上去简单得不能再简单了。四堵十几米高的砖墙围成一个巨大的长方体，水泥板屋顶平坦得没有任何修饰，多年的沙尘在上面叠了一层又一层，各种各样的野草在这张泥土温床上迎风招展。褐色的墙皮经过长年累月的风吹日晒，像患了重度银屑病病人的皮肤，成片成片地从墙面撕裂，卷曲着挂在墙上。微风一吹，噼里啪啦往下掉。一扇居中的双扇木门开着一条小缝，似乎是某个电闪雷鸣的夜晚，一只老鼠为了避雨，硬把门挤开钻进去，然后忘了关上。门板已经被风尘腐蚀得千沟万壑，无数蛀洞在上面谱写着沧桑的历史。门框上方用毛笔书写的"古堡市历史博物馆"木头牌匾扭曲着歪在一边，随时可能砸下来，漆黑的底色被阳光晒成了白色，而金色的字体成了黑色，装饰着金色花边的外框裂开成千上万条缝隙，蜘蛛在里面安逸地生活着。

这里每一块砖都散发着不祥的味道。

天择能听见自己心脏怦怦跳动的声音，感到两种相反的力量，快把他扯成两半了。我要是会分身术，该多好啊。一半留在外面，另一半进去和爷爷团聚。

"爷爷！爷爷！你在里面吗？"天择对着破败的大门喊道。

没人应答。

爷爷会不会已经离开了？还是他没听见？

天择迟疑了一会儿，最终，对爷爷的期盼占了上风。

他伸手去推门，巨大的门板缓慢转向两侧。空气里，尘土味裹挟着霉菌味和潮湿木头味，两人喷嚏连连。

博物馆里黑得像一座坟墓，昏暗的光线从高墙上的圆窗射下来。这房子空间极大，比废弃了一个世纪的仓库还要空旷。屋顶隐藏在一片灰蒙蒙之中，数不清的蜘蛛网从房顶垂下，一直垂落到杂草丛生的地面，在空荡荡的房间里交织成一道道灰色的巨型帘幕，瑟瑟秋风一吹，好似无数瘦骨嶙峋的躯体，在空中飘荡。

门边儿上，歪歪斜斜地立着一块裂成八瓣的残缺木牌，五个暗红色字体在灰尘下若隐若现：

"秉贤居遗址"。

牌子后面，参差不齐的断壁残垣伸向房子的四面八方，杂草苔藓像找到了安乐窝似的，从青砖缝里疯狂往外钻。

天择眼前浮现出那首古童谣。

看来爷爷说得对，青草地里的四面墙正是指秉贤居方正的围墙，只不过现在成了荒草丛里的破墙堆了。

他们绕过木牌，继续往房子里面走。

"爷爷！爷爷？"天择边走边叫，可是没有回音。

秉贤居遗址铺就着整齐的青砖地板，大多数都被疯长的野草顶翻了，在地上形成一块块凸起的小包。从废墟来看，秉贤居的确是一个四合院。中间是露天庭院，地上铺着只有在室外才能见到的方形大石板，院子的四个角上还布置着四块方正的土地，以前应该是栽花种草的小花坛，现在却成了荒草的温床。庭院三面围绕着房屋，此时也只剩下一堆断墙了。

博物馆两侧的墙上，什么东西发着微光。天择走向墙边，墙上挂着一排展示板，上面覆盖着一层尘土。

"李力锋，快来看，这里写着李秉贤。"

李力锋正在跟蜘蛛斗智斗勇，忙着撕扯垂下来的蜘蛛网。在这种无聊的地方，他也只能从蜘蛛身上找找乐子了。

他走到天择身边，一起看展板：

古堡市古名古堡城，于1949年10月1日更名为古堡市，始建于公元1447年，明正统十二年，规划建造者是李秉贤。

李秉贤，字忠德，自号文墨先生，后人给他赠了另一个号——通灵居士。此人一生忠良贤德，好写作。由于其生前准确预测了他去世后古堡市1521年和1626年的两起自然灾难，后人认为他能通神灵。

天择想起了爷爷日记本上记录的那些自然灾害，那前两起，正是李秉贤预测到的。这人可真厉害，天择暗忖。他接着读：

"李秉贤生于1406年6月1日，其卒年代不详。明代著名地理学家、史学家、探险家、语言学家。古堡城最初的建造者。他有一位弟弟名为李辅贤，字佑德，号敬贤先生，生卒年代均不详。史料上几乎没有李辅贤的记载，但是他很可能曾经协助过李秉贤建立古堡城。"

读到这儿，天择停下了，他想，幽幽谷宅院中有两栋楼，正是以"秉贤"和"辅贤"命名的，难道，幽幽谷宅院和这二人有关？嗯，宅院的人，应该只是为了纪念他们吧。

秉贤居剩下的故事，就跟高老师讲述的大同小异了。

天择还没看完展板，李力锋就跑到一边，继续找蜘蛛寻乐去了。蜘蛛们在网上惊慌逃窜，它们大概没想到，今天就得被迫搬离自己几十年的安乐窝了。

天择掏出手机。距离通知"砍刀"来博物馆，已经过去十分钟了。他打开拨号键盘，摁下"110"……

明清四合院布局图

　　天择放下手机，环顾四周。这地方确实荒芜得可怕，然而他相信爷爷的线索。

　　"青草地，草地青，青草丛中四面墙"，这句话指的就是秉贤居，天择手摸着下巴，琢磨着，"墙上墙，墙下墙，墙中墙里一面墙"，这句话是什么意思呢？墙上有墙，墙下有墙，墙中还有墙？难道说……"天择看向废墟，紧皱的眉头倏然松开了，"下面的墙会不会是指埋在废墟地下的墙？这么说，它们是指密室的墙，密室应该在地下！对，墙下墙就是密室的墙，上面的墙是四合院的墙，所以叫墙上有墙，墙下也有墙。而墙中的那面墙，肯定就是密室入口！这面墙一定是一面特殊的墙。

　　天择想起自己曾在《百科全书》上见过北京四合院的平面图，当时他没有细看，但有个大概印象。他拼命回忆那张图，可是所有墙面，都是房间的墙，或者是四合院的围墙，没有哪面墙是特殊的啊？

　　他继续回忆，在头脑中努力还原平面图的每一处细节……

　　突然，他抬起头，眼睛里闪着光。

　　只有一面墙是特殊的！

　　那面墙独立于其他墙体，既不是用来围合四合院，也不是用来围合房屋。

　　没错，就是照壁！在四合院的入口处。

　　照壁是明清时代四合院盛行的一种装饰性墙壁，位于四合院大门外侧或者内侧，正对着大门，防止外人直接看进宅子里。绝大部分照壁上都有象征吉祥的浮雕图案。所以，照壁不论是在宅院方位上还是象征意义上，都很特别。密室的入口，肯定就在照壁那里！

　　"李力锋，快找照壁！"

　　李力锋迷茫地看着他，"啊？什么照壁？"

　　天择拉着他跑到博物馆入口，他在最外侧的断墙根部，发现了一截现代修复后的木板，这里曾经就是宅院大门的门槛，再往前走上几米，天择兴奋地叫了起来，"找到了！"

　　而李力锋只看见一截断墙，"这，是照壁？"

　　"哎呀，这是断了的。"天择冲到断墙跟前，"嘴里念叨着：'左墙角，右墙角，深藏不显寻奇角。'"他在墙根左右来回察看，结果在右侧的墙角，发现了一块表面十分斑驳的青砖，嵌在墙体的最底部，他用手指抹去砖面上风化的残渣，再凑近去看，那块砖上竟刻着一个飞鼠图案。幽幽谷宅院的大铜门，左扇门扉中心装饰着一个大树桩浮雕，残桩的右侧向上伸出一根新生的枝芽。而右侧门扉中间，是一只可爱的小松鼠，松鼠的背上长着一对儿翅膀，耳边还有一对鱼鳃。天择一直不解，谁会用这样的图案来装饰宅院大门呢？

现在他明白了，幽幽谷宅院的建造者，一定太崇拜李秉贤了，才用秉贤居的装饰图案来修饰宅院大门。

或者，幽幽谷宅院和秉贤居之间，存在着某种联系。

天择的心狂跳不止，赶紧叫正在另一头摸索的李力锋过来。两人抠住那块有飞鼠图案的青砖，几乎没费什么力气，就把它从断墙底部抽了出来，似乎这块砖并没有固定在墙体中。

天择把手伸进砖窟窿摸索了一阵，"嘿，这里有个把手。"

"小心点，你最好别动那个把手！那可能是机关！"李力锋想要阻止，然而已经晚了。天择将把手往外一拉，一阵"轰隆隆"的声音响起，地面开始颤动。

他迅速从地上爬起来，就见照壁下的地面裂开了一条缝，那条缝越来越大，烟尘缭绕中，地面露出一个方形豁口，刚好能钻下一个人。

二人震惊地看着黑漆漆的豁口，一时间说不出话来。

密室，找到了！

天择简直不敢相信自己的眼睛，没想到传说中的密室，居然真的被他找到了。这多亏了爷爷，他想，其实应该是爷爷发现的，如果不是爷爷的日记本，谁也不会想到，流传了六百年的秉贤居密室，竟然就在它的照壁底下。

"爷爷！爷爷！"天择对着洞口大叫，声音传至深远的地下，逐渐消散，却没有任何回音。

"天择，我们应该下去吗？"李力锋认真地看着他。

可天择盯着漆黑的密室入口，爷爷也许就在下面，正等我呢，他想，"对，我们必须下去。"

李力锋后退了一步，"可我们不知道下面有什么，万一……"

"这地方都建成六百年了，能有什么啊？再说，我爷爷可能也在下面。而且关于古画的事情，我和爷爷都必须给警察叔叔一个合理交代。"说这话的时候，天择的心志忐忑不安，因为他不知道，爷爷究竟能不能给出一个合理的交代。

"我怕……"李力锋嗫嚅着，"我怕有……有尸体……你想想，高老师说过，李秉贤可能……可能埋在里面……"

"你又不是没参观过明十三陵，还怕这个吗？"

"这可不一样，"李力锋一挥手，"完全不一样。明十三陵是景区，那里面有好多游客呢。"

天择叹了口气，"那我们等'砍刀'和警察叔叔都到了，再下去？"

李力锋使劲儿点点头。

"别忘了，下面可有财宝哦，"天择故意斜睨着他，冲他扬扬眉毛，"李氏家族所有的金银财宝哦，那可是当时全城最富裕的人，你确定不去？"

李力锋的目光在洞口和天择身上游移，一时间，也不知何去何从。

"可是天择，"他最后说，"那财宝也不属于我们，它们属于国家，属于博物馆，我们拿不走的。"

天择垂下肩，垂头丧气的，"这都被你识破了。我还想用宝物吸引你呢。"

"哇！你可真奸诈，见钱眼开也得看情况啊。"

"唉，算了。你要是害怕，就在上面守着吧，我先下去找我爷爷。警察叔叔应该很快就到，我想在他们来之前，先找到爷爷，问清楚古画的事。"

李力锋赶紧使劲儿点头，"好好好，我在上面等警察叔叔。"

天择打开手机的手电筒，钻进地洞。接着他又把头伸上来，"友情提醒一下，记住是'砍刀'先到，警察叔叔后到。"

"啊！"李力锋扭头瞪着他，"你为啥不让警察叔叔先来，'砍刀'后来？"

"用你的脚趾头想一想，警察叔叔都把这儿围了，'砍刀'后面还能来吗？人早跑了！"

李力锋脸上犹豫不决，看上去他想立刻跳进地洞。

天择助他一臂之力，"记住哦，'砍刀'右脸上有一条刀疤，左手胳膊上，文着黑色的砍刀图案，还凶神恶煞的。"

李力锋冲天择直奔而来。"快快快，我们一块儿下去。"

张景天盯着证物袋，里面是一把血迹斑斑的砍刀。

"张队，我们之前没有在现场发现作案凶器，就搜索了整座山。在附近一处岩石后面，发现了这把砍刀。刀上的血迹，经检验，正是受害人李宝光的。上面，有清晰的指纹，是个小孩子的。除了他的指纹，上面还有一些杂乱交叠的指纹，很难分辨。"

张景天嘴角浮出一抹微笑，"这么说，李天择肯定动过这把刀，不然上面怎么会有他的指纹。"

女警小高犹豫了一会儿，"张队，那指纹不一定是李天择的，再说，就算是他的，也不能说明他用这把刀杀了人。那个男孩很善良，他爷爷前不久也失踪了，根本不像一个会杀人的孩子。"

张景天鼻子轻哼一声，"人不可貌相，罪犯脸上可没写'罪犯'二字。"

"相信我，张队，这孩子没杀人。我相信我的直觉。"

"我们不能靠直觉办案，要靠证据。"

"刀柄上的指纹很清晰，如果说像李天择这样的孩子，要用这把刀杀死成年人，还杀了一群，他的力量不可能把刀柄握得这么稳，他的手指和手掌必然会在刀柄上留下摩擦滑移的痕迹。这就说明这孩子要么握着刀没有使力，要么就是他晕倒后，有人故意让他握住刀柄留下指纹。再说，他一个人，怎么制服那么多成年人？"

"哼，这你得问他！我们现在唯一要做的，就是抓捕那个孩子，让他过来验证指纹。别忘了，现场地面上还有四组脚印没找到主人呢，你怎么知道他们不是李天择的同伙？"

小高不满地瞪着张景天。

正在这时，张景天的电话急促响了起来，他掏出手机，脸上没有任何表情。"喂？哪位？"

"您好，张队，我是秉贤区公安分局小赵。有个重大发现需要向您汇报。"

"说。"张景天脸上很平静。

"刚才，我们接到一个报警电话，说他知道失窃的《骷髅幻戏图》在什么地方。"

张景天几乎蹦了起来，"在哪儿！谁报的警？"

"那幅画，在荒废的历史博物馆。报警人是个孩子，名叫李天择。"

张景天迅速挂了电话，"小高，你所信任的李天择，可能没你想象得那么单纯。他身上的秘密太多了！叫上文物专家，马上去历史博物馆！"

一段石砖台阶从洞口向下伸入无尽的黑暗中，阵阵冷风从洞底冒上来，逼得人汗毛直立。

李力锋跟在天择身后，一边看表，一边紧紧抓着他的胳膊。"天择，马上一点半了，我们现在撤退还来得及啊。"

"你能别抖了吗？"天择冲李力锋低叫，他自己也快跟着节奏一块儿抖了。

"你……你以为我想……想抖啊。"

也不知是时间变慢了，还是这台阶真的很长，天择感觉走了很久，才走到底。

四周仍包裹在一片漆黑之中，只有天择的手机发出的那一丝光团，看上去弱不禁风，随时都会熄灭。

天择觉得有人在暗中盯着自己。

"爷爷？爷爷？"天择低声叫着，四周传来回声，空洞又诡异。

没有人作答。

"天择，"李力锋颤抖着声音，"我有个问题，想不明白。"

"啥呀？"

"你，为什么不让'飞天神猪'转告'砍刀'，只让他一个人过来？"

天择知道李力锋想聊个新话题，这样就能转移开对黑暗密室的恐惧。

"因为，"他说，"我们惹'飞天神猪'他们生气了，所以，他们有可能一心只想报仇，发誓要亲自抓住我们，而没有转告'砍刀'，直接过来抓我们。我为了保险起见，才直接联系'砍刀'。"

"是这样啊。天择，我刚才突然想起来一件事儿，"李力锋抖得更厉害了。

"又怎么了？"

"你不是说，传说中的秘境入口，就藏在那首童谣里，而那个童谣，指向这个密室，那——"

"啊——"天择尖叫起来。

李力锋跟着大叫一声，扭头就朝石梯上面跑。接着天择也什么都顾不上了，沿着黑咕隆咚的楼梯一路向上狂奔，仿佛后面有怪物在追。

两人钻出地洞，冲出博物馆大门，然后倒在地上大口喘着气。

"你不说，我……我都忘了，我们……我们差点闯到秘境里了。"天择上气不接下气地说。

"吓死我了！"李力锋一边喘气一边拍着胸脯，"我说李大侦探，你……你能不能考虑……考虑周全一点儿……"

"我……我一心只想找……找到我爷爷，弄清楚那幅……那幅画……忘了……真给忘了……"

慢慢地，李力锋挺直了腰板儿，气儿也顺了，他呆呆地看着天择，"要是你爷爷进到秘境里了，怎么办啊？你还怎么跟你爷爷团聚啊？"

天择突然安静了下来，默默地坐在地上。他从没想过这个可能性，他也不敢想。

博物馆里没有爷爷，密室也没有爷爷，而日记本上，最后的线索，指向的就是博物馆，就是密室。天择想不出，如果爷爷没有进入秘境，爷爷怎么会不回答他的呼唤？

他顿感眼前一片昏暗。我还以为，爷爷是让我陪他一起，看一看秘境的入口，分享那种激动和快乐。我想他会等着我——

他叹了口气，"如果我爷爷真的进入了秘境，那这儿，就是我能走到的，跟他距离最近的地方了。"

"那幅画，你不想找你爷爷问清楚了吗？"

"哈——"天择仰着头，轻松地笑了一声，"爷爷既然都进秘境了，我们这个世界的法律就管不到他了。"

"这就算啦？"李力锋挤着眉头，"有些事，跟法律无关。你那么崇拜你的爷爷，你难道不想弄清楚，他到底是不是一个窃贼？"

天择很久没说话，只是望着灰蒙蒙的天空。

"我希望他不是。如果有机会，我一定会去弄清楚。但我没时间了，我今天就必须把画交出去，爷爷是不是清白的，只能让警察叔叔去调查了。"

天择觉得很奇怪，他一直期盼着与爷爷团聚，为此振奋不已。而发现爷爷进了秘境，他竟然有种释怀感。不知这种感觉，是因为他放下了对爷爷可能参与了偷画的担忧，还是因为他的期盼之情，最后却跌破了失望的极限。

李力锋低着头，看着枯黄的草地，"天择，你爷爷可能——可能再也回不来了，你永远——永远失去他了——"

天择苦笑一声，"是他抛下了我，我还能怎么办？"

接着，他和爷爷曾经的欢乐时光，在他眼前放映。他知道，那些场景，再也回不到他的身边了。他所期待的，这辈子，都不可能实现了。他从没完完全全失去过一个人，他不知道那是一种什么感觉。

而现在他知道了，一开始，仿佛不相信，等慢慢反应过来，才明白，失去是一把刀，狠狠扎进了他的心间，起初那一下没什么感觉，而疼痛，剧烈的疼痛，逐渐会蔓延全身。

天择觉得眼眶里，有什么东西，湿湿的。他把头埋在手掌里，低声抽噎。

李力锋张了张嘴，想说什么，但又把嘴闭上。

天择蜷着双腿，胳膊交叉在膝盖上，整个脑袋都埋进胳膊里，越哭越凶，泪水奔涌而出，顺脸颊滑落，落上枯萎的野草，渗进辽阔的大地。

"爷爷不要我了——我能怎么办啊——"

李力锋惊呆了，赶紧跑过来抱住天择，"别伤心，你爷爷也许——也许有什么急事呢，不得不去。"

天择只是哭，一个劲儿地哭。

风越来越大，沙尘打在皮肤上，似无数尖针刺戳一般痛。李力锋缩着脑袋，坐在天择身边，用他的手盖住天择裸露的手，用他的头，挡在天择的头上。

就这样等了很久，天择的哭声越来越小。他的手揪住一丛野草，狠狠地揪住，指关节都发白了。

"别这样，天择，"李力锋搂住他的肩膀，"你爷爷知道你好奇，所以——毕竟他还是把日记本留给了你，告诉你秘境入口在哪里，来满足你的好奇心啊。"

"满足了好奇心又有什么用？"天择终于抬起头，安静地盯着前方，"我以为爷爷很爱我，也许，我错了。"他揪起野草，又扔掉，接着再揪，"我只想他能陪着我，告诉我秘境在哪儿又能怎样？又不能进去。"

"也许，这就是问题所在。可能你爷爷想去秘境旅游一圈，而你却不一定想。所以，他把选择权交给了你，告诉你秘境位置。进不进，要由你自己决定。"

天择低下头，不再摧残地上的野草了，"至少，他应该等我，应该和我见最后一面——"

"哈！天择，这我就不赞同了。"李力锋笑着说，"最后一面可真是难受。你知道吗，当我得知我老爸住院的那天，晚上去看望他的时候，我差点儿就以为，那一晚，就是我见老爸的最后一面。相信我，那感觉真的不好受，你都不知道，我那晚是怎么熬过来的。我感觉那天晚上，我流光了这辈子所有的泪水。"

天择抬起头，看着李力锋，"至少，结果是好的。你没有和你老爸分开。"

"天择，你爷爷肯定是不想承受，像我那晚一样离别的痛苦，更不想让你承受。我老爸经常会对我说一句话：'人和人，总有一天会分开。生离死别是正常的。'所以，你现在知道，我为啥会做饭？会自己照顾自己？我老爸一直在培养我的独立自主能力，说我长大了，会对我很有好处的。"

天择没有说话，只是呆呆地望着天空。天空和大地一个颜色，都是没有希望的颜色。也许天空，也有心情，也能读懂望着它的人的心情。天空失去了什么呢，会让它这么悲伤？它失去的东西，也许更复杂吧。

下雨了。

淅淅沥沥的小雨。

李力锋看了看表，叹了口气。下午第一节课，已经开始了。他的脸也变得跟天空一个色了。

"天择，你悲伤，我可以陪着你，下午上课迟到挨批，我也不说啥了，患难与共和你事后写检查我也认了，不过，"他擦了擦脸上的泥水，又看了看布满全身的小泥点，"这鬼天气开始掉泥了，一会儿还要面对'砍刀'和警察叔叔，咱俩阳光少年的美好形象，是不是还得保持一下？"

天择从天空收回视线，看着李力锋，扑哧一声笑了。

第十五章　密室

　　他看到了世界。世界有时是很可怕，可也令人振奋。谁能想象它是这样一个复杂、有趣的地方？伊莱恩是对的——他很幸运。当你看到世界的不同部分，你也看到了你的不同部分。而你待在家里，那里是安全的，但你的某些部分也隐藏着。

——［美］爱丽丝·布洛奇《杰作》

　　远方传来汽车驶过的声音。天择定睛一看，那不是警车，是一辆黑色越野车，正穿过棕黑的泥幕，朝博物馆驶来。

　　"糟了！'砍刀'来了。"天择跳起来，拉着李力锋就往博物馆里冲。

　　可博物馆里一片空旷。

　　"怎么办？怎么办？"李力锋急得团团转。"我们引'砍刀'过来之前，竟然没找好藏身之地。"

天择盯着黑乎乎的地洞，目前，也只有它了。

天择拉着李力锋，准备往地洞里钻。

"啊！"李力锋挣脱他，"天择，你想进秘境吗？"

"不！我们可以先躲进去。秘境入口肯定不在台阶上，要不然，咱们刚才就出不来了。"

"可是'砍刀'肯定会发现这个密室，他正愁找不到秘境的门儿呢！"

"哎呀，管不上那么多了。像'砍刀'那种坏蛋，从这个世界消失，对社会也是一种贡献！"

天择拉着李力锋钻进地洞，摸黑朝下方走了几步，靠在侧边的墙上，屏息凝神。

很快，仓促的脚步声由远及近，传进了博物馆。

脚步纷乱，不是一个人的，而是——三个人！

"你……你不是只……只叫了'砍刀'吗？"李力锋颤抖着低声说。

"谁……谁知道他这么……这么不守信用啊……"天择也抖了起来。

"那现在……现在怎么办啊？"李力锋都快哭了。

"我们得找……找个安全的地方，然后……然后拖住他们……"

李力锋看着黑暗中的天择，"你开玩笑吧？再往下走，就是……就是秘境啊……"

"顾不上了！快！把东西都拿出来。"天择轻轻地把书包拉到胸前，拉开拉链……

"飞天神团"三人组冲进博物馆，望着满地断壁残垣，诧异无比。

"飞天神猪"抬头看看蛛网垂帘，"我从没见过，哪个博物馆会长成这样。"

"你去过博物馆吗？"矮墩子不屑地瞥了他一眼，扶了扶背在身上的一个大箱子，那箱子，像极了卖冰棍小贩的冷藏箱。

"都住嘴！""砍刀"大喝一声，嗓门粗哑却盛气凌人。他站在两人中间，比他们高出几乎两个脑袋，有种鹤立鸡群的幽默感。他脸上的刀疤抽动着，额头上青筋暴起，"那俩小崽子，肯定躲进去了！"他直勾勾地瞪着地面上的洞口，三角形的眼睛里，喷射着愤怒的火光。

"你，先下去！"他指着"飞天神猪"叫道。

"飞天神猪"盯着洞口，咽了口唾沫。

"瞧你那点出息！怕他们吃了你吗？快！"

"飞天神猪"慢慢挪动脚步，靠向地洞。他掏出手机，打开手电筒，站在洞口旁，朝下照去。

接着，他叫了起来，"老板，下面有个箱子！"

"砍刀"冲过来，低头一看，下方第三步台阶正中间，端端正正放着一个小木箱。

矮墩子激动地叫道，"老板，我可听说，李秉贤的密室里藏着宝藏啊！没准儿里面是颗大宝石呢！"

"砍刀"盯着木箱，双眼放光，冲"飞天神猪"喝道："拿过来看看，快！"

"飞天神猪"踩上台阶，一把提起木盒。

三人满目期待地看着盒子，"飞天神猪"扳开锁扣，拉开盒盖……

一只拳头弹了出来，正中"飞天神猪"鼻梁。

"飞天神猪"甩开木盒，连连后退，坐在地上捂着鼻子，对矮墩子大叫大嚷，"你家宝石带弹簧的！你赔我鼻子！"

"闭嘴！""砍刀"脸都绿了，"中计了！小崽子们，真够狡猾的！你——"他指着矮墩子，"下去抓住他们！"

矮墩子气呼呼地走到洞口，打开手机电筒，直接跳了下去。"兔崽子们！看我抓住你们——啊——"

地洞里一通凌乱的响动，"叮叮当当"好似无数弹球在跳，接着就是矮墩子和台阶亲密接触的声音，连人带箱子一路朝下滚进黑暗，消失不见。

"砍刀"和"飞天神猪"面面相觑。接着"砍刀"瞪着"飞天神猪"，颐指气使。

"飞天神猪"疯狂摇着脑袋，"不！老板！我不下了！"

"砍刀"上前揪起他，"你打头，我们一起下。"

两人举着手机照向台阶，就见第三级台阶往下，无数黑色弹球还在滚动，一直延伸到下方的密室。

"小兔崽子们！玩得真够刺激的！""砍刀"边走边踢开弹球，低头盯紧台阶，生怕自己再踩上什么机关。没走两步，密道中响起"突突突"声。

"糟了！"

"飞天神猪"一抬头，就见一颗红球飞出黑暗，正中他的鼻梁。接着，一串五彩缤纷的软弹冲上他的脑门儿，把他扑翻在地。"砍刀"一边大骂，一边抬手挡着飞弹。台阶上，彩弹飞跳，双人狂舞，一瞬间，古老沉寂的密道如同开上了联欢会，热闹纷呈。

待一切平息，"砍刀"蹲进墙根，"飞天神猪"捂着脸坐在台阶上，"哦，不。我不下了。绝对不下了。"

"你个白痴！""砍刀"拉起"飞天神猪"，"还能被俩毛孩子给打倒不成！快！抓住他们！"

"飞天神猪"颤颤巍巍，只好再次起身，沿着台阶继续往下走。他吸取教训，不再只留意脚下，以两次和对手热闹的战况来看，他永远都不知道，下一秒，从什么地方会出来个什么东西。他拿着手机，四处照着，然后，他下巴要掉了。

前方的台阶和两侧的墙壁上，色彩斑斓的长蛇短蛇聚集成堆。

他先是深吸一口气，接着开始释放，"啊——"

尖叫声在密道里"荡气回肠"，"飞天神猪"转身就往台阶上面冲，跟后面的"砍刀"迎面撞了个满怀。接着两人相拥而抱，稀里哗啦从台阶上滚了下去——

天择和李力锋一直捂住嘴憋着笑，"飞天神团"可以更名为"猪友团"了，天择想。

他们被"猪友团"逼迫着鼓足勇气，已经退进了密室。密室里一片黑暗，隐藏了他们，也隐藏了秘境的入口。当台阶上演绎着精彩的整蛊大戏时，他们靠住台阶侧边的墙角，一寸一寸往后退，每一步都踩稳了靠实了，才敢接着走下一步，以防掉进某个洞或者顶开某扇门，直到缩进一处角落。

他们现在不敢轻举妄动，生怕一个不留神，闯进了秘境，那可比被"猪友团"逮住要惊悚多了。

一列警车呼啸着冲出古堡市公安局。张景天再次对车上的三位文物局专家交代道："你们鉴别真伪的时候，一定不能伤到古画。

它对我们古堡市，真是太重要了。"

文物专家们第五次集体点头，其中一位说："张队，可能我们还没机会伤古画呢，那个孩子就先把画伤了！古画怎么会在一个孩子手里？"

张景天哼了一声，"天知道！真是邪了门儿了，明明是个黑衣成年人偷的画，怎么就变成了小孩子！你们一定能修复的，对吧！"

文物专家撇撇嘴，"这很难说，古文物修复费时耗力，有些破损，还不一定能修复！不知那小孩是怎么保存画的。"

另一位古文物专家撇撇嘴，挖苦道："还不知道那幅画是真是假呢！那孩子说画的背面有展出编码。有展出编码，也不能证明那就是真迹。没准儿小孩儿为了好玩，弄个仿品逗我们玩儿呢！"

张景天狠狠拍了下方向盘，"他敢！谋杀案他都撇不开干系，还敢报假警！这小子是活得太无聊了吗！"

第三位文物专家看看表，"张队，咱们得快点了，鉴定真伪还需要时间。已经两点一刻了。"

张景天不耐烦地叫道："我已经够快了！总不能给车队安个翅膀，让它飞吧！你们大中午的开什么会呢！来这么晚！这不耽误事儿嘛！"

"猪友队铁三角"齐聚在台阶底端，一个躺在地上昏迷不醒，两个揉着筋骨不省人事。"砍刀"一边呻吟，一边骂骂咧咧，"等抓到俩兔崽子，我非杀了他们不可。"

"老板，""飞天神猪"龇牙咧嘴转着胳膊搓着腿，"我看算了吧，他们还是孩子。我们不然好言哄哄他们，问他们把画借一下，找到密码，再把画还给他们得了。咱们真打不过，你看，我们三个人，一个已经歇菜了，剩下俩也接近残废了，就别折腾了——"

"你闭嘴！""砍刀"突然大吼，然后"哎哟哟"地叫起来，"我的胸啊——你说你，长点儿什么不好，就非要长膘，长点儿脑子不行吗？"他说着，抓起地上的什么东西，扔到"飞天神猪"身上。

"飞天神猪"差点蹦起来，都忘了腿疼了。

"几条橡胶仿真蛇，就把你吓成了这样？""砍刀"揉着胸脯，"我怎么有你俩这种废物啊——哎哟哟，我的胸都要被你压扁了——哎哟哟——"

"飞天神猪"活动了一下双腿，抓起地上的手机。目前，只剩下他手机的电筒还亮着，其他手机都在摔下台阶的时候，光荣"牺牲"了。

他挣扎着站起来，去扶"砍刀"。

"快，快找到他们。""砍刀"气喘吁吁地说。

两人互相搀扶着，走向黑暗深处。

接着，密室中爆出一个响亮的屁声，特别清晰，而且缠绵悠长，余音绕梁——

"飞天神猪"和"砍刀"愣在原地，大眼瞪小眼，尴尬地看着对方。二人还没搞清楚状况，又是一阵屁响，悠长的声调变成了短促的喷爆式，看来有人已经憋不住了。

"砍刀"的脸红到了头顶，他瞪着"飞天神猪"，"真是懒驴上磨屎尿多！"

"飞天神猪"刚要张口解释，屁又响了，先是三长一短，紧接着是个三短一长。

"砍刀"一把揪起"飞天神猪"的衣领，他的脸扭曲了，疤痕颤抖着，"放个屁，你还玩节奏艺术！"

"不——不是我啊。""飞天神猪"一脸委屈，"谁放屁还半憋半出，弄个节奏感啊，不都一放为快嘛。"

"砍刀"抽着鼻子，四下闻着，的确没闻到叫人不适的气味。

屁声持续进行着，简直没完没了，都快奏成一曲《欢乐颂》了。二人这才意识到情况不对，除非那人是个排气筒，不然照这么个放法，整个人都会像气球一样瘪掉的。

两人目光转向正前方，声音是从那里传来的。

他们举着手机，循着屁声，慢慢挪动脚步。

随着黑暗逐渐被驱散，手机亮光照在了一坨完完整整的人类排泄物上。那玩意儿立得很直挺，还是标准的金字塔形。

二人捂着鼻子，正要定睛细看，突然，它竟在地上转起了圈，边转还边爆出响亮的屁声。"飞天神猪"和"砍刀"的下巴都快掉了。

然后它跑了，遁入黑暗之中。

另一边，天择和李力锋踮着脚尖走出角落，从"飞天神猪"身后悄声经过。

突然，"砍刀"转了个身，推了"飞天神猪"一把，"你去看看这邪门的地方，有没有火把，他们竟敢用大恭戏弄我！兔崽子们！别让我抓到你们！"

天择和李力锋停住脚步，紧紧贴在墙上，连大气都不敢出。他们离台阶口，只有两步远了。

这时，台阶口传来一阵哼哼唧唧的低语："哼——真香啊——嗯嗯——再来个猪肘子吧——"

矮墩子吧唧着嘴，翻了个身，继续做美梦了。

"砍刀"朝矮墩子大步跨来，嘴里大骂着："你还猪肘子！送你个会放屁的大恭你看如何！"

李力锋抓紧天择的手腕，似乎想在"砍刀"过来前，冲上台阶。而天择认为这根本不可能，绝对会暴露，他刚要反抗，就被李力锋猛地拽出墙角，接着一脚绊上矮墩子的箱子，跌在台阶上。

而"砍刀"已经到了近前。

"站住！兔崽子！"

"快跑！"天择大叫一声，然而来不及了。

"砍刀"扑了上来，一把抓住了他。

天择在地上拼命挣扎，对他拳打脚踢，而"砍刀"太强壮了，很快就把他摁在地上动弹不得。

李力锋傻眼了，索性打开手机电筒。天择在地上痛苦呻吟着，李力锋直接掏出个小白瓶子，对准"砍刀"一通狂喷。

"砍刀"咧着嘴别过脸去，可丝毫没松手。"哇！好臭！好臭！有股大恭的味道。"他嬉皮笑脸地叫着，"不过这味道，可不会让我松手。"

天择在地上剧烈地咳嗽，接着开始干呕。

李力锋扔掉瓶子，从书包拽出个圆鼓鼓黑乎乎的东西，"那你试试这个！嗯？"

"砍刀"又转过脸去，等着那东西喷出什么恶心的药水，哪知李力锋端起圆球，直接砸上了他的脑壳。

"砍刀"尖叫一声，翻到地上。

李力锋拉起天择，想冲上台阶。可是——

"李力锋，你先跑吧，我脚扭了。"天择急促地呼吸着，站都站不稳。

"胡说!"李力锋大叫,"我背也要把你背出去!"他说着抓起天择的胳膊,往自己肩上搭。

来不及了。

"砍刀"很快起身,冲过来揪住天择的后背,接着一把抱住李力锋的脖子,将二人从台阶上拖下来,手臂轻轻一挥,把他们扔进了后方的密室。

"啊——"

天择和李力锋重重摔在地上。

"砍刀"恶狠狠地朝他们快步走来,左臂上的砍刀图案清晰可辨。

"老板!这儿有条油槽!"另一边,"飞天神猪"大叫。

"那还等什么!点!"

李力锋扭身又从包里拿出个大球,并摇了摇,把它滚向"砍刀"。

密室响起"咕噜噜"的滚动声,"砍刀"立刻停住脚步,听着声音由远及近,最后停在自己脚下。

同时,"呼"的一声响,墙角蹿出一股黄色烈焰,一道火龙冲破黑暗,沿着墙壁飞了一圈。漆黑的密室顿时火光冲天。

"砍刀"低头看着脚边的圆球,火光照亮了一颗硕大的黑色"地雷"。

他眨眨眼睛,又扭了扭脖子,"哦——这回玩大了——"

他眼看着"地雷"壳裂成了八瓣,接着里面就爆炸了,无数道水柱喷向四面八方,众人仿若跌进喷泉,在惊叫声中成了"落汤鸡"。

紧跟着,那颗砸上"砍刀"脑门儿的水弹,也配合地爆开,古老的密室，登时成了水火两重天。

天择在水幕中，盯着矮墩子身旁的大箱子，心中舒了一口气。他要的，就是那个箱子。

他扫视一圈，密室四周都是青砖墙体，墙体下部开凿了一圈火槽，目前里面正喷着火。墙上还插着一圈火把，没有点燃。一面墙上还凿了个小壁龛，壁龛里端正摆放着一个白色的玉盒子。

天择全身一震。

这儿没有秘境入口，只是一个普通的密室！

而那个玉盒没人动过，说明根本没人来过这儿，爷爷也没来过。他指示我来这儿，就是为了那个玉盒。玉盒里，可能才是秘境入口的线索！这就说明，爷爷根本没有进入秘境！

天择欣喜若狂，盯着玉盒。火槽在壁龛处断开，可以直接去壁龛拿玉盒。他挣扎着爬起身，扑向壁龛。

"砍刀"当然也看见了玉盒，那可是明代的老古董了，他双眼放光，拔腿就朝玉盒奔去。

李力锋及时跳了起来，一头撞向"砍刀"的肚子，顶着他后退。

"砍刀"拧着李力锋的脖子，一把将他甩到身后，推翻在地。

李力锋眼疾手快，反手拿起喷完水的"地雷"，扔向"砍刀"后脑勺。

砸偏了。"地雷"从"砍刀"耳边一擦而过。

"砍刀"转身抱起他，怒气冲冲地又把他扔到地上。

天择扶着壁龛，已经拿起了玉盒。玉盒不知用了什么机关，盖子锁得死死的，根本抠不开。

"砍刀"不顾在地上呻吟的李力锋，笑眯眯看向天择，"小伙子，负隅顽抗是没有用的。听话，赶紧把古画和玉盒送过来。"

天择紧紧抱住玉盒，怒视着他。"给你可以！不过你杀了人，只要你承认，我就都给你！"

"嘿！你咋不听话！不知天高地厚的家伙！"他说着朝天择扑来。

天择无力反抗，只是紧紧搂住玉盒，任凭"砍刀"怎么揪扯玉盒，他的身体随着盒子被甩来甩去，就是不撒手。天择憋着劲儿，嘴里咬牙切齿："我告诉你，警察叔叔马上就来了！你这坏蛋，坦白从宽，抗拒——抗拒从严——"

"砍刀"怒瞪着旁边观看拉锯战的"飞天神猪"，"还不快来帮忙！"

"飞天神猪"犹豫不决，最后目光转向李力锋。李力锋在地上摔得七荤八素，一时起不来。

"老板，给我留个简单的吧，至于复杂的，您那边继续——"他快步朝李力锋走去。

"砍刀"脸都青了。

李力锋扭着身子，"你别碰我！别碰我！"

"别怕别怕，我不会伤害你。""飞天神猪"低声说着，去扶李力锋的胳膊。

突然，密室里传来一声窸窣，极为清晰。好像有什么东西，正在墙后快速移动。

所有人停下手中的动作，愣在原地听着。

"砍刀"眨了眨眼睛，看着天择，"哟呵，小把戏不过瘾，这回玩大的啊？你给墙后面塞了什么——"

话音未落，一堵墙炸开了。

一个很长很长的东西，呼啸着，从破开的墙洞，冲了出来。

然后"扑通"一声掉在地上，挺直了身子。

众人张大嘴巴，盯着那个东西。"砍刀"咕哝了一句："这可真够过瘾的。"

这时，被冷水浇了的矮墩子醒了。他坐起身，揉揉眼睛，"哇，大伙儿都在啊，这么热闹。我错过了什么——"接着他就看见密室中间的那个东西，紧跟着眼珠子转了两转，"嘣"的一声倒向地面，继续躺着了。

张景天暴躁地捶着方向盘，即使他开着警笛，在喇叭里大声喊话"让路！赶快让开！"还是没用。车队就像一枚射入木头然后被密实木料挤住的子弹，卡进拥塞的车流里一动也不能动。

"见鬼！哪儿来这么多车！"张景天骂了一句，掀开车门，跳下车去。

后面一位文物专家抬手看表，遗憾地摇了摇头，"堵了快半个小时了，博物馆要急死了。如果费了这么多警力，最后找到的只是一幅赝品，那他们明天就要集体上街讨饭了！"

另一位专家把头靠上座椅头枕，百无聊赖地闭目养神，"是啊，鉴定要花时间，如果是真画，布展工作也要花时间，我们晚上要熬到很晚了。"

"还不到三点。伙计们，"坐在副驾驶位的第三位专家说，"看开点儿，没那么夸张。"

"那地方可在西郊，赶过去至少半个小时。就算现在路途顺畅，我们到那儿也快四点了。更别提还不知要堵到什么时候。我讨厌堵车！"

第十六章　神奇老怪

谁都说不上来这究竟是个什么怪物。它像一种诡异的毛虫，却比普通毛虫大一万倍，而且全身白毛，圆滚滚的跟人腰一样粗。它直挺着身子，端立于地面，个头比天择还高。

怪虫头上顶着两只触角，一扭一扭的，像天线宝宝。一张圆圆的脸上，眼睛和鼻子都是一个小黑点，嘴巴弯成一道圆弧，似乎正开心地笑着，很高兴见到大家。

"砍刀"看看大毛怪，又咧嘴看看天择："哟呵，你们还真会玩儿，这么大的玩具都搬出来了？"

天择用最无辜的表情看着他，"这好像不是玩具，是老怪。"

"砍刀"扬了扬眉毛，"哦，是这样啊，那——咱俩继续？"

"啊？"

"砍刀"一把扯起玉盒，天择也不甘示弱，把整个身体都压了上去。

另一边，"飞天神猪"严肃地看着李力锋："好像没人会出售这种玩具，对吧？"

李力锋认真地看着他，然后点点头。

"飞天神猪"跳起来，一把抱起李力锋，就往台阶上冲。李力锋大呼小叫，"放我下来！天择还在里面呢！快放我下来！"

"飞天神猪"神色紧张，"老怪都出来了，咱们赶紧跑吧！"

"不行啊！"李力锋在他怀里使劲儿挣扎，"你快去救他！他脚崴了！"

正说着，就听"扑通"一声响，大毛怪爬到了地上，无数小短腿快速划拉着，转瞬之间，就横在"飞天神猪"前方，挡住了去路。

大毛怪把笑脸迎向"飞天神猪"，触角向前探伸。

"飞天神猪"已经动不了了，两条腿抖成了面条，手上还抱着李力锋。他惊恐地瞪着大毛怪的脸，弄不清楚毛怪此刻究竟是个什么情绪。

"放我下来，快。"李力锋低声说。

"飞天神猪"松开手，李力锋站起来，挡在"飞天神猪"前面。

大毛怪扭动触角，一张大笑脸又看向李力锋。

李力锋从包里掏出软弹枪，对准大毛怪。

"飞天神猪"扭曲着脸，看着李力锋手中的软弹枪，"我说小伙计，这东西对付我可以，对付它——是不是欠点儿火力？"

"你行你上啊！"李力锋不耐烦地叫道。

"而且，你这枪，也快没子弹了。"

李力锋看了一眼扳机后的大弹匣，里面的软弹的确快见底了，"当时钱不够了，所以就没多买——"

"那你不早跟我说，我有啊——"

李力锋斜睨着他，"您能说点有用的不？"

大毛怪开始动了，触角前探，慢慢向软弹枪爬来，似乎并不惧怕黑乎乎的枪口，反倒对之兴趣盎然。

李力锋顶着"飞天神猪"朝后退。

另一边，拉锯战升级了。

天择大喊大叫，"砍刀"狂吼，两人在地上翻起了滚儿，一个压着一个，玉盒隔在二人中间，一会儿给拉到这边，一会儿又给扯回那边，一时难以定主。

李力锋和"飞天神猪"被大毛怪逼进了一处墙角，没有退路了。大毛怪一张笑脸看着李力锋，触须弯来弯去，如同两只小手，在跟他打招呼。

这大毛怪似乎性格温和，迟迟没有发动进攻。而且天生一张笑脸，让人捉摸不定，它到底是个什么情绪，是高兴？还是幸灾乐祸？李力锋手指紧贴扳机，却迟疑不决，不知该不该开枪。

空气里突然弥漫着一股香味。

"飞天神猪"抽着鼻子，"嗯哪——真香，还是玫瑰味儿的——"

李力锋翻了个白眼儿，继续盯着大毛怪。

大毛怪一直爬到他脚下，李力锋双腿哆嗦，端枪的手都稳不住了。

大毛怪在他脚上左嗅嗅右闻闻，接着抬起上半身，用大笑脸平视着李力锋，头上的触角像弹簧一样，伸得长长的，然后，搭上了他的肩膀。

李力锋几乎晕过去，后面的"飞天神猪"摇摇摆摆，已经站不住了。

接着，不可思议的一幕出现了。

大毛怪嘴巴张开一条细缝，发出一声婴儿般细腻的轻叫："哇——"

"飞天神猪"顺着墙角溜到地上，直接晕了。李力锋吓得一抖，眼珠子都快掉下来了。

"哇——哇——"大毛怪持续叫着，笑看李力锋，似乎喜欢上他了。

李力锋慢慢放下枪，一脸迷茫。他迟疑着抬起手，试探性地，一点一点伸向大毛怪的头。

大毛怪欢乐地抬起触角，滑上了李力锋的脸蛋。李力锋的手，同时摸上了大毛怪。

"哇——哇——"大毛怪的声音更轻细了，脑袋一扭一扭的，好像撒起了娇。

"好柔顺的毛啊——"李力锋一边说，一边像抚摸小猫一样，手掌在大毛怪头顶摩挲着，空气中，玫瑰味的香气更加浓郁了。

"别摸它！快来帮我！"另一边，天择扯着嗓门大叫。"砍刀"还在跟他拉扯，双方难解难分。他紧抱着玉盒，弓着腰，把盒子压在胸前，急躁地瞪着李力锋。

突然，"砍刀"松开手，脸蛋像着了火一样，"你不仁，休怪我不义！"他一把掐住天择的脖子。天择毫无防备，感觉一只铁钳夹住了自己的喉咙，捏死了自己的气管。他挣扎着，猛地举起玉盒，砸向"砍刀"脑袋。"砍刀"一挥手,玉盒被一掌打飞。

李力锋正要奔向天择,就见玉盒在空中划过一道弧线,直接砸上大毛怪的脑袋。

大毛怪愣了一下,接着全身肌肉抽动,然后触角挺直,嘴巴从下弯弧,扭成一个上弯弧。香味儿消失了。

它生气了。

"哇哦——"李力锋直勾勾地瞪着它,"这下糟了——"

大毛怪突然抬起身子,全身紧绷,直挺挺地立在地上,是李力锋的两倍高。接着,浑身白毛炸开,似无数羽毛伸展,又似万千尖针,嘴里吐着不祥的"嘶嘶"声。

李力锋深吸一口气,"快跑啊——"他尖叫着,从墙角弹了出去。

"砍刀"和天择看过来,接着二人同时松了手,从地上一跃而起,撒腿就跑。

天择还瘸着脚,李力锋什么都不顾了,跑过去把他背上,跟着"砍刀"一起往台阶冲。

大毛怪比他们快多了——那么多腿可不是白长的,如同一道白色闪电划过,它瞬间便横在台阶口,众人刹住脚步,毫不犹豫转身又往回跑。

身后传来"哇哇"的叫声,声音更尖更短促,透着一种诡异的愤怒。

"谁扔的玉盒!"李力锋边跑边喊,"把我们害惨啦!"

"还能有谁!'砍刀'啊!"天择慌乱地大叫,恨不得李力锋能飞起来。

然而,大毛怪飞了起来。直接从它们头顶一掠而过,如同一条飞天白蛇。

众人仰头，震惊地瞪着毛怪飞天的场面。大毛怪扑通一声落在前方，迅速挺起身子，高高在上的大头，愤怒地俯瞰着他们。

"我的天哪！这虫子成精了！"李力锋惊叫一声，转头又朝台阶奔去。

大毛怪身子一拱，匍匐卧地，接着尾巴一甩，贴地横扫而过，众人全部翻倒，皆觉两腿被一根毛茸茸的铁棍击断。

"这哪儿来的怪物！""砍刀"边叫边挣扎起身，一瘸一拐逃向台阶。

大毛怪尾巴一拍地面，发出"嗵"的一声，接着身体往前一弓，整个身子就弹了起来，直挺挺从天择眼前飞过，撞向"砍刀"。

一声尖叫，"砍刀"飞了出去，一头撞向墙壁，弹到地上。

大毛怪侧身划过去，扭动粗大的尾巴，将"砍刀"拦腰卷起，然后一层一层卷上去，犹如一条大蟒，将猎物团团缠住。

"砍刀"失声尖叫，双手使劲儿拍打大毛怪的身体，眼珠子鼓了出来，脸成了紫色，他快憋死了。

天择突然起身，一瘸一拐跑向墙壁，抓下一根火把，在火槽点燃，扔向大毛怪。火把砸中大毛怪身体，一团白毛起火了，空气里弥漫着焦煳味。

大毛怪发出一声尖锐的长啸，盘曲的身子打开，松了"砍刀"，它在地上翻滚扭曲，像极了李力锋笔袋里跳出来的蚯蚓，地面被拍得"嗵嗵"直响。

"砍刀"趴在地上，剧烈咳嗽。

这时，墙后又传来窸窣声。

接着又有两堵墙炸裂开来，墙后奔出两只更大更长的毛怪。

李力锋身体摇了两摇，一头栽倒在地，"潇洒"地晕了过去。

两只大毛怪冲向小毛怪，小毛怪已经扑灭了那团火，躺在地上，轻轻抽搐着。

天择目瞪口呆地看着三只毛怪凑到一块，后进来的两只毛怪，在小毛怪烧焦的毛上，左嗅右闻，似乎在检查伤口。

天择意识到自己祸闯大了。他烧了小毛怪的毛，这下小怪的父母大怪找来了，准备跟他算账。

这地方不能再待了，必须赶紧撤退，没准儿一会儿小毛怪的爷爷奶奶姥姥姥爷也该过来了。天择哀叫一声："我到底干了什么——"他又从墙上拽下一支火把，点燃。

两只巨毛怪挺直了身子，笑脸没有了，嘴巴上弯成一道凶险的弧线，毛炸得更直，双双愤怒地瞪着天择，身子在空中呼呼甩动，杀气腾腾。

这时，"砍刀"悄悄从地上爬起来，捡起玉盒，轻声提起矮墩子旁的箱子，最后看了一眼天择，就朝台阶上走去。

"完了，这下全完了。"天择轻吟一声，"一切都白费了。"

两只巨毛怪扭动着触角，弓起身子，朝天择直面扑来——

天择一个闪身，一阵疾风卷过，一只毛怪扑了空，直接撞进了火槽，全身起火。而另一只，精准命中天择，将他撞翻在地，火把脱了手，飞向一处角落。

天择倒在地上，每个关节都在疼。他在地上呻吟挣扎，接着就觉一个毛茸茸的粗大的东西，卷住了他的腰，接着卷上他的胸，最后，就差脑袋了，而巨毛怪还在继续卷……

天择用仅剩的一点儿力气，疯狂捶打着巨毛怪，那种感觉就如同捶上了一头黑熊，毛茸茸的，但毛下全是坚韧的肌肉。

他冲李力锋绝望地叫着："快醒醒！救我！救我——"他呼吸急促，声音小了下去，眼前的景象逐渐沉入黑暗之中，他感觉身体轻飘飘的，似乎飘到了宇宙边缘……

突然，一道火光刺破黑暗，如一颗闪耀的流星划过，向他飞来。

他仔细一看，一支火把在空中转着圈，砸上巨毛怪。

是"飞天神猪"！

他醒了。

巨毛怪的脑袋起火了。它松开团曲的身子，"嘶嘶"叫着，头蹭着地面，疯狂灭火。

天择努力从地上爬起来，拿住火把。"飞天神猪"朝他冲来，一把将他抱在怀里，另一只手拎起地上的李力锋，把二人拖向楼梯。

"叔叔——你——"天择虚弱地说。

"孩子，先别说了，你需要休息。""飞天神猪"平静地说，"在怪物面前，不论朋友还是敌人，我们人类都生死与共。"

"飞天神猪"把天择和李力锋轻轻放在地上，让他们靠在墙角。

天择看着"飞天神猪"，不好意思地挤出一句话："谢谢你——"

"飞天神猪"咧嘴一笑，"好了，现在告诉我，那幅画在哪儿？"

天择惊讶地望着他，"叔叔，你——你还是投降吧，那幅画，它不属于你，不属于你们。"

"飞天神猪"苦笑两声，"是的。那幅画可能不属于我，但是，我的身家性命，可全属于它。你和你朋友的生命，也属于他。"

"也有人要杀你吗？"

"飞天神猪"叹了口气，"我听说，为了那幅画，已经有人死了。"

"是'砍刀'干的吗?"

"飞天神猪"低着头,"'砍刀'是个凶狠的家伙,谁挡他的道,他就消灭谁。他身上背着可不止一起命案了。所以我们都怕他,不得不在他手底下忍辱负重,不能不听话。'砍刀'要求我们跟踪你,在没人的地方实施绑架,要挟你们交出那幅画。不过,我并不想伤害你。说真的,当时看到你们从地铁站逃脱,我感到前所未有的轻松。"他冲天择眨眨眼。

天择咧咧嘴,暗自感谢"蟑螂男"和乘客们的"大力协助"。

"为啥啊?你不想抓住我们?"

"飞天神猪"低着头,继而笑了笑,"不。其实我当时故意没有推开挤我的人群,给你们争取时间逃走。"

天择回想起地铁上,"飞天神猪"被玩球球的乘客挤进角落的场景。当时挤他的人不算很多,而且也没把他堵得严严实实,但他的确没有推开乘客,连个推搡的动作都没有做。

天择感激地看着"飞天神猪","谢谢你,叔叔。"

"飞天神猪"则满脸愁容,"我在'砍刀'手底下已经受够了,开始叛逆了。我希望我能摆脱他,但我不能逃,他总会找到我的!"

"你为什么不报警,让警察抓他?"

"飞天神猪"摇了摇头,"我们没有他任何犯罪证据,抓住他交给警察又能怎么样?只会自讨苦吃。"

"你知道他要的那幅画上,究竟有什么啊?"

"飞天神猪"狐疑地盯着他,"这么说,你也没找到画上的密码?"

天择摇摇头。

"那幅画,听'砍刀'说,应该藏着一幅地图,标明了秘境的位置。秘境，你知道吧？他想要里面的宝藏。"

"所以他就杀人？"

"飞天神猪"沮丧地摇了摇头，"那晚我和那个人——"他指了指地板上鼾声四起的矮墩子，"我俩都不在森林里，但我们猜，凶手肯定就是'砍刀'。他的团伙太多了，而且一个比一个狡猾。"

"可杀没杀人，他总会向你们透露点什么。"

"不，他对那晚的事情，只字未提。他只是事后告诉我们，李宝光进了医院，老李的这条线索暂时断了。你们俩，那晚偷偷潜进木材厂，就是为了找他杀人的证据，对吧？"

天择点点头。

"你们太傻了。连我们都没发现证据，你怎么会找到？他根本不会留下任何证据！"

天择想了想，"那个大箱子里，放的什么啊？"

"我不知道。他只是让我们背着它，那箱子很重，我感觉像那种装冰棍的箱子，不过他一路上坚决不许我们打开，所以我也不知道那里面究竟是什么。"

天择暗忖，没错，应该就是它。

可是，"砍刀"和箱子，连同那只玉盒，现在都跑了。一切全都泡汤了！他的计划，他的证据，全部没有了。而这一切，不仅是因为"砍刀"违约，打乱了他原本的计划，另一方面，则要拜变异毛虫所赐。他看向地上的三只毛怪，毛怪全都趴在地上，一动不动。

天择遗憾地叹了口气，接着看向"飞天神猪"，"叔叔，您叫什么名字？不会就叫'飞天神猪'吧？"

"哈哈哈——我叫朱飞天。""飞天神猪"放声大笑，"从来没有人，一边戏谑我的昵称，还一边请我喝咖啡啊——"

天择也笑了，"那他叫什么啊？"他指指地上的矮墩子。

"你看看他的体型，长得像大炮似的，巧了，他就叫吕大炮，'飞天神炮'！"

天择看向靠在一旁的李力锋，"巧了，你猜对了。"

回答他的是一阵鼾声。

天择推推李力锋，李力锋打了个激灵，醒转过来。"啊！"他双眼蒙眬四下看着，"什么情况？大毛怪呢？"

"你睡得可真安稳。"天择指指地上的三只大毛虫，"它们已经没有战斗力了。"

李力锋舒了口气，放松地靠在墙上。"你说说咱们，可真逗，居然闯到毛怪的巢穴，还玩儿得不亦乐乎——"接着他抬手看了看表，无助地叹了口气，"皮靴张会杀了咱俩的。我们已经旷了两节课了，都快三点半了。"

突然，台阶顶端传来什么东西盖上的声音，接着是一阵急匆匆的脚步，奔下台阶。三人转头一看，"砍刀"背着大箱子，手中拿着玉盒，急匆匆朝密室奔来。

十分钟后，张景天气冲冲地拉开车门，坐了上来。"一群笨蛋！轻微剐蹭还不赶紧挪车！非堵在路中间不可！"

"可不是每个人都有你张队的炫酷车技。"一位专家说，"怎么样，路通了吗？"

"在我的大力指挥下，通了！"他干笑两声，"看来我当交警也有点天赋啊。"

车队继续飞驰，二十分钟后，冲上西郊宝藏大道，朝博物馆奔去。

张景天的对讲机噼里啪啦响了起来，一个声音风风火火叫道：

"张队，直升机已就位！我们马上就到博物馆了！"

"先找到孩子！"张景天回道，"我们已经在宝藏大道上了，十分钟内到达。"

张景天望着前方空荡的宝藏山大道，将油门踩到了底。

天择简直不敢相信自己的眼睛。

"砍刀"一边冲下台阶一边大叫："快！警察来啦！还有直升机！快跑！"

"飞天神猪"盯着"砍刀"，站起来，"老板，您还能往哪儿跑？这密室是死路。"

"砍刀"恶狠狠瞪着他，"你是头猪吗！那三个大虫洞，不能爬出去吗？"

"警察会直接冲进来的！"

"谢天谢地，洞口有扇隐蔽的活板门，我把它锁上了，能拖他们一会儿。我可不想跟警察再打交道了，他们会问东问西的！"说完，他拉起朱飞天，跑向墙洞。

朱飞天挣脱开，"吕大炮还昏迷着，我们要抛下他吗？"

"都什么时候了！你还管这些！你不走我走！""砍刀"大喊。

朱飞天走到吕大炮跟前，将他拽起，往身上背。可他太重了，朱飞天气喘吁吁地折腾了半天。在一通挪移翻转中，吕大炮迷迷糊糊醒了过来。"咋了这是？发生什么事了？"

"警察来啦！你俩不跑，我跑！""砍刀"大叫一声，就往墙洞里钻。

天择忍住脚痛，冲向"砍刀"要拦住他，"站住！别跑！"

李力锋也跳起来，跑得比他还快，冲到了他前方。

就在这时，地上两只巨毛怪，突然翻了个身，立了起来。

第十七章　墨鱼和鱼

无论是房子、星星还是沙漠，它们都是因为某种看不见的东西而美丽！

——［法］安托万·德·圣埃克苏佩里《小王子》

张景天在博物馆前一个急刹车，跳下警车，重重摔上车门。身后的武警全副武装，列队冲进博物馆。

张景天第一个冲进去，"记住，找到人，直接带到我面前！"他一声令下，后面特警立刻朝房间各角落分散，军用手电明亮的光柱在各个区域扫射，快速搜索着每一寸墙壁和地板。

天择和李力锋刹住脚步。

两只巨毛怪身上冒着烟，直勾勾瞪着"砍刀"。

"砍刀"慢慢从洞里退出来，举起双手，谨慎地看着巨毛怪，

"好，好——我不去你家，别担心，我已经出来了——抱歉。"

巨毛怪认为这个道歉来得晚了点。其中一只"呼"地甩出脑袋，将"砍刀"撞上半空。另一只巨毛怪冲过去，尾巴一扬，完成了一套完美的棒球击发动作。

"砍刀"尖叫一声，撞上墙壁又弹回地面，窝在墙角怎么都爬不起来。

天择举着火把，踟蹰不前。身后，朱飞天和吕大炮一人一支火把，也握在手中，可没人上前。

李力锋端起软弹枪，对准巨毛怪。

这时，响起一阵"哇——哇——"声，声音又轻又细。

众人回头一看，小毛怪蠕动着身子，慢慢爬到李力锋脚边，用触角摩挲着李力锋的裤脚。

李力锋皱着眉头，低头看向它。小毛怪生气的脸，又变了，嘴巴变成了一条直线，似乎在哀求李力锋。

李力锋收起软弹枪，蹲下身，轻轻抚摸小毛怪的头，"你不想让我伤害你的爸爸妈妈，对吗？"

小毛怪扭了扭触角，扫上李力锋的脸颊。空气中又弥漫起香味。

李力锋把枪放在地上，轻轻摸着小毛怪灼伤的毛，小毛怪身体轻轻颤抖着。

两只巨毛怪也扭过头来，注视着李力锋和小毛怪。密室里，只有火槽燃烧发出的噼啪声。

李力锋抬头看着天择，眼圈红红的，"天择，你说它伤得不重吧？"

天择眨了眨眼睛，慢慢点了点头，"应该，不重吧。"

突然，一支火把从天择身后飞来，直直地砸上小毛怪的身体。

"砍刀"已经爬起身，正往墙洞里钻。李力锋第一时间将火把从小毛怪身上打掉，用书包蹭灭小毛怪身上的火焰。

天择大叫一声，愤怒地冲向"砍刀"。朱飞天在后面大喊："回来！危险！"

而两只巨毛怪已经暴怒了。

朱飞天举着火把，朝天择冲去。

天择抱住"砍刀"的脚，拔河一般使劲儿把他往外扯，"砍刀"力量强大，未退反进，天择也被拖入洞中，朱飞天一把抓住天择的脚。就在这一刹那，一只巨毛怪尾巴扫上天空，卷住了朱飞天。毛怪一拖三，扯着一串人从洞里出来。

另一只则冲向李力锋和吕大炮。吕大炮吓得瘫坐在地，生死由天。

就在巨毛怪撞上李力锋的一瞬间，小毛怪突然立直了身体，护在李力锋身前。

巨毛怪赶紧刹住，"嗵"的一声掉在地上，然后抬起脑袋，嘴巴抿直了，看着小毛怪。

小毛怪又跌落地面，已经没了力气。

"不！不！"李力锋大叫着，扑向小毛怪，小毛怪身体软绵绵的，李力锋搂住小毛怪的头，"不！你起来！起来啊——"

巨毛怪慢慢爬到小毛怪身边，抬着脑袋，轻轻蹭着它烧焦的毛。

另一边，三个人已经飞上半空，一个扯着一个，连成一串，大声呼喊着，在空里抡着圈，如同一个飞天转轮，端头连在巨毛怪的尾巴上。

天择最先脱了手，他实在拽不住了。于是"砍刀"直挺挺地飞了出去，一头撞上墙壁，倒栽葱似的滑到墙角，人事不省。

张景天焦头烂额，懊恼地拍着脑袋。

这地方怎么什么都没有。

特警队长走过来，"张队，这什么情况？你确定是在历史博物馆，而不是什么科技博物馆或者艺术博物馆？"

"我确定！"张景天大叫，"监控录像上，他俩坐一号线，就在这一站下的车！"

"那怎么没有呢？咱们是不是中了调虎离山计了？"

张景天脸涨得通红，"联系直升机，看草原上有没有他们！"

突然，他听见一声尖叫，似远似近，在博物馆中迂回缭绕，如梦如幻。

所有人安静下来，仔细听着。

"张队，声音好像在地下！"特警队长说。

李力锋在书包里狂乱地翻着，书包都快被他扯坏了。不知道他要找什么，绷带？止血剂？还是零食？反正他在找，疯狂地找。

接着，他看到地上掉落的一袋薯片，那是他买整蛊玩具的时候，瞒着天择，偷偷买的。他爬过去，抓起薯片，一把扯开包装，薯片散落一地。他抓起一片，回到小毛怪身边，轻轻递到它嘴边。

小毛怪居然张开了嘴，一口将薯片吞了进去，薯片在它嘴里"嘎嘣嘎嘣"地响着。

李力锋破涕为笑，他赶紧返身，拿回更多的薯片，喂着小毛怪。小毛怪越嚼越起劲儿，嘴巴一嘟一嘟，很是可爱。

"哈哈——原来你是饿了啊！吓死我啦！"

"救命啊——"空中传来悠长的尖叫，朱飞天抱着天择，翻转着腾空而起，那只巨毛怪"撒手"了，二人被抛上半空，眼看着要撞上墙壁。这边，另一只巨毛怪突然从地上弹起，飞到空中，接着尾巴一扬，及时卷住二人，轻巧地落回地面，完成了一个毫无瑕疵的"接球"动作。

天择眼前天旋地转，躺在地上爬不起来。

朱飞天扶起天择，"你没事吧？"

天择甩甩脑袋，"没啥事，就是——就是有点儿晕——"

墙角处，什么东西动了。"砍刀"睁开眼睛，背上大箱子，拿着玉盒，准备钻进墙洞。

特警队全员出动，地毯式搜索每一寸地板。

一个警员大叫："张队，这块地板有情况！"

张景天火速冲来，瞪着地面。那是一块青砖铺就的地板，然而，地板边缘，有四条笔直的缝隙，组成一个正方形。

"这是个活板门，伪装成了地板！给我撬！"张景天一声令下，四个特警握着撬棍，一边一个，开始撬门。

天择一跃而起，扑向"砍刀"，一把揪住了大箱子的背带。朱飞天跟着扑了上去。

"砍刀"力气太大了。他一手揪住朱飞天的头发，把他扯向一边，朱飞天捂着头，疼得大叫，"砍刀"用另一只手，捏住天择的手腕，天择大叫一声，松开了他。

突然，密室响起一梭子枪声，一串彩弹飞出，"噼里啪啦"击上"砍刀"脑门。

李力锋骑着小毛怪，一路扫射而来。

地上的吕大炮，一脸茫然地看着李力锋骑怪掠过，嘴里喃喃自语："这都什么情况？"

"砍刀"双手护头，放开天择和朱飞天。二人赶紧闪到两边。小毛怪尾巴一扫，将"砍刀"直接撂翻，玉盒"啪"的一声摔在地上，四分五裂。

天择眼疾手快，扑过去在碎片中寻找着，可什么东西都没有。

他愤怒地瞪着"砍刀"，"砍刀"则瞪着玉盒碎片，双手沮丧地捶着地面，脸上的表情，失望至极。

天择又看向碎片。原来玉盒里，真的什么东西都没有。

几乎是无意识地，天择收起碎片，找到自己的书包，将碎片一块不落地收进包里。

就在这时，一处墙角传来深沉的"哇——哇——"声。两只巨毛怪立在一个墙洞旁，似乎在召唤小毛怪回去。

李力锋爬在小毛怪背上，抱着它的脑袋，脸在小毛怪毛茸茸的头上蹭着。"哦，小毛怪，看来咱们要分开了。"小毛怪用触角摩挲着他的头发。

天择走向李力锋，"快下来吧。小毛怪要回家了。"

李力锋依依不舍地从小毛怪身上下来。

天择站在小毛怪身边，轻轻抚摸着它的毛。它的毛很光滑，很柔顺，就像丝线一样。"对不起，我刚才弄伤了你，希望你原谅。"

"天择——"李力锋泪汪汪地看着他，"你说，我们还能不能再见到小毛怪。"

天择低着头，过了一会儿，他说："我们会的。它就住在古堡市。"

小毛怪抬头看看天择，又看看李力锋，它的嘴巴，又弯成了一道下弧线，空气中香气扑鼻。

然后，它转过身，爬回父母身边，最后扭头看了一眼李力锋，就钻进了墙洞。两只巨毛怪终于向密室抛出一个笑脸，两只触角弯下，似在俯首告别。之后，它们转身钻进墙洞，消失在黑乎乎的隧道中。

"唉，可爱的动物，"朱飞天叹息一声，"只可惜，咱们古堡市，一定有什么地方出了问题，才让它们长成了这样。"

"是核泄漏吗？"天择问。

"也许吧。我也不知道。"

"可这不能怪小毛怪，要怪，只能怪那个非法搞核试验的人！"李力锋叫道。

突然，台阶上爆出一声巨响，什么东西被掀开了。

接着，一连串齐整有力的脚步声，顺着台阶直冲而下。

张景天冲进了密室，后面跟着一队特警。

特警四下分布，迅速占领密室各个角落。

张景天的目光在"砍刀"、朱飞天和吕大炮身上扫过，"怎么又是你们？哪儿都有你们！"

"警——警官先生，我们是被他——""砍刀"爬起身，指着天择，"被他引诱过来的。"

张景天瞪着天择，"这下你跑不了了！"

李力锋焦虑地看着张景天，"叔叔，我们会马上交出古画，但——但您得听我们解释啊——"

"别解释了，跟我们去警局。还有你们三个，一块走！"

"砍刀"惊慌失措，"我说警官先生，画在他们手上，我们又没拿。"

"别废话！画在他们手上，你们仨跑过来干什么？他们用什么引诱你们过来的，嗯？"

"砍刀"一时语塞，懊恼地一拍大腿。他说漏嘴了。

天择掏出手机，打开微信，递给张景天，"警察叔叔您看，我们就是用那幅画，引他们过来的，他们想要那幅画。"

张景天翻着聊天记录，"可是上面，我只看到你提到了画，也没说是《骷髅幻戏图》。何况，他们的回复，也没有提到'画'这个字眼，这并不是有力的证据。"他把手机还给天择。

天择傻眼了。他担心得没错，"砍刀"真是太狡猾了，正如朱飞天所说，他根本不会留下任何证据。

"对对对！""砍刀"一个劲儿应和，"我们来，就是想看看，那幅画是不是失窃的幻戏图，帮助伟大的民警同志破案。我们是良好市民，这是我们的义务。"

天择和李力锋震惊地看着他，没想到，世上竟有如此大言不惭、厚颜无耻的人。

张景天扭曲着脸，"你少废话，虽然里面没有直接证据，但是你刚才已经说漏嘴了，你们必须跟我回去接受调查！还有你，李天择同学。"

"叔叔，您听我说，我可以——"

突然，一个墙角爆出崩裂声。

众人回头一看，台阶口一处火槽塌了。一柱火流如同黄色的瀑布，浇上地面，在地板上弥漫开来。

而这不是主要问题。坍塌的墙体内，一个棕褐色的陶罐露出土壤，陶罐底部，接着一根细细的陶管，从陶管里，淌出一涓黑色的细流。细流滩上地面，立刻燃起熊熊烈火。

墙面继续坍塌，后面露出更多的陶罐。

"不好！那是油罐！"张景天大叫一声，"快撤！叫消防车！"他一把揪住天择和李力锋，转身往台阶上面冲。

特警队员押着"砍刀"、朱飞天和吕大炮，跟在后面。

众人飞快撤离博物馆，冲出大门。博物馆四周堵满了警车，红蓝警灯闪烁，天空中，两架空警直升机在盘旋。

张景天边跑边叫，"快后退！后退！这里要爆炸啦！"

所有警车同时起步，然后倒车，直至退到公路上的安全地带。

众人跑上公路，站在警车后面。

张景天看着天择，"《骷髅幻戏图》在哪儿？"

"在我家。叔叔，您跟我去拿。"

李力锋冲上来，对张景天大叫："警察叔叔，天择没有偷那幅画，他能解释，一定会解释清楚的，求您别抓他啊。"

张景天看着李力锋，"这位小朋友，我很佩服你们的友谊。但是，你的朋友，身上的事，可不止一幅画那么简单。"

李力锋茫然地看着他。

张景天转向天择，"李天择同学，我们还怀疑，你与一起伐木工凶杀案有关。取到古画，你必须跟我们回警局接受问讯。"

李力锋震惊地看着天择，又看看张景天。

张景天接着说："我们在凶案现场附近的岩石后面，找到一把伐木砍刀。刀柄上，发现了一个小孩的指纹，很清晰。那一晚，只有你一个小孩在现场，所以我很确信，那指纹，一定是你的。"

天择愣住了，他直直地盯着张景天，一边摇头一边后退，"不，不，这不可能。"

李力锋茫然若失地看向天择，"天择，这到底是怎么回事啊？"

张景天继续道："而那把砍刀，不是一把普通的砍刀。刀上沾着血。经鉴定，血迹属于受害人之一——李宝光。"

朱飞天和吕大炮震惊地望着天择。

李力锋一屁股瘫坐在地，一脸木然地看向天择："原来是你——李天择！是你弄伤我老爸的？"

"不，不！"天择疯狂地摇头，"不是我干的！你听我解释！"

"原来你一直在骗我！还装无辜！"李力锋大叫着，从地上跳起来，指着天择："我一直不明白，你为什么会那么操心我老爸的事，原来，祸就是你闯的！"他脸蛋涨得通红，愤怒地冲过去将天择掀翻在地，对他狂扑乱打，泪水在打斗中洒向地面。

"砍刀"嘴角浮出一抹微笑，安静地看着这一切。

张景天迅速将他们拉开，"老师没教过你们，不能打架吗？"他厉声喝道。

李力锋跟疯了一样，拳脚在空中扑打，狂怒地扭动着身体，要挣脱张景天。他冲天择大喊大叫，"你个坏蛋！大坏蛋！你背叛了我！"

天择揉着被击痛的胳膊，看向"砍刀"。

他的心沉了下去。那个箱子不见了。

他一个翻身从地上起来，扑向"砍刀"，揪着他的衣服疯狂捶打，大叫着："那个箱子呢！箱子呢！你把它放哪儿了！快说啊！"

一个特警走上来，将他拽开。

天择突然看向博物馆，一瞬间，他明白了。

他看着李力锋，李力锋满面通红，鼻孔里喷着粗气，脸上交织着崩溃和无尽的失望。

"李力锋，我没有伤害你老爸，我关心他，是因为你是我最好的朋友。我会向你证明这一点的。"说罢，天择猛地挣开特警，朝博物馆奔去——

"天择！"李力锋大叫，一把推开张景天，转身追了上去。

所有人原地愣了一秒钟，然后反应上来。

朱飞天第一个冲了出去，两步追上李力锋，一把将他拽住，"你回去！我去！"

"天择！快回来！"李力锋朝前扑着身子，对着天择的背影，用力伸着手臂，"天择！危险！回来——"

可是，天择已经跑远了。

张景天和一名特警飞奔过来，朱飞天抱起李力锋，一把将他扔给张景天，转头就朝博物馆奔去。

"你保护好孩子，我进去救人！"特警抱紧李力锋，张景天边跑边叫，"叫消防车开快点！快啊！"

雨越下越大，天空仿佛在洗澡，将污浊的水花全部泼向地面。憋闷的空气令人窒息，世间的一切都笼罩在朦胧的灰雾之中。李力锋眼看着天择的背影，逐渐被一片未知的暗幕吞噬，他整个人都瘫软在特警的怀中。

天择用足了力气，忍着脚痛，使劲儿地跑，疯狂地跑，一直跑——也许，这是我最后一次单独行动了，为了朋友，为了友谊，不再孤单……

他跑进博物馆，跳进地洞，他的脚钻心地痛，他冲下台阶，摔倒，又爬起来，再摔倒，接着爬起……

最后，他冲进密室。密室中已是灼浪逼人，烟气刺鼻。天择捂住鼻子，不住地咳嗽。另一边，油罐发出滋啦滋啦的声音，火焰已经包裹了四个油罐，随时都会爆炸。

天择急促地扫视密室，突然，在一段油槽里，看到了那个箱子。它在火中炙烤着，外壳已经融化，马上就会破裂。

他径直冲过去，抢起书包，砸上火焰四射的箱子，将它撞出油槽。然后用书包，疯狂扑盖上面的火焰。火势很快扑灭。

朱飞天冲了进来，一边往这边跑，一边脱下外套，接着将外套压上天择的口鼻。

"快走！"

天择拖着焦黑的箱子，朱飞天抱起他，往台阶上冲。

突然，一只油罐破了，黑色的油脂浇上地面，一道火墙从台阶口升起，堵住了两人的去路。

张景天大叫着冲下来，却被凶猛的火墙隔在另一边。

"消防车怎么还没到啊！"他大喊着，在台阶上转着圈。

剩余的三只油罐，在烈火中破开数道缝隙，燃油从中渗出，黄色的火流顺着裂纹蔓延，油罐噼啪直响。

"快！进墙洞！"天择叫道。

朱飞天抱着天择和箱子，冲向最大的墙洞。

就在这时，洞里传来一阵窸窸窣窣的声音。接着，一只庞然大物飞快地滑了出来。

是小毛怪！

小毛怪冲天择"哇哇——"地叫了两声，把头转向自己的后背。

天择会意，让朱飞天放下他，两人一个纵身骑上小毛怪，俯身贴在小毛怪背上。

小毛怪转身钻入墙洞，快速消失在黑暗中。

张景天在火墙后，就见一道白影划过，但没看清那是什么。他一看到天择和朱飞天进了墙洞，心放下了。他转身奔上台阶——

小毛怪载着天择和朱飞天，在隧道里飞驰，天择只听耳边风声呼呼。

朱飞天大叫着，"哈哈——这真是奇妙的体验啊——"

他话音未落，就听"轰隆"一声巨响，瞬间大地颤抖空气轰鸣，天择的耳膜几乎爆炸了，上面乱七八糟的土块疯狂往下掉。

接着一股灼浪涌进通道，天择就觉一个凶猛的力量，推上小毛怪。他们速度更快了。耳畔风声大作，头顶的土墙呼啸掠过。

突然，天择眼前一亮，新鲜空气钻入鼻孔。

天择低头一看，"我的妈呀！"

小毛怪驮着他们，从地上的一个大洞里笔直射了出来，冲上天空。

天择失声尖叫，真后悔没拿降落伞。可谁又能想到，探个地洞，还需要降落伞？下面气浪顶着他们至少上升了七八米，然后开始下坠。

他们冲向一丛大灌木。随着"噼里啪啦"一通乱响，杂叶四溅，残枝纷飞，灌木里冲起一团尘雾。小毛怪和二人翻进乱枝之间，好在这丛灌木柔软，大伙儿才没给摔成零件。

天择整个脑袋都是蒙的，摇摇晃晃从小毛怪身上下来，第一件事，就是检查小毛怪有没有受伤。小毛怪扭头向他抛出一个笑脸，然后立直了身子，"哇——哇——"轻细地叫了两声，最后俯向地面，钻进野草，很快就消失了。

天择舒了一口气，小毛怪没事。它回家了。

天择向小毛怪挥手告别："你原谅我了，谢谢你，小毛怪——"他看着小毛怪远去的身影，开心地笑着。

天空中传来螺旋桨的"哒哒"声，两架空警直升机，压着机头，朝他们飞来。后面一列警车沿着公路，呼啸着驶向这边。

朱飞天从地上爬起来，提着箱子，摇摇晃晃走到天择身边，蹲下来捏着他的右脚，"你的脚没事吧，孩子？"

天择摇摇头，笑着说，"没关系，叔叔，只是扭了一下。"

"我说，小伙子，你真是太莽撞了。就不能等消防车来了，再去拿箱子？"

天择感激地看着他，"谢谢你来救我。"

朱飞天坐在地上，"先别说谢不谢的。啊——我的头好晕啊——"

天择转头看了看附近，发现自己给冲进了一片小树林。这树林里全是松柏，不过古怪的是，这些树木的树干和所有的树枝，几乎是贴着地面横向生长的，好像地下有什么东西吸引着它们长成这般畸形模样。

他再往远处一看，地面上出现了一个巨大的坑洞，就像一个陨石坑。那座博物馆完全沉入了地下，墙面和房顶全塌了。

"天择！"李力锋第一个冲下警车，朝天择狂奔而来，一把将他紧紧抱住，用手使劲捶着他的后背，"你在干吗啊！"他哭喊着，"你干吗啊！"

天择也紧紧抱住他，泪水不由自主滚落脸颊，"我想向你证明，我没有伤害你老爸，没有背叛你。"

李力锋哇哇大哭，"你的脚都受伤了，你还去啊！你烦人！你要吓死我了！"

张景天一路跑过来，特警带着"砍刀"和吕大炮，跟在后面。

"李天择！你在干什么！为什么跑进密室！"张景天冲他怒喝，但情绪明显放松了许多，"那里都要爆炸了！你知不知道？你要吓死我们吗？"

天择指着脚边的箱子，"警察叔叔，箱子里，有'砍刀'的杀人证据。"

"砍刀"浑身颤抖着，盯着他的箱子。

张景天招呼两名特警，"打开！"

箱子盖被掀开。

正如天择所料，箱子里面，完完整整躺着一把冰刀。

张景天皱起了眉头。

"叔叔，您曾经说过，在凶案现场，发现了大量的衣服纤维，好像是棉花，对吧？"

张景天看着他，点点头。

"我和李力锋在木材厂的仓库里，看见几个金属模具，模具的形状，就是伐木砍刀的形状。而且，模具里，也有许多棉花。"天择指了指冰刀，"叔叔您看，这把冰刀里，也冻着许多棉花，因为给冰里加入棉花或者别的纤维，会让冰冻得更结实，更坚硬。所以，"他盯着绝望的"砍刀"，"凶手正是用这种冰刀，来杀人的。因此，你们会在现场发现大量的棉花。凶手行凶后，一定是觉得，没有必要费劲儿处理掉凶器，或者来不及处理，就把它留在现场。森林里又隐蔽，你们发现凶案现场肯定要花很长时间，加上那晚天气闷热，等你们找到现场的时候，冰刀早就融化了。"

张景天盯着冰刀，一边听一边点头，"所以——你当时很不巧地想去阻止伐木工，接着就被真凶栽赃陷害，他们把你的指纹，留在一把砍刀上，还故意把砍刀藏起来，让我们认为，是你杀了人，藏起了凶器。"

天择重重地点着头。

后面传来"扑通"一声，"砍刀"倒在了警车边。

张景天看着天择，"小伙子，你用自己的行动，证明了你的清白，还——"接着他看向李力锋，李力锋已经哭成了泪人，"挽回了你的朋友。我佩服！但我必须提醒你，有很多事情，原本就有更好的解决方案。可你偏偏选择了最危险的。你为什么不等消防车来？"

天择低着头，"我怕他们来晚了，冰刀都烧化了，证据就没了。"

"那你可以跟我解释，我和特警们去取。"

天择抬眼委屈地看着张景天，"我怕——我怕我一时解释不清，或者你们不相信，冰刀就——就化了——"

张景天笑了笑，"我们警察什么作案手法没见过？只要你一提到冰刀，我就会立刻明白你的意思。人可以有勇气，但是不能鲁莽。你还是孩子，要选择最安全的方式，来解救自己，和他人。明白了吗？"

天择把头低得更低了，"我当时也是着急，想给朋友证明，我没伤害他老爸——警察叔叔，我错了，再也不鲁莽了。"

张景天叹了口气，"我儿子有轻微自闭症，不爱交朋友。我盼望着，他有一天，也能像你一样，具有维护友谊的勇气。"接着他一拍手，喜笑颜开，"哈！好啦！现在，我还得跟你回趟家，你还要给我说说，那幅古画的故事。"

两名警察给昏迷的"砍刀"戴上手铐，将他押上警车。

"你们两个——朱飞天和吕大炮，跟我回警局，和你们的老板一并接受调查！"张景天说着，掏出手铐，戴到二人手腕上。

"叔叔！"天择忍着脚痛，急匆匆跑向张景天，"他们是好人，没有杀人——还救了我。"

吕大炮感激地看着天择。

朱飞天戴着手铐，在天择面前蹲下，"天择，你是个好孩子。放心，警察一定不会冤枉我的，顶多告我个非法跟踪罪。"他咧嘴笑着，"你请我吃的包子，我很喜欢。等我从警局出来，还想让你请我吃包子。不过下一次，能不能换个大肉馅儿的？"

天择笑出了声，"好，叔叔，一言为定。"他伸出手，和朱飞天的小拇指勾在了一起。"你们俩都是好孩子，听叔叔的话，以后千万别鲁莽行事，好好学习。"

天择点点头。

张景天合上箱子，将冰刀提上警车。一路上，李力锋一直都紧紧抱着天择的胳膊，生怕他再跑了似的。

"天择，你爷爷还没有找到，你还悲伤吗？"

天择笑了笑，"只要爷爷没进入秘境，我相信还有机会再见到他。这不是永别。"他看着李力锋，扶着他的肩膀，"况且，不论爷爷去了哪儿，我还有你啊。"

李力锋脸上笑开了花。

雨停了。窗外飘来泥土的芬芳，空气清新令人神清气爽。

接着李力锋看看表，苦笑一声，"五点多了。天择，我们的问题已经不是迟到了，而是旷课。"

天择耸耸肩膀，"相信皮靴张一定会认为，古画比一下午的课更重要。"

这时，老博物馆从车旁闪过，五辆消防车，正围着博物馆紧急灭火。李力锋担心地看着天择，"天择，你说这起爆炸，会不会伤害——"他看了一眼开车的张景天，压低声音，"小毛怪——"

天择兴冲冲地看着他，"嘿，我忘了告诉你了。"他也放低声音，"你知道是谁把我们从密室里救出来的吗?"

李力锋激动地看着他，悄声叫道: "小毛怪? 你看见小毛怪啦!"

"嗯! 他让我们骑到它的背上，我们一块儿从墙洞钻出来的。"接着，天择一边留意张景天，一边述说着当时的经过。

"啊——"李力锋捏着天择的手，摇晃着，"我就知道，我的小毛怪，一定平安无事。"

"它们应该就生活在那片小森林里。放心吧，没人会发现的。"天择冲他挤挤眼睛。

李力锋兴奋地靠在座位上，"啊，我又多了一位好朋友。"他陶醉地眯着眼睛，"它是那么强壮，那么英勇——"

天择也靠在椅背上。是啊，他想，谁能想到，看上去那么可怕的怪物，其实是那么可爱、英勇。而人类可能也一样。他眼前浮现出朱飞天的身影，那张和蔼可亲的面容。

"我想，我也多了位朋友。"天择看着窗外，微笑着——

警车开进幽幽谷宅院的时候，院子的人全部聚了过来。其中有李涛博士和王奇夫人，还有李力锋的老妈。

天择跳下警车，还没来得及张口，就感觉自己被人猛地搂入怀中。李涛博士双眼奔泪，把天择的头紧紧压在胸前，亲吻着他的头发。王奇夫人号啕大哭着冲上来，从后面一把搂住天择，她双腿几乎站不住了，半跪在地上。一家三口瞬间拥作一团，泪水湿透衣衫，那场面简直就跟生离死别差不多。

李力锋那边也好不了多少，他老妈一把鼻涕一把泪，"谁让你乱跑的！你快把我们吓死了！你老爸已经急着要出院了！"

天择一抬头，惊讶地看到皮靴张，从人群后走了出来。她面色苍白，整个人跟个木桩一样站在那里，一动不动地看着这场面，一句话都不说。

"爸爸，是你报的警吗？"天择抬头问道。

"是你们班主任报的警。下午她等了很久都没见你们回来上课，打电话又打不通，说是没信号，所以赶紧报了警。警察说你们可能在历史博物馆，就找过去了，后来就让我们在这儿等着。"博士怜爱地看着天择，轻抚他的头。

王奇夫人把天择搂进怀中，"儿子，告诉妈妈，到底发生什么事了？"

天择没有回答，而是紧紧抱着爸爸和妈妈，就像小毛怪，和它的爸爸妈妈在一起那样幸福安全。

"孩子们会告诉你们发生了什么事的。"张景天走下警车，"恐怕我得先去你们家，取个东西。另外，孩子脚扭到了，需要敷药。"

李力锋扶着天择走在前面，他们的家长疑惑地跟在身后，最后是张景天和两位民警，以及三位文物局专家。

一进家门，王奇夫人赶紧取来扭伤药。

而天择从衣柜里，小心翼翼地取出羊皮袋，递给张景天。

张景天没有接手，他咽了口唾沫，眼睛直直地盯着羊皮袋，然后招呼一名文物专家上前，接过羊皮袋，把古画抽了出来。

接着，文物专家在天择的书桌上，铺开一堆工具，三个人拿着放大镜等一系列物件，对着古画左看右瞧。

最后，他们一同直起身，看着张景天，对他点点头。

"古画也保存得很完好。"一名专家说。

一旁的三名家长，一看这幅画，正是前不久失踪的国宝级文物，眼珠子都快掉了。他们张大嘴巴，看着自己的儿子。

张景天双手抱在胸前，放松地笑着。"我从没想过，我居然曾经跟它距离这么近，这真是幽默。好了，小伙子们，我想听听，这幅失踪的《骷髅幻戏图》是怎么到你们手上的？不着急，你们慢慢说。"

天择坐在床上，王奇夫人一边小心翼翼地给他脚腕上擦扭伤膏，一边专注地听着。

天择和李力锋你一句我一句，将整个事实和盘托出。所有人，包括张景天在内，一会儿皱着眉头，一会儿瞪圆双眼，一会儿又张开嘴巴，还发出"啊——"的惊叫。

但唯独没有提起小毛怪它们一家。

三个文物专家好奇地转向《骷髅幻戏图》，他们大概从没想过，这幅古画里，竟然藏着密码。

"叔叔，"天择看着文物专家们，"你们能解开画中的密码吗？"

三位文物专家迷茫地看着天择，其中一位说，"小朋友，你能不能再提供点什么线索？"

天择摇摇头，"我知道的就只有这些。我也不知道那是什么密码。"

"哦，我的天哪！"另一位专家说，"这简直惊天动地啊，我们又得忙活一阵子了，这也许会翻开我国古代密码学领域的新篇章啊。"

"好吧！我们敬业的专家同志，把古画收起来吧，赶紧交给博物馆。明天是最后期限，他们已经要疯了。"

王奇夫人拉住张景天，"警官同志，我儿子，跟这古画没有关系吧？他不会——"

张景天笑着看她，"这幅画，不是你儿子偷的，我们很快就能证明这一点。而且，他在拿到古画的时候，也不知道它是真迹，以为是复制品。这点我也理解，小孩子怎么可能分辨得清古文物的真伪呢？"

王奇夫人越听越放心，紧张的面容，笑逐颜开。

"不过，"张景天话锋一转，王奇夫人的笑容凝固了，"他最后知道了古画是真的，而没有及时报警，这一点，需要批评教育。好在他及时将古画归还，并且是因为想从他爷爷那儿弄明白画是谁偷的，上面的密码怎么解开，而短暂耽误了交出古画的时间，这情有可原。孩子嘛，有时候分不清轻重缓急，多亏没造成太严重的后果，不然，就要负法律责任了。好了，我们还要去追查真正的偷画贼，就不多说了。记住，你们这些做家长的，平时一定要教育好孩子。这类事情，可别再发生了。"

三位家长一听儿子没事了，纷纷激动地点着头，嘴里连连说："好的！警官先生，我们一定好好教育。您放心，保证不会再出这事了——谢谢，真是感谢！"

众人将警官和专家们送到门口，然后回到客厅。

"好啦！都过去啦！"王奇夫人愉快地叫道，"锋锋妈，和孩子留下一起吃饭吧，感谢您邀请我儿子到家里做客，这次，我和天择爸做饭，隆重欢迎你们。"

锋锋妈激动地说："哎呀，你们太客气了。来，我也有几道拿手好菜，我和你们一起吧——"

"好啊！正好我也学几手，快看，我家还有些墨鱼——"

李力锋拉着天择的手，"哇，我爱吃墨鱼。天择，你知道吗，墨鱼是一种神奇的生物，用它的墨汁写字，那些字，过段时间就消失了，好多人用墨鱼汁来做隐形墨水呢——"

李力锋讲得天花乱坠，而天择却愣住了。他眼前浮现出爷爷的日记本，接着，"墨鱼和鱼"四个大字闪了出来。他脑海中出现了古代学子们，走进科举考场的情景。

他猛地看向李力锋，"你怎么不早说——"

天择不顾脚上的疼痛，冲到门口，推开大门，奔了出去。

张景天刚刚发动警车，准备离开，就见天择从单元门里跑出来，激动地拍打他的车窗玻璃。

"叔叔！我知道密码怎么解开了！我知道啦！"

三位家长惊讶地看着张景天和文物专家，又从家门口走了回来。

"怎——怎么了？"王奇夫人围着围裙，面色紧张，支支吾吾。

"天择，说说吧。"张景天看着天择。

"那幅画上的密码，是用墨鱼汁写的。"

三位文物专家面面相觑。

天择接着说："古代，没有隐形墨水，所以他们就用墨鱼汁。墨鱼的墨汁是一种蛋白质，如果写在纸上，时间一长，字迹就会自动分解，消失不见。所以古代参加科举考试的学生，有些人就用墨鱼汁，提前把答案抄写在自己的衣服上，因为夹带小抄，是会被考官搜出来的。"

张景天挑了挑眉毛，"有趣的作弊方式。"

"还有呢，"天择继续道，"我想起在一本《古代奇闻逸事》的书中，写到他们还会在墨鱼汁里，加入鱼鳔胶。这样，在考试时，衣服经过汗水湿润后，鱼胶就会恢复黏性，只要在衣服上撒些灰尘，字迹就会出现。如果考官检查，只要衣服上的汗水蒸发了，考生弹掉灰尘，字迹也就不见了。"

三位文物专家震惊地听完天择的话，低头看向手中的古画。

"所以，警察叔叔，求您了，让我看看密码吧——"天择期盼地看向张景天。

张景天回头看着专家们，"这能行吗？"

一位文物专家犹豫着站出来，"这很难说。这么多年了，鱼胶可能早就失去黏性了。不过，绢布上应该还残留着一些鱼胶成分，这会导致有鱼胶残留成分的绢面和其他部分的绢面吸附程度或多或少有些不一样。沾了鱼胶的部分，沾了鱼胶的部分，相较于绢布其他部分，吸附性更强。另外，如果真像这孩子说的，密码是用墨鱼汁和鱼鳔胶写下的，那么，密码极有可能在古画的背面，而不是正面。我觉得我们可以试一试，我们现在需要略微提高一下古画的湿度，加大绢布吸附力的差异，再撒上石松粉，如果有鱼胶字，字体吸附的石松粉会更多，字体颜色就会比绢布其他部分更深。"

张景天边听边摸着下巴，"这样做，不会伤害古画吧？"

"不会。我们会把古画的湿度调控在安全值范围内。另外，石松粉几乎不溶于水，只要古画一干燥，所有粉末会全数掉落，不会像面粉一样吸附黏结在古画上。"

张景天点点头，"那么，开始吧——"

"老刘，把石松粉拿出来。"

另一位专家从手提包里取出一个透明玻璃瓶，瓶子里填满了黄色的粉末。

文物专家把存放古画的恒温恒湿箱，小心翼翼地放在餐桌上，然后戴上白手套，取出古画，三位专家一起小心翼翼将古画翻转过来，背面朝上，谨慎地放入恒温恒湿箱，盖上箱盖，按下箱子上的几个按钮。过了一会又把箱盖打开，取出古画放在桌上，他们每人都捏起一小撮石松粉，一点一点轻轻地撒在古画上，尽量撒得均匀细腻。

所有人屏息凝神，注视着这一切。

一名专家把嘴凑近古画一边，轻轻吹了一口气，一团浅黄色薄雾飞上餐桌，接着散开。

众人紧盯古画——

正中央，随着黄粉散飞，五列浅浅的字迹，逐渐现了出来……

第十八章　警察的告白

智者并非因其有知识而事事平安，愚者亦并非因其无知而时时遭难。我看见那经验丰富、熟知蛇性的耍蛇人，常常被蛇咬死；而那些对蛇一无所知的人，却往往能够将蛇战胜。

——［阿拉伯］布拉克善本《一千零一夜》

天择欣喜若狂。李力锋拉着他的手，又跳又叫："它显现啦！它显现啦！"

三位文物专家当场就愣在了原地，简直不敢相信自己的眼睛。

张景天注视着古画上的字，一脸不可思议。三名家长你看看我我看看你，脸上的表情，好像一架飞碟落进了家中。

天择凑上古画，辨读上面的字。

勇春秘不老

者夏境盡樹

甚秋藏顯獨

勇冬寶赫立

得後一別一

寶土統有高

者為眾洞一

焉大生天寬

中国古代的文字，是纵向书写，阅读顺序从右至左，与现代书籍的阅读方式完全不同，而且都是繁体字，天择辨认得很艰难。一位文物专家将它读了出来：

老树独立，一高一宽；不尽显赫，别有洞天。秘境藏宝，一统众生；春夏秋冬，后土为大。勇者甚勇，得宝者焉？

天择看向李力锋，李力锋也看着他。

"秘境！"两人异口同声。

"哦，果真是那个传说啊。"张景天恍然大悟，"啊，古人可真有意思啊，用这么隐蔽的方式，来讲述神话传说——"

"哈哈，这可是个重大发现啊！"三名文物专家相互击掌，乐得像个孩子。

"好吧好吧，专家先生们，"张景天笑呵呵地看着他们，"快把画收起来吧，拿回去好好研究。我还得回局里，找窃贼呢。"

"警察叔叔，"天择紧张地看着张景天，"您认为，会是我爷爷偷的画吗？"

张景天抿了抿嘴唇，"从监控上看，那个人动作很快，很难想象一个前一天才动完肺部手术的人身手能那么矫健。况且，李宝光同志和'砍刀'他们，都见过偷画的黑衣人，尽管他把自己捂得严严实实，看不清面容，但这也是条线索。另外，那个撞到李先生并给他塞会面纸条的人，也值得一查。所以此事还有待深入调查。放心，一有消息，我会马上通知你的。"他冲天择眨了眨眼睛，就带领文物专家，走出了家门。

餐桌上，八道菜肴香味扑鼻，天择和李力锋坐在一起，一边嬉闹一边给对方相互夹着菜。

三位家长看着自己的儿子，笑开了花。

王奇夫人说："真的，我好久都没见过儿子这么开心了。"

李涛博士说："是啊，我很惭愧，忙于工作，很长时间都没和儿子坐在一起，认认真真地吃过饭了。他很孤独。我真是后悔，拉开了儿子跟我爸的距离。他需要朋友，也需要他的爷爷啊。"

锋锋妈看着他，"没关系，现在天择有了锋锋这个好朋友，你们要是没空，天择可以来我们家，我会好好照顾两位孩子的。不过啊，你们的确得从工作中抽出时间来，多陪陪孩子。他需要朋友，更需要家人啊。"

博士和夫人微笑地看着天择，眼角泪花在闪烁。

第二天一早，天择觉得脚不痛了，所以，他说服了博士和夫人，坚持要去上学。

他可舍不得李力锋。

整整一天，李力锋都神采飞扬，课间基本都和天择挤在一起。"你知道吗?"他眉飞色舞地说，"我昨晚上把所有事情都告诉了老爸。老爸说他真为我感到骄傲！他还说，自己以后再也不伐木了，那样害人害己。"

天择高兴地看着他，"太好啦!"

李力锋接着说，"他准备去做玉石生意，你知道，就是那种精致的玉器，那是他的最爱。"

"李叔叔太伟大了。能把自己的兴趣爱好和工作结合起来，他一定非常开心吧？"天择搂着李力锋的肩膀。

李力锋也搂着他。"那当然，他高兴得都从床上起来了，今晚就可以出院啦！"

"那我晚上一定要接叔叔出院，和你一起。"

李力锋高兴地捶了天择一下，接着话锋一转，"对了，你有没有觉得，今天皮靴张心情特别好？"

天择想了想，的确，今天皮靴张上课，整个人都沉浸在一片兴奋之中，眉飞色舞神采飞扬，脸上一直挂着笑容，她还时不时看向天择和李力锋。往常，她要是这样去看谁，那他下了课，保证会有麻烦。但是今天，天择和李力锋也看着她，以专注的神情和绽放的微笑，回报着皮靴张激昂的课堂和温和的目光，就连教室里的小彩虹，都一去往昔的愁眉苦脸，换上了灿烂愉快的色彩。

"对啊，皮靴张跟我们的师生情，好像从没这么融洽过。"天择说。

中午放学后，天择和李力锋正挤在座位上，一起专心读着《百科全书（地球探险卷）》。谁都没注意，皮靴张慢慢走进了教室。

"两位小侦探，还不去餐厅？"皮靴张的声音吓了他俩一跳，李力锋直接跳了起来，站得笔直，"张……张老师好。"

天择紧跟着站起来，两人笑嘻嘻地看着皮靴张。

李力锋说："张老师，餐厅现在人有些多，我们过一会儿再去。"

"啊，不错，小伙子们。"皮靴张环视教室，其他同学回家的回家，去餐厅的去餐厅，就剩下天择和李力锋了。她微笑地看着他们，"看到你们二位终于能和睦地一块儿读书，老师真欣慰。怎么样，天择，"皮靴张转向天择，"我就说吧，交朋友，不像看上去那样困难。"

天择重重地点点头，"张老师，我明白了，对朋友不能隐瞒，更不能背叛，"天择笑着看看李力锋，"要真心维护。"

皮靴张双手抱在胸前，慈祥地看着他，"天择，你终于进步了。"

天择低下头，"张老师，对不起。昨天，我……我骗了您……"

"哦，这事儿啊，"皮靴张抬手一挥，"严格来说，你没有骗我，是我理解错了。不过你误导我的雕虫小技，以后可别再用了，特别是对待朋友——"她看了一眼李力锋，"隐瞒，有时也是一种欺骗，关键看对方怎么去理解。还有，你愿不愿意为了他的看法改变自己。"

天择点了点头，而李力锋则抿了抿嘴唇。

"还有，"皮靴张继续说，"我希望你们，再写一份检查。"

"啊?"天择和李力锋同时叫道。

"啊什么啊?"皮靴张故意一脸严肃，"这都是为了你们不顾后果的做事方式。昨天，当我意识到你们失踪的时候，我吓得差点儿背过气去。接着，我的两位'勇敢'学生，制造了古堡市有史以来最'宏大'的爆炸事件，你们俩不觉得，应该把你们人生这最'精彩'的一幕，记录下来以供回忆吗?"

天择和李力锋苦笑着相视一眼。

"可……可张老师，"李力锋委屈地看着皮靴张，"我们也破获了一起凶案啊，还有还有，我们还交出了古画呢。这可以算是功过相抵了，哦不不不，应该是功大于过。"

皮靴张咧嘴一笑，"还跟我狡辩。昨晚上我差点就要跟着去天择家，找你们兴师问罪。不过他家里有些热闹，我可不想打扰警官先生办案，以及——"她看了一眼天择，"你们两家人温馨的晚餐。所以，今天我要秋后算账。"

李力锋都快哭了，"啊，天择，昨晚上我们应该邀请张老师一起的。"他哀求地看着皮靴张，"对不起，张老师，当时情况太复杂，我们……我们把您给……给忘了……"李力锋声音小了下去。

"哈哈哈——"皮靴张大笑起来，这可是天择和李力锋，今生第一次见她笑得这么爽朗。

"你们俩，以为请我吃顿晚餐，欺骗我和莽撞冒险这两件事就能抹过去？做错了就是做错了，没有什么功过相抵或者功大于过。你们见过有人做了很多好事，甚至救了一个人的生命，最后杀了人，法律却原谅他的吗？"

天择和李力锋低下头。

不得不承认，皮靴张的话很有道理。"对不起，张老师，我们今晚就写检查。"天择说。

"要写得深刻、详细，不少于一千字。"

"啊？"李力锋嘴巴张得大大的，哭求道："张老师，您饶了我们吧，少点儿，五百字？"

皮靴张扑哧一声笑了，很快又一脸严肃："你们昨晚上幸福得连作业都没写，今天，刚好用检查把昨晚的作业给补上。作业可不能拖欠，一个字都不能少。"

天择和李力锋垂头丧气。

"那——"天择低头嗫嚅，他觉得这都是迟早的事，"我们昨天下午没按时到校，您还罚我们吗？"

李力锋用一种"你这不没事找事儿吗"的眼神瞪着他。

皮靴张轻哼一声，大概觉得这问题有点幽默，"你们都没来上课，还谈什么按不按时？说到这儿，我都觉得手下太留情了！快去吃饭吧，时间不早了。"皮靴张说着往教室外走，出教室的时候，她回过头，"李力锋同学，跟天择在一起，你已经学会争分夺秒地读书学习了，这可真让我欣慰，我等待你的好成绩，加油。"说毕朝李力锋举了个拳头，就消失在走廊尽头。

李力锋破颜一笑，兴奋地看着天择，"嘿，你听见了吗，皮靴张竟然专门表扬我了，还是当面表扬，这可是第一次啊。"

天择笑着搂住他的肩膀，"我听见啦，你进步了。要加油哦。"

"哈哈哈——"李力锋的笑声比皮靴张的还要爽朗，去餐厅的路上，他一直都在笑，引来许多学生狐疑的目光。"我也和你一样，受皮靴张表扬啦，哈哈哈——"

晚上，天择和李力锋一同来到医院。张景天也在，还带了两位民警，正在和李父聊天，一看到他们进入病房，所有人都站起来，"哟，我们的两位小英雄回来啦！"李父笑呵呵地把天择和李力锋搂在怀里，"警察叔叔都已经告诉我过程啦，说你们真勇敢。"

张景天走过来，"李宝光同志，正如我刚才跟你说的，要正确指导孩子们的做事方式，不能莽撞啊。"

李父不好意思地看了看张景天，"对对对，以后危险的地方，可不能自己说去就去。"

"警察叔叔，古画失窃案，有进展了吗？"天择看着张景天。

张景天摇了摇头，"还没有。我今天来，一方面是要归还你们之前作为证物的手机和衣物，另一方面，主要是向李宝光同志核对凶案的情况。凶案已经调查清楚了。"他说着把一个大塑料袋递给天择，里面装着他的衣服和鞋子。

天择和李力锋期盼地看着他，李力锋说，"叔叔，能给我们讲讲这个案子吗？"

"当然。孩子们，首先得感谢你们帮助我们找到了关键证据。"张景天蹲下身，双手搭在两人的肩头上，"没错，作案凶器就是冰刀，我们在木材厂找到了模具，里面的棉花，和冰刀里的以及现场的棉花，属于同一品种。可以给'砍刀'定罪了。不过那家伙一听证据确凿，整个人都瘫痪了，接着就开始胡言乱语，差点被送进精神病院，当我们问起他怎么受伤的，他竟然说密室里有什么长毛怪——"

天择和李力锋担心地相互看了一眼。

"嗨，什么长毛怪啊，想吓唬我们，朱飞天和吕大炮承认是他们干的，根本没有什么长毛怪。"

天择和李力锋松了一口气，天择眼前浮现出小毛怪载着他们在隧道中飞驰时，他和朱飞天定下誓言的场面。他们约好，无论谁问，都不能说出小毛怪和它的家。

"叔叔，那朱叔叔和吕叔叔的事情调查清楚了吗？他们肯定没有参与杀人吧。"天择问。

"没有，他们没有杀人。不过，他们还有其他问题，比如包庇罪、恐吓罪和非法跟踪，我们正在调查，但是问题不大。"

天择放心地笑了。

"'砍刀'情绪稳定之后，交代了所有犯罪事实。古画丢失那天，'砍刀'带着朱飞天和吕大炮，已经在艺博银行门口监视了一个星期，准备偷出古画。哪知被一个穿黑斗篷的人捷足先登。之后，他们三个由于不了解黑衣人有没有协作团伙，所以他们没敢轻举妄动上去打劫，只是跟踪他，发现他去艺术公园的小树林偷偷见了一个人，"张景天抬眼看了看李宝光，"就是李力锋的父亲。他们躲在树后面，看到他给了李先生一个袋子，然后那人就跑掉了，李先生也仓促离开。由于公园人多，他们俩很快消失不见，'砍刀'已经基本确定画在谁那儿了，他就没有继续跟踪。为保险起见，后来吕大炮给李先生寄了一封挂号信，吕大炮之所以这样做，是因为他们三个跟李先生是同事，打电话或者发微信，都会暴露他们的阴谋，因此先发了一封恐吓信，探探李先生的反应。结果，李先生仓皇从家逃跑，他们就更加肯定，画在李先生手中，于是一路跟踪，准备找人少的地方下手夺画。结果他们半路上被发现，李先生甩开了他们。但是，李先生没有看清楚，跟踪他的是他的同事，因为他们伪装得很好。最后，'砍刀'求画心切，就给一个伐木工同事打了个电话，才得知李先生在森林里，准备抓住他，夺回那幅画。他计划先用迷药迷晕他们，然后实施绑架，还备着冰刀，以防和他们起意外冲突。而这个时候，李先生已经将古画，交给了你。他们在森林中找到了李先生和伐木工，却听他们在谈论，说自己的老板，先前可能在策划一起盗窃案，有人怀疑正是'砍刀'偷了那幅画，准备报警。而李先生又跟他们说，自己手中曾经有一幅古画的复制品，不过已经给别人了。然后，'砍刀'就以为，中了偷画神秘人的调虎离山之计，让他去追踪一幅赝品，结果连赝品也没追踪到。加之，伐木工当中有人说，'砍刀'先前牵涉另一起命案，而那个伐木工已经掌握了有力的证据，消息已经在他们伐木工当中扩散了。于是，'砍刀'怒火中烧，起了杀机，准备将所有人杀死，以防自己的杀人案底败露。原本用于实施绑架和防止意外冲突的雾状迷药和冰刀，就变成了实施杀人的便利工具。他和他的团伙用迷药迷晕了所有人，用冰刀将他们杀害。正如你所说，他们觉得没有必要处理凶器，就留下凶器让它们自己融化，没人猜得出那是冰刀。但是他们没有伤害你，因为你去得晚，没听见伐木工的谈话，而且，你对他们还有用。他们把你的指纹摁在一个铁质砍刀上，还故意将所有伐木砍刀藏起来，将那一把有你指纹的砍刀，藏在很容易被找到却又不容易直接看见的地方，让我们以为，是你这个考虑不周的小孩藏起的砍刀。犯罪现场有很多脚印，我们一一核对，除了死者和李先生的，还有一些杂乱的脚印，先前我们并不知道那是谁的脚印，以为是上一批伐木工的，或者，是你同伙的。结果我们抓捕了犯罪团伙的其他人，发现就是他们的脚印，加上'砍刀'，一共有四个人。

"另外，当时森林里光线黑暗，他们栽赃给你的时候，并没有看清你的面容。要是当时看清了，你们潜入木材厂的时候，'砍刀'就会发现事情真是巧得离谱。"张景天最后说，"好了，整个事件经过就是这样。所幸，李先生只是受了伤，没有生命危险，他及时报警，被送进了医院。后面的事情，你们都知道了。值得一提的是——为了你们以后不再鲁莽行事，我必须告诉你们——你们当时在历史博物馆，和'砍刀'的遭遇很危险。知道吗，他带着冰刀，根本不介意不知情的朱飞天和吕大炮最后发现他的神秘作案凶器，因为，他准备在拿到古画之后，将你们所有人，全部杀掉。"

天择倒吸一口冷气。

"那我爸爸没事吧？"李力锋担忧地看着张景天。

"你爸爸事先也不知道那幅画是真迹。他说是偷画神秘人受天择爷爷委托，不让说出仿制品的事，也就没有事先交代，一来觉得没必要，二来想保护天择的秘密。"张景天笑着摇了摇头，"这听上去情有可原。不过，我还是教育了你爸爸，对警察，可不能隐瞒。"

李力锋放心地笑了。

"孩子们，你们必须明白，这次是你们运气好。有的坏人是可以被感化的，而有的坏人，是亘古不化的。你们贸然主动与坏人接触，是十分危险的举动。下一次你们可不一定有这种好运气了。所以孩子们，你们一旦遇到危险，必须第一时间选择报警，知道吗？"

天择和李力锋重重点了点头，"知道了，警察叔叔。嘻嘻——"

"我还得提醒你们一下，"张景天又说，"据那些跟你们一同乘地铁的人透露，他们经历了一场相当欢乐的旅程，是吗？"他扬了扬眉毛。

"哦，"李力锋咧咧嘴，"好像是吧。"

张景天正色道："在地铁上玩闹可是不允许的。如果影响列车的正常运行，那是要负法律责任的。公共交通工具，可不是开联欢会的地方，明白吗？"

天择和李力锋尴尬地点点头。

"对了，我差点忘了。"张景天从文件包里拿出一个牛皮纸袋，递给天择，"里面有两张艺术博物馆的门票，博物馆邀请你们去参加《骷髅幻戏图》的展览会，你们可以周末去。另外，还有一个大彩蛋——为了奖励你们协助破案，经我们一致商定，将《骷髅幻戏图》的复印件，送给你们一幅，留作纪念。喏，正面和背面都复印了。"他冲两位孩子眨眨眼，天择兴奋地接过文件袋，"谢谢警察叔叔！"

"好啦，今天是个值得庆祝的日子。"张景天拍手叫道，"我就不打扰你们的团聚了，祝两位小侦探，学习进步，友谊长存。"他说完，冲天择和李力锋眨眨眼，就带领两位民警，走出了病房。

"警察叔叔再见!"他们异口同声地说。

接下来,李力锋扑进老爸怀里,撒着娇。天择可从没见过李力锋的撒娇竟如此甜腻,让人起一身鸡皮疙瘩。他别过脸去,捂着嘴不住地笑。

"天择,快来!"李力锋突然向他叫道。

天择转过头,看见李父正笑眯眯地向他伸着手臂。他走过去,三个人拥抱在一起。

"孩子们,我也得向你们承认一个错误。"李父说。

两位伙伴抬头看着他。

"这次事件的起因,完全是因为我们在背后议论别人,说了不该说的话。没有证据,就猜疑'砍刀'偷了画杀了人,结果引来杀身之祸。吃一堑,长一智,以后要是有证据,就直接报警,没有证据,千万不要公开猜疑别人,否则很可能惹祸上身。你永远都不知道,危险在什么地方,正盯着你看呢。"

天择和李力锋点点头。"不过老爸,你也别太自责,也正是这件事,我们摧毁了'砍刀'的阴谋,让大坏蛋被绳之以法。"

李父笑了笑,把孩子们搂得更紧了。李力锋老妈也走过来,温柔地抚摸着他们的头……

第十九章　新的一天

一个伟大的友谊就像一件伟大的艺术作品，他想。它需要时间去用心，那是一种不可能描述的火花般的东西。那是一种欢乐的、幸运的意外。在一个完全陌生的人那里，找到自己血肉的一部分。

——［美］爱丽丝·布洛奇《杰作》

晚上，天择又一次应邀来到李力锋家。是的，今天是值得庆祝的一天。李力锋的爸妈同时下厨，为他们做了一顿丰盛的晚餐。天择坐在餐桌旁，为李力锋家人的团聚，感到无比兴奋，同时，一种强烈的幸福感，从他心中油然而生。

然而，当李力锋说让他晚餐后帮自己整理房间时，他的兴奋感顿时就减了一半。

"我记得好像有人说过，那个谁的老爸正在培养那个谁的独立自主能力？"天择斜眼看着李力锋，"我看那个谁的独立自主能力，还处在摇篮期呢。他的房间，就可以证明。"

"好啊！我好心请你来我家，你三九天送扇子——不领情，还抓我把柄，嗯？"李力锋边说边爬到天择身上，使劲儿挠他痒痒。

"哈哈哈——"天择大笑着求饶，"别——别——哈哈哈——我再也不敢了——饶——饶命——哈哈哈哈——"

他们推搡着，在椅子上打闹，尽情地嬉笑，欢乐的声音，充满整个房间。李父和李母在一旁，也跟个孩子似的，乐呵呵地看着他们。

天择帮李力锋爸妈收拾完餐厅，就被李力锋"胁迫"着走进卧室。

"嘿，天择，为了答谢你的帮助，明天下午放学后，我邀请你跟我们去玩密室逃脱吧？"李力锋正提着两双脏袜子，扔进衣物收纳箱。

"这很难说，"天择捏着鼻子，单手卷起一团汗味浓郁的背心，"我今天要是被你这堆私人物品熏晕了，明天连学校都去不成了。"

李力锋哈哈大笑起来。

"你到底怎么想的，让我帮你收拾？"

"哈哈哈——好朋友，当然有福同享，有难同当喽。"

天择好不容易帮李力锋收拾完房间，整个人都"沉浸"在一片臭气熏天的眩晕之中。他出门时，几乎是摇摇晃晃。

李力锋的父母正忙着整理客厅中的乱包袱，现在停下手中的活，笑眯眯地送天择到门口，"哈，天择，下次你来我们家，保证比五星级酒店还整洁——"

那我真是期待。天择心想。

与李力锋家人告别后，天择坐在地铁上，新的空气令他清醒过来，接着一团问题萦绕在他的心间，爷爷慈祥的面容，在他眼前浮现。

爷爷究竟去了哪儿？他参与盗窃古画了吗？那个玉盒，真是个空盒子吗？

他摇摇脑袋，事情还没有弄清楚，我肯定是漏了什么，他想。不过，我坚信，爷爷绝不会背叛我，就像我不会背叛李力锋一样。真正的朋友，是不会彼此背叛的，绝对不会。爷爷一定跟我一样，去寻找他没有背叛我的证据了，就像我找到冰刀一样，一定的。

爷爷一定是清白的。

接着，李力锋的笑容出现在他的脑海中。我一定要等爷爷回来，告诉爷爷，我交了新朋友，爷爷会为我感到高兴的。天择靠在椅背上，舒了一口气，啊，这真是一件开心的事。

第二天，天择和李力锋一人交了一篇检查，整整一千字，一字不多，一字不少。皮靴张专注地读着，脸上露出一个不易察觉的微笑。

她放下两人的额外"作业"，靠在椅子里，自言自语道："两个小子，居然一个字都不想多写。不过，密室那一段，还是写得很精彩。只是有些可惜，他们还是有所隐瞒。唉，真希望能尽快和他们成为好朋友，要好到什么程度呢？"她闭上眼睛，想了想，"至少能让他们毫不避讳地告诉我，变异毛虫的事情吧——"

下午放学后，天择和李力锋，以及另外五位同学，一起走在前往密室逃脱的路上。

天择抬头望向天空，昏暗的泥沙天被雨水洗得干干净净，此时的天空湛蓝湛蓝的，飘浮着悠闲的云彩。天择觉得，今天的新兰大街，从来都没有这么漂亮过，灿烂的阳光透过树叶，如同翡翠一般，散发着耀眼的光芒，将自己和整条大街，都映照在绿色的光辉之中。他从来都没有这样放松过，这样快乐过。

"嘿，天择，"李力锋过来搂着他的肩膀，"告诉你个好消息，以后，中午我就在学校吃饭了，天天陪着你读书。"

"哇——"天择不可思议地看着他，"你现在也喜欢读书啦？我真是太伟大了，居然能让你爱上读书！"

"哈哈，你的号召力还真大啊。不过我也觉得我很伟大，居然能把你这个书呆子约出来，和我们一起玩所谓的'无聊'游戏啊——"

天择冲他眨眨眼，"密室，有时候也挺好玩儿的。不过密室逃脱游戏，会不会比真正的密室，更刺激啊？"

"那是当然，至少，没有真正的危险——"

"哈，那可真是太好了，这下不会有人说我们鲁莽啦。对吧，锋锋？"天择朝他扬了扬眉毛。

李力锋看着他，接着夸张地抖了抖身子，"哎呀，你可别叫我小名，我鸡皮疙瘩都起来了——"

"哈哈哈，你和老爸相拥的时候，我也是啊——我以后可都这样叫你了啊，锋锋——"

李力锋又抖了一下，"千万别，我错了还不行吗——哈哈哈——"他抱住天择后背，"为了庆祝你第一次玩'无聊'游戏，我决定啦，晚上你想吃什么，我来给你做。"

天择认真地看着他，故意咧了咧嘴，"天哪，你做？那还能吃吗？锋锋？"

"哇，你什么意思啊——"李力锋挠向天择肚皮，两人哈哈大笑着在新兰大街上闹成一团……

路旁，一个身材颀长的男人，披着黑色的长衣，戴着口罩，坐在美嘟嘟咖啡馆窗边 2 号桌旁，一边品着咖啡，一边专注地看着手机上的新闻。他欣慰地笑着，尽管新闻上只是说《骷髅幻戏图》已经平安回归艺术博物馆，并没有提及是谁将之归还，但很显然，他已经知道答案了。

他抬头望向窗外，看着兴高采烈的天择，一路蹦蹦跳跳地经过，嘴角浮出一抹微笑，"看来，你已经解开密码了——"

—— 未完待续 ——

作者声明

　　小说中，关于《骷髅幻戏图》及其创作的时代背景信息均为真实的，它目前安安全全地收藏于北京故宫博物院，从未失窃过，且暂未在其背面发现隐藏的密码。小说中《骷髅幻戏图》的失窃以及背面密码等相关情节，纯属虚构。大部分银行确实都有自己的保险库，小说中虚构的艺博银行也不例外。然而，出于完全可以理解的原因，银行和执法机构都非常不乐意分享他们的安保措施和刑侦手段。这部小说中涉及的艺博银行保险库的场景细节，以及凶案和执法机构侦查的相关细节，也完全是虚构的。小说中博爱医院也为一所虚构的医院。另外，鉴于中国文化博大精深，每位孩子的名字都富含美好的寓意，小说中人物的起名也遵从这一愿望。如有和现实中的人名雷同，纯属巧合。

为方便读者朋友查阅学习，本书各个章节之引言，引自作品之名称，出版社及作者、译者说明如下（排名不分先后）：《失物之书》（The Book Of Lost Things），［爱尔兰］约翰·康诺利（John Connolly），安之译，人民文学出版社，2009。《小王子》（Le Petit Prince），［法］安托万·德·圣埃克苏佩里（Antoine de Saint‑Exupéry），李继宏译，天津人民出版社，2013。《杰作》（Masterpiece），［美］爱丽丝·布洛奇（Elise Broach），周琰译，二十一世纪出版社，2012。《少年华盛顿·布莱克云船漂流记》（Washington Black），［加］艾西·伊杜吉安（Esi Edugyan），姚向辉译，中信出版集团，2021。《寻宝小子》（Holes），［美］路易斯·撒察尔（Louis Sachar），顾庆阳译，人民文学出版社，2009。《一千零一夜》（The Arabian Nights），［阿拉伯］布拉克善本，李唯中译，花山文艺出版社，1998。